MW01520489

HISTOIRES
ÉPOUVANTABLES

RECUEILS
D'ALFRED HITCHCOCK

DANS PRESSES POCKET :

ALFRED HITCHCOCK

HISTOIRES
ÉPOUVANTABLES

PRESSES POCKET

Le titre original de cet ouvrage est :

STORIES THAT GO BUMP IN THE NIGHT

© *1977, by Random House, Inc. This translation published by
arrangement with Random House, Inc.*

ISBN 2.266.00680-0

L'infernale créature

par

AMBROSE BIERCE

1

ON NE MANGE PAS TOUJOURS
CE QUI EST SUR LA TABLE

A la lueur d'une chandelle de suif posée à l'extrémité d'une table grossière, un homme lisait dans un livre. C'était un vieux registre à la reliure très usée; selon toute apparence, l'écriture n'en devait pas être aisément déchiffrable, car l'homme approchait souvent la page de la chandelle pour y mieux voir. Alors l'ombre du volume plongeait la moitié de la pièce dans l'obscurité, dissimulant ainsi plusieurs silhouettes. En effet, outre le lecteur, huit autres personnages étaient présents. Sept d'entre eux se trouvaient assis contre les parois de troncs d'arbres, silencieux, immobiles, et, vu l'exiguïté de la salle, pas très loin de la table : en allongeant le bras, chacun d'eux aurait pu toucher le huitième qui s'y trouvait étendu sur le dos, à demi recouvert d'un drap, les bras collés à ses côtés. Il était mort.

L'homme au livre ne lisait pas à haute voix, et les autres observaient un silence complet; tous semblaient attendre que quelque chose se produisît; seul, le mort n'attendait rien. Par l'ouverture tenant lieu de fenêtre entraient tous les bruits nocturnes venus des ténèbres vides qui régnaient au-dehors, bruits familiers du désert auxquels l'oreille ne s'accoutume jamais : le cri prolongé d'un coyote dans le lointain, la calme stridulation des insectes infatigables dans les arbres, les étranges appels des oiseaux de nuit, le bourdonnement des grands scarabées au vol lourd, et ce chœur mystérieux de petites rumeurs que l'on croit toujours n'avoir entendues qu'à demi quand elles cessent brusquement, comme si elles avaient conscience d'une indiscrétion. Mais tout cela échappait aux personnages rassemblés dans la pièce, car, de toute évidence, ils ne prenaient aucun intérêt à des sujets si dépourvus d'importance pratique : on pouvait le discerner nettement sur les traits de leurs rudes visages, même à la faible clarté de l'unique chandelle. C'étaient des hommes du pays : fermiers ou bûcherons.

Le lecteur différait légèrement de ses compagnons : on aurait pu dire qu'il était du monde, encore que ses vêtements témoignassent d'une certaine parenté avec la compagnie où il se trouvait. Son habit n'eût guère passé pour acceptable à San Francisco, ses chaussures ne venaient pas de la ville; le chapeau qui gisait à ses pieds (lui seul était nu-tête) n'aurait pu être considéré à aucun titre comme un article d'or-

8

nement. Son visage prévenait en sa faveur en dépit d'une expression un peu sévère qu'il cultivait sans doute parce qu'il la jugeait adéquate à ses fonctions. En effet, il était coroner. Cette qualité lui avait permis de s'emparer du livre qu'il lisait et qu'il avait trouvé dans la cabane du mort, où l'enquête se déroulait présentement.

Quand il eut fini sa lecture, il glissa le volume dans la poche intérieure de son habit. A ce moment, la porte s'ouvrit et un jeune homme entra. De toute évidence ce n'était point un montagnard, pas plus de naissance que d'éducation. Ses vêtements de citadin étaient couverts de poussière, car il venait de chevaucher à bride abattue pour assister à l'enquête.

Les paysans rassemblés dans la cabane ne saluèrent pas le nouveau venu. Seul le coroner lui adressa un signe de tête et lui dit :

— Nous vous attendions, monsieur. Il faut que nous en finissions avec cette affaire cette nuit même.

— Je regrette de vous avoir fait attendre, répondit l'autre en souriant. J'étais parti non pas pour me soustraire à votre assignation, mais pour expédier par la poste à mon journal le récit des faits que vous voulez, je suppose, entendre de ma bouche.

Le coroner sourit à son tour avant de déclarer :

— Le compte rendu destiné à votre journal diffère sans doute de celui que vous allez nous donner ici sous la foi du serment.

— Cela vous plaît à dire, rétorqua le jeune homme en rougissant de colère. J'ai sur moi une copie polygraphiée de mon histoire. Je ne l'ai pas présentée à la rédaction de mon journal comme une histoire vraie, car elle est incroyable, mais comme un récit imaginaire. Néanmoins, elle peut faire partie de mon témoignage sous serment.

— Mais vous dites qu'elle est incroyable.

— Cela ne vous regarde pas, monsieur, si je jure qu'elle est vraie.

L'officier de police garda le silence pendant quelques instants, les yeux fixés sur le plancher. Les hommes se mirent à parler à voix basse, sans détourner leur regard du visage du mort. Bientôt le coroner leva la tête et déclara :

— Messieurs, nous reprenons l'enquête.

Les jurés se décoiffèrent. Le témoin prêta serment.

— Quel est votre nom?

— William Harker.

— Votre âge?

— Vingt-sept ans.

— Vous connaissiez le défunt, Hugh Morgan?

— Oui.

— Vous étiez avec lui quand il est mort?

— J'étais près de lui.

— Comment expliquez-vous votre présence au moment de sa mort?

— J'étais allé lui rendre visite pour chasser et pêcher en sa compagnie. Néanmoins, je l'avoue, je me proposais également d'étudier ce bizarre personnage à l'existence solitaire. J'estimais qu'il pourrait me servir de modèle pour un de mes héros imaginaires. Il m'arrive d'écrire des histoires.

— Il m'arrive d'en lire.

— Je vous remercie.

10

— Je ne parlais pas des vôtres.

Quelques jurés éclatèrent de rire. L'humour prend un relief particulier sur un arrière-plan lugubre. Des soldats s'abandonnent facilement à la gaieté pendant les accalmies d'une bataille; une plaisanterie dans une chambre mortuaire vous conquiert par surprise.

— Exposez-nous les circonstances de la mort de cet homme, dit le coroner. Vous pouvez utiliser toutes les notes que vous voudrez.

Le témoin comprit l'allusion. Tirant un manuscrit de sa poche, il l'approcha de la chandelle, et, après avoir tourné plusieurs feuillets jusqu'au passage désiré, se mit à lire ce qui suit.

2

CE QUI PEUT ARRIVER
DANS UN CHAMP DE FOLLE AVOINE

« Le soleil venait à peine de paraître lorsque nous quittâmes la maison en quête de cailles. Nous avions chacun notre fusil, mais un seul chien. Morgan déclara que l'endroit le plus giboyeux se trouvait au-delà d'une certaine crête qu'il me montra du doigt, et nous la franchîmes en suivant une piste à travers le *chaparral* [1]. De l'autre côté s'étendait un terrain assez plat où poussait dru la folle avoine. Au moment où nous émergeâmes du *chaparral*, mon ami

1. Association végétale épineuse formée de mimosées et de cactées. (N. de l'E.).

n'avait que quelques mètres d'avance sur moi. Soudain, à peu de distance devant nous, un peu sur la droite, nous entendîmes un bruit qui devait être produit par un animal en train de se déplacer dans les buissons, car ceux-ci s'agitèrent violemment.

« — Nous avons dû faire lever un chevreuil, dis-je; je regrette de n'avoir pas pris un fusil de gros calibre.

« Morgan, qui s'était arrêté pour regarder avec attention le *chaparral* mouvant, ne répondit rien. Il se contenta d'armer son fusil et de se tenir prêt à tirer. Son agitation me surprit : en effet, il était renommé pour son sang-froid exceptionnel, même en face du péril le plus grave.

« — Voyons, lui dis-je, vous n'allez pas tirer sur un chevreuil avec des petits plombs!

« Il garda le silence. Ayant jeté un coup d'œil sur son visage, je fus frappé par l'intense ardeur de son expression. Je compris alors que l'affaire était sérieuse, et je crus que nous avions fait lever un grizzli. J'allai rejoindre Morgan tout en armant mon fusil.

« Les buissons ne bougeaient plus, tout bruit avait cessé, mais mon ami ne quittait pas des yeux l'endroit qui avait attiré notre attention.

« — Que se passe-t-il? demandai-je. Qu'est-ce que cela peut bien être?

« — C'est cette Infernale Créature! répondit-il d'une voix rauque, sans tourner la tête.

« Il tremblait de tout son corps.

« Je m'apprêtais à reprendre la parole, quand j'observai que la folle avoine, non loin du coin suspect, bougeait de façon tout à fait inexplicable. Je ne

sais comment décrire cela. Les minces tiges semblaient agitées par un étroit courant d'air qui non
seulement les courbait, mais encore les écrasait si
fortement qu'elles ne se redressaient pas. Et ce mouvement surnaturel se prolongeait lentement vers
nous, en ligne droite.

« Rien, au cours de mon existence, n'avait produit
sur moi un effet aussi étrange que ce phénomène
inexplicable; pourtant, je n'éprouvai pas le moindre
sentiment de frayeur. Chose singulière, je me rappelai à ce moment-là un incident qui m'était arrivé peu
d'années auparavant et m'avait inspiré une véritable
terreur : en regardant distraitement par une fenêtre
ouverte, j'avais pris par erreur un petit arbre tout
proche pour l'un des grands arbres groupés en bouquet à peu de distance. Il semblait avoir la même
taille que les autres, mais, étant plus nettement défini
dans sa masse et ses détails, il paraissait ne point
s'harmoniser avec eux. Cette simple déformation de
la perspective me bouleversa profondément. Nous
sommes tellement habitués à compter sur le fonc-
tionnement bien ordonné des lois naturelles que
toute déviation apparente semble menacer notre sécurité, nous annoncer une calamité inconcevable. En
l'occurrence, le mouvement sans cause visible qui se
dirigeait droit sur nous à travers la folle avoine était
fort alarmant, mais je n'éprouvais aucune crainte.
Par contre, mon compagnon était terrifié. J'eus peine
à en croire mes sens quand je le vis soudain épauler
son fusil, puis en décharger les deux canons dans le
vide! Avant que la fumée se fût dissipée, retentit un
cri furieux comparable à celui d'une bête sauvage, et

Morgan, ayant jeté son arme sur le sol, s'enfuit à toutes jambes. Au même instant, je fus violemment jeté à terre par le choc brutal d'une masse de substance molle et lourde.

« A peine m'étais-je relevé, après avoir ramassé mon fusil, que j'entendis mon compagnon pousser des cris d'atroces souffrances, auxquels se mêlaient ces rauquements féroces que poussent les chiens quand ils se battent entre eux. En proie à une épouvante inexprimable, je regardai dans la direction suivie par Morgan. Puisse le Ciel, dans sa miséricorde, m'épargner la vue d'un autre spectacle semblable ! Mon ami se trouvait à moins de trente mètres de moi, un genou à terre, la tête rejetée en arrière d'effroyable façon, nu-tête, les cheveux en désordre, le corps agité en tous sens par des mouvements d'une violence inouïe. Son bras droit levé semblait n'avoir plus de main, dans la mesure où je pouvais me fier à mes yeux. Son bras gauche était invisible. D'après l'image de cette scène extraordinaire que m'offre ma mémoire, il m'arrivait parfois de ne plus apercevoir toute une partie de son corps, dont j'aurais pu croire qu'elle avait été littéralement *effacée;* puis, un changement de position la ramenait dans mon champ visuel.

« Tout cela dut se passer en quelques secondes; néanmoins, pendant ce laps de temps, Morgan prit toutes les attitudes d'un lutteur opiniâtre accablé par un adversaire beaucoup plus lourd et plus vigoureux. Or, je ne vis que lui seul. D'autre part, ses cris et ses jurons parvinrent à mes oreilles à travers un formidable vacarme de hurlements furieux, tels que je n'en ai jamais entendu de pareils sortir d'une gorge d'homme ou de bête!

« L'espace d'un instant, je demeurai figé sur place. Puis, jetant mon fusil, je me précipitai au secours de mon compagnon que je croyais en proie à une crise d'épilepsie. Avant que je l'eusse rejoint, il tomba de tout son long et demeura inerte. Les cris avaient cessé, mais mon épouvante fut à son comble quand je vis de nouveau le mystérieux mouvement des tiges de folle avoine se reformer à partir de l'endroit où le corps était étendu au milieu des tiges piétinées, en direction de l'orée du bois. Lorsqu'il eut atteint les arbres, je pus enfin détourner les yeux et regarder Morgan. Il était mort. »

3

UN HOMME NU PEUT ÊTRE EN LAMBEAUX

Le coroner quitta son siège pour se poster près du cadavre. Ayant soulevé une extrémité du drap, il l'enleva d'un geste brusque, découvrant le corps entièrement nu auquel la clarté de la chandelle donnait une couleur jaunâtre. La peau était pourtant marquée de taches bleu-noir produites par du sang extravasé à la suite de diverses contusions. La poitrine et les flancs semblaient avoir été frappés à coups de gourdin. En plusieurs endroits, la chair était littéralement déchiquetée.

Après avoir gagné le bout de la table, le coroner défit un mouchoir de soie passé sous le menton, noué au sommet du crâne. Alors, apparut ce qui avait été la gorge. Quelques jurés qui s'étaient levés pour mieux voir, regrettèrent leur curiosité et détournèrent la tête. Le témoin Harker, se sentant prêt à défaillir, alla se pencher par la fenêtre ouverte. Le coroner laissa retomber le mouchoir sur le cou du mort, puis, s'étant dirigé vers un coin de la cabane où se trouvaient entassés plusieurs vêtements, il les prit un par un pour les soumettre à l'inspection des assistants. Ils étaient tous déchirés et raides de sang coagulé. Les jurés semblèrent s'en désintéresser. En fait, ils les avaient déjà vus. Le témoignage de Harker constituait pour eux le seul élément nouveau.

— Messieurs, dit le coroner, nous n'avons pas d'autres pièces à conviction. Je vous ai déjà expliqué en quoi consistait votre devoir; si vous n'avez rien à me demander, vous pouvez quitter la salle pour délibérer avant de rendre votre verdict.

Le premier juré se leva. C'était un grand gaillard barbu, âgé de soixante ans.

— Monsieur le coroner, déclara-t-il, je voudrais vous poser une question. De quel asile de fous c'est-y que vot' dernier témoin s'est échappé?

— Monsieur Harker, demanda le coroner avec le plus grand sérieux, de quel asile d'aliénés vous êtes-vous échappé?

L'interpellé rougit violemment mais ne répondit pas. Les sept jurés sortirent de la cabane d'un pas solennel.

— Si vous avez fini de m'insulter, monsieur, dit le

témoin dès qu'il se retrouva seul avec le représentant de la loi, j'aime à croire que je suis libre de me retirer?

— Certainement.

Harker gagna la porte, puis s'arrêta, la main sur le loquet. Sa passion pour son métier l'emportant sur le sentiment de sa dignité personnelle, il se retourna et dit :

— Je connais bien le livre que vous tenez : c'est le journal de Morgan. Il semble vous intéresser beaucoup, car je vous ai vu le lire au cours de ma déposition. Pourrais-je le feuilleter? Le public aimerait…

— Ce journal n'a rien à voir avec cette affaire, répliqua le coroner en glissant de nouveau le volume dans sa poche.

Tandis que Harker sortait de la cabane, les jurés y rentrèrent et se rangèrent autour de la table sur laquelle le cadavre enlinceulé de nouveau dessinait sous le drap des lignes nettement accusées. Le premier juré s'assit près de la chandelle, tira de sa poche un bout de papier et un crayon, puis rédigea laborieusement le verdict suivant que tous signèrent avec plus ou moins de difficulté :

« Nous soussignés, membres du jury, déclarent que la dépouille reçoit la mort des mains d'un lion de montagne, mais quelques-uns de nous pensent, quand même, qu'elle a eu une attaque. »

4

EXPLICATION D'OUTRE-TOMBE

Le journal de feu Hugh Morgan renferme plusieurs passages fort intéressants qui, en tant que suggestions, peuvent avoir une valeur scientifique. Ce document n'a pas été produit au cours de l'enquête : peut-être le coroner a-t-il jugé inutile de jeter la confusion dans l'esprit des jurés. La date du premier des passages en question reste inconnue, le haut de la page ayant été arraché; voici ce qu'il en reste :

« ... se mettait à courir en cercle, la tête tournée vers le centre, puis il s'arrêtait net en aboyant avec fureur. Finalement, il s'est enfui à toute allure à travers les broussailles. Tout d'abord, j'ai cru qu'il était devenu fou; mais, une fois rentré à la maison, je n'ai rien vu d'anormal dans son attitude qui révélait simplement la crainte d'une correction.

« Est-ce qu'un chien peut voir avec son nez? Est-ce que les odeurs gravent sur un de ses centres cérébraux l'image de la créature qui les a émises?...

« *2 septembre*. — La nuit dernière, pendant que je contemplais les étoiles au-dessus de la crête à l'est de la maison, je les ai vues disparaître successivement, de gauche à droite. Elles ne s'effaçaient que par petits groupes et pendant très peu de temps, mais toutes celles qui se trouvaient à proximité du sol ont été éclipsées les unes après les autres, d'un bout à l'autre de la crête. On aurait dit que quelque chose s'interposait entre elles et moi; néanmoins, je n'ai pu rien discerner. Ceci ne me plaît pas du tout... »

(A cet endroit trois pages manquent.)

« *27 septembre*. — La bête est revenue dans les parages. Tous les jours je trouve des preuves de sa présence. La nuit dernière, je me suis mis à l'affût au même endroit, armé de mon fusil chargé à chevrotines. Au matin, j'ai aperçu de nouveau des empreintes fraîches. Pourtant j'aurais juré que je n'avais pas dormi. En vérité, je ne dors presque plus. La situation est intolérable! Si ces faits stupéfiants sont réels, je vais devenir fou; s'ils sont imaginaires, je le suis déjà.

« *3 octobre*. — Je ne partirai pas; elle ne me forcera pas à partir. Non, jamais! Ceci est ma maison à moi. Dieu a horreur des lâches...

« *5 octobre*. — Je ne peux plus supporter cet état de choses. J'ai invité Harker à passer quelques semaines avec moi. C'est un homme bien équilibré. D'après son attitude, je pourrai juger s'il me croit fou.

« *7 octobre*. — J'ai trouvé la solution du mystère. J'en ai eu hier la révélation soudaine. C'est très simple, effroyablement simple!

« Il existe des sons que nous ne pouvons pas entendre. A chaque extrémité de la gamme se trouvent des notes qui ne font vibrer aucune corde de cet instrument imparfait : l'oreille humaine. Elles sont trop aiguës ou trop graves. Il m'est souvent arrivé d'observer une troupe de corneilles perchées sur différents arbres, en train de croasser à plein gosier. Soudain, en un instant, exactement au même instant, elles s'envolent à la fois. Comment cela se fait-il? Elles ne pouvaient pas toutes se voir entre elles puisque les cimes des arbres servaient d'écran. En aucun endroit, aucun chef n'aurait pu être visible à la troupe entière. Donc, il y a dû y avoir un signal quelconque, assez aigu pour dominer le vacarme, mais que j'ai été incapable de percevoir. J'ai observé le même envol simultané, dans un silence total, non seulement chez les corneilles mais chez d'autres oiseaux, par exemple chez des cailles embusquées dans des buissons très éloignés les uns des autres, parfois même sur les versants opposés d'une colline.

« Les marins savent que des marsouins en train de s'ébattre à la surface de l'océan, à plusieurs milles de distance, séparés par la convexité du globe terrestre, plongent parfois et disparaissent au même instant. Ils obéissent à un signal donné, trop grave pour être entendu par les matelots, mais dont les vibrations se font sentir dans le navire comme les notes basses d'un orgue dans les pierres d'une cathédrale.

« Il en est des couleurs comme des sons. A chaque extrémité du spectre solaire le chimiste peut détecter la présence de rayons dits `` actiniques ''. Ils représentent des couleurs que nous ne pouvons discerner. L'œil humain, lui aussi, est un instrument imparfait; il ne couvre que quelques octaves de la véritable `` gamme chromatique ''. Je ne suis pas fou : il y a des couleurs que nous ne pouvons pas voir.

« Et, que Dieu m'assiste! cette Infernale Créature est de l'une de ces couleurs! »

The Damned Thing.
Traduction de J. Papy.

Edward le conquérant

par

ROALD DAHL

LOUISA, un torchon à la main, sortit par la porte de sa cuisine dans le froid soleil d'octobre.

« Edward! appela-t-elle. Ed-ward! Viens déjeuner! »

Elle s'arrêta quelques secondes pour tendre l'oreille. Puis elle se mit à traverser la pelouse, suivie de sa petite ombre. Elle passa devant les rosiers, puis effleura d'un doigt le cadran solaire. Bien qu'elle fût petite et épaisse, ses mouvements ne manquaient pas de grâce. Sa démarche était bien rythmée et elle balançait légèrement les bras et les épaules. Elle passa devant le mûrier pour atteindre le sentier de briques. Elle s'y engagea pour arriver enfin à l'endroit d'où elle put voir jusqu'au fond du jardin.

« Edward! Déjeuner! »

A présent, elle le voyait, à quatre-vingts mètres environ de là, tout au fond, en bordure du bois. Son long corps maigre dans sa salopette kaki et son chandail vert foncé. Il s'affairait autour d'un grand feu de bois, une fourche à la main, en y jetant des ronces. Le

21

feu flamboyait sauvagement, jaune et orange. Il envoyait au ciel les nuages d'une fumée laiteuse et répandait sur tout le jardin une bonne odeur d'automne.

Pour rejoindre son mari, Louisa descendit le chemin en pente. Si elle avait voulu, elle aurait pu l'appeler une fois de plus et se faire entendre sans mal, mais quelque chose semblait la pousser vers ce feu superbe, assez près pour en sentir la chaleur et entendre le crépitement.

« Viens déjeuner, dit-elle en s'approchant de lui.

— Tiens, te voilà. Bien. J'y vais.

— Quel bon feu!

— J'ai décidé de déblayer à fond ce coin, dit le mari. Ces ronces m'énervaient. » Son long visage luisait de sueur. De fines gouttelettes perlaient sur sa moustache comme de la rosée et deux petits ruisseaux descendaient le long de son cou, sur le col roulé de son chandail.

« Tu devrais faire attention. Je trouve que tu travailles trop.

— Louisa, cesse de me traiter comme si j'avais quatre-vingts ans. Un peu d'exercice n'a jamais fait de mal à personne.

— Oui, chéri. Je sais. Oh, Edward! Regarde! Regarde! »

L'homme se retourna pour voir Louisa montrer du doigt un coin, près du feu.

« Regarde, Edward! Le chat! »

Près du feu, si près que les flammes semblaient quelquefois le toucher réellement, un gros chat d'une

22

couleur insolite était accroupi par terre. Calme, la tête penchée d'un côté, il scrutait l'homme et la femme de son froid regard jaune.

« Il va se brûler! » s'écria Louise. Elle laissa tomber son torchon et courut vers le chat. Elle l'attrapa de ses deux mains, l'emporta et le posa sur l'herbe, un peu plus loin, à l'abri des flammes.

« Petit sot, dit-elle en s'époussetant les mains. Qu'est-ce qui t'arrive?

— Un chat sait toujours ce qu'il fait, dit le mari. Tu ne feras jamais faire à un chat ce qu'il n'a pas envie de faire. Jamais.

— A qui est-il? L'as-tu déjà vu auparavant?

— Non, jamais. Il a une drôle de couleur. »

Le chat s'était assis sur l'herbe et les regardait de biais. Ses yeux avaient une étrange expression, pensive et omnisciente à la fois. Près du nez, il avait une sorte de petit pli dédaigneux, comme si la vue de ce couple entre deux âges — elle, petite, épaisse et rose, lui, long, maigre et couvert de sueur — ne représentait pour lui qu'une légère surprise, rien qu'une petite surprise sans trop d'importance. Sa couleur — un pur gris argent sans le moindre reflet bleu — était rare pour un chat, et son poil était long et soyeux.

Louisa se pencha pour lui caresser la tête. « Il faut que tu rentres chez toi, dit-elle. Sois un gentil minet et rentre. »

L'homme et la femme se mirent à remonter vers la maison. Le chat se leva et les suivit, à distance d'abord, puis de plus en plus près. Bientôt il se trouvait à leur côté, puis il les précédait comme pour leur montrer le chemin. Il se déplaçait avec dignité, comme si tout l'endroit lui appartenait, la queue verticale comme un mât.

« Va, retourne chez tes maîtres, dit l'homme. Va, nous ne voulons pas de toi. »

Mais, alors qu'ils venaient d'atteindre la maison, il entra avec eux et Louisa lui donna un peu de lait, à la cuisine. Au moment du déjeuner, il se hissa sur une chaise vide, entre les deux époux et y demeura jusqu'à la fin du repas, sans cesser de suivre les événements de ses yeux jaune foncé qu'il promenait entre la femme et l'homme.

« Je n'aime pas ce chat, dit Edward.

— Oh, moi, je l'aime bien, il est si beau ! J'espère qu'il restera avec nous un moment.

— Voyons, Louisa. Cet animal ne peut pas rester ici. Il a un maître. Et il s'est perdu. Si nous n'arrivons pas à nous en débarrasser cet après-midi, il va falloir que tu l'emmènes au poste de police. Là, ils se débrouilleront. »

Après le déjeuner, Edward retourna à son jardinage tandis que Louisa, comme d'habitude, alla à son piano. C'était une pianiste de premier ordre et une authentique musicienne. Presque tous les jours, elle passait plus d'une heure à jouer pour son plaisir. Le chat s'était couché sur le sofa et Louisa s'arrêta devant lui pour le caresser. Il ouvrit sur elle ses yeux jaunes, puis il les referma et se rendormit.

« Tu es un gentil, gentil minet, dit-elle. Et ta robe a une couleur magnifique. J'aimerais bien te garder. » Puis ses doigts, en se promenant sur la fourrure, rencontrèrent une petite excroissance, juste au-dessus de l'œil droit.

« Pauvre chat, dit-elle. Tu as des bosses sur ta jolie tête. C'est que tu deviens vieux. »

Et elle le quitta pour aller s'asseoir sur le long tabouret de piano, mais elle ne se mit pas encore à jouer. Une de ses joies particulières, c'était de s'offrir tous les jours un petit récital, avec un beau programme composé à l'avance. Elle n'aimait pas rompre le charme pour se demander ce qu'elle jouerait ensuite. Elle ne s'accordait qu'un très bref arrêt après chaque morceau, arrêt réservé aux applaudissements et aux acclamations de son public imaginaire. Souvent, tout en jouant — les jours où elle se sentait en bonne forme — la chambre se noyait peu à peu dans l'obscurité et elle ne voyait plus que les interminables rangs de spectateurs, tous ces visages blancs tournés vers elle pour l'écouter. transportés.

Souvent, elle jouait de mémoire. Elle jouerait de mémoire aujourd'hui, elle en avait envie. Voyons, quel programme choisirait-elle? Elle était assise devant son piano, les mains jointes sur ses genoux, une petite personne replète et rose avec un visage rond et encore assez joli sous le chignon de ses cheveux. En tournant légèrement la tête à droite, elle pouvait voir le chat endormi, enroulé en turban sur le sofa. Sa robe gris argent paraissait très belle sur la pourpre du coussin. Si elle commençait par Bach? Ou mieux, par Vivaldi. Le *Concerto grosso* en ré mineur, dans la transcription pour orgue de Bach. Oui. Et ensuite, un peu de Schumann peut-être? *Carnaval?* Oui, ce serait amusant. Et après — eh bien, pourquoi pas un peu de Liszt, pour changer? Un des *Sonnets de Pé-*

trarque. Le deuxième, en mi majeur, c'était le plus beau. Puis un autre Schumann, quelque chose de gai, les *Scènes d'enfants,* par exemple! Et pour finir, en *bis,* une valse de Brahms, ou même deux valses de Brahms, pourquoi pas?

Vivaldi, Schumann, Listz, Schumann, Brahms. Un très joli programme et qu'elle connaissait entièrement par cœur. Elle s'approcha un peu plus de son piano et attendit — oui, elle était dans un de ses bons jours — pour permettre à un de ses auditeurs imaginaires de tousser. Puis, avec cette grâce mesurée qui accompagnait presque tous ses gestes, elle posa les mains sur le clavier et se mit à jouer.

En ce moment même, elle ne regardait pas du tout le chat — en effet, elle en avait à peu près oublié la présence — mais lorsque retentirent les premières notes graves du *Concerto grosso,* elle enregistra, du coin de l'œil, un petit remue-ménage sur le sofa. Elle s'arrêta aussitôt de jouer. « Qu'est-ce que c'est, fit-elle en s'adressant au chat. Qu'est-ce qui t'arrive? »

L'animal qui, voilà quelques secondes encore, dormait paisiblement, était à présent assis bien droit sur le sofa, attentif, le corps tendu, les oreilles dressées. Ses yeux largement ouverts regardaient fixement le piano.

« T'ai-je fait peur? demanda-t-elle doucement. C'est peut-être la première fois que tu entends de la musique? »

Non, se dit-elle aussitôt. Je ne crois pas que ce soit cela. Car, après l'avoir mieux regardé, elle constata que l'attitude du chat n'exprimait pas la peur. Bien

26

au contraire, sa façon de se pencher en avant avec une sorte d'ardeur faisait plutôt penser à l'étonnement, à la surprise. Bien sûr, la tête d'un chat, c'est une toute petite chose à peine expressive si l'on veut, mais en prêtant une attention particulière au jeu du regard et des oreilles, et surtout à cette petite surface de peau mobile, entre l'oreille et la mâchoire, on finit par y découvrir les effets d'une émotion violente. A présent, Louisa épiait de toutes ses forces le petit mufle et, comme elle était curieuse de ce qui se passerait par la suite, elle posa de nouveau les mains sur le clavier pour continuer à jouer son Vivaldi.

Cette fois, le chat parut moins surpris et ne manifesta qu'une légère tension musculaire. Mais à mesure que la musique s'amplifiait tout en s'accélérant entre l'introduction et la fugue, le comportement du chat devenait de plus en plus extatique. Les oreilles, dressées voilà quelques secondes encore, étaient aplaties à présent, les yeux mi-clos, la tête penchée de côté. Alors, Louisa aurait juré que l'animal APPRÉCIAIT réellement son jeu.

Ce qu'elle vit (ou ce qu'elle crut voir), il lui était arrivé souvent de le lire sur le visage de quelqu'un qui écoute une pièce de musique en connaisseur. Quelqu'un dont la physionomie porte tous les signes caractéristiques d'une sorte d'extase, de ferveur, de concentration. C'est une expression aussi facile à reconnaître qu'un sourire. Il n'y avait pas d'erreur. Le chat, en ce moment, avait cette expression-là.

Louisa termina la fugue, puis joua la sicilienne sans cesser de surveiller le chat. Elle eut la dernière preuve de l'attention de la bête à la fin du morceau, lorsque la musique se tut. Le chat cligna alors des yeux, s'agita un peu, étira une patte et se mit dans une position plus confortable. Après un bref regard circulaire, il posa sur elle ses yeux remplis d'impatience. C'est ainsi, exactement, que réagit un mélomane au moment où la musique lui laisse le temps de souffler, entre deux mouvements d'une symphonie. Cette attitude était si typiquement humaine que Louisa en ressentit comme un petit pincement au cœur.

« Tu aimes ça? demanda-t-elle. Tu aimes Vivaldi? »

A peine eut-elle parlé qu'elle se sentit ridicule, mais — et cela lui parut un peu inquiétant — pas aussi ridicule qu'elle eût dû se sentir logiquement.

Eh bien, il ne lui restait qu'à attaquer le morceau suivant. C'était *Carnaval*. Dès le début, le chat se redressa. Puis, comme saturé de musique, il semblait fondre dans une sorte de transe, proche de la noyade et du rêve. C'était vraiment un spectacle peu ordinaire — un peu comique, même, — ce chat au poil argenté qui s'extasiait. Et ce qui rendait la chose encore plus farfelue, c'était que cette musique qui avait l'air de tant charmer l'animal était de toute évidence trop « difficile », trop « classique » pour être accessible à la majorité des vivants.

Peut-être, pensa-t-elle, n'était-ce pas du vrai plaisir. Peut-être s'agissait-il d'une sorte de réaction hypnotique, comme chez les serpents. Après tout, si l'on peut charmer un serpent en lui jouant de la musique, pourquoi pas un chat? Vrai, il y a des millions de chats qui entendent tous les jours la radio et les disques sans jamais se conduire de cette façon. Celui-ci, par contre, avait l'air de suivre chaque note. C'était sans aucun doute une chose fantastique.

Mais n'était-ce pas aussi une chose merveilleuse? Oui, certainement. En effet, à moins qu'elle ne se trompât, c'était une espèce de miracle, une de ces incroyables histoires d'animaux qui n'arrivent que tous les cent ans.

« Tu as beaucoup aimé cela, je le vois, dit-elle après avoir fini le morceau. Je regrette de ne l'avoir pas mieux joué aujourd'hui. Lequel préfères-tu, Vivaldi ou Schumann? »

Comme le chat ne répondait pas, Louisa, craignant d'avoir perdu l'attention de son auditeur, passa directement au prochain morceau inscrit à son programme. Le deuxième *Sonnet de Pétrarque*, de Liszt.

Il se produisit alors une chose extraordinaire. Au bout de trois ou quatre mesures à peine, les moustaches de l'animal se mirent à palpiter à vue d'œil. Lentement, il se hissa plus haut sur son coussin, remua la tête, puis regarda fixement devant lui, l'air de froncer les sourcils, de se concentrer très fort, de se demander : « Voyons, où ai-je bien pu entendre ça? Ne me le dites pas, je trouverai bien, mais, pour l'instant, je ne parviens pas à le situer. » Louisa était fascinée. Un demi-sourire sur ses lèvres entrouvertes, elle poursuivit son jeu, tout en attendant la suite des événements.

Le chat se leva. Il marcha vers l'autre bout du sofa et se rassit pour mieux écouter. Puis tout à coup, il sauta sur le plancher pour venir se jucher sur le tabouret, à côté d'elle. Il demeura là, en écoutant de toutes ses oreilles le charmant sonnet, non pas rêveusement cette fois, mais bien éveillé, ses grands yeux jaunes fixés sur les doigts de Louisa.

« Eh bien! dit-elle en plaquant le dernier accord. Tu es venu près de moi? C'est parfait, tu peux rester ici, mais il faudra que tu te tiennes bien tranquille. » Elle étendit une main pour la passer doucement sur le dos du chat, de la tête à la queue. « C'était du Liszt, expliqua-t-elle. Tu sais, certaines de ses compositions sont horriblement vulgaires, mais des choses comme celle-ci sont ravissantes. »

Elle commençait à prendre un réel plaisir à cette étrange pantomime féline. C'est pourquoi elle attaqua sans attendre son morceau suivant, les *Scènes d'enfants* de Schumann.

Alors qu'elle jouait depuis une minute à peine, elle constata que le chat s'était encore déplacé pour regagner le sofa. Occupée à regarder ses mains, elle ne l'avait même pas vu quitter le tabouret. De toute façon, cela avait dû se passer en silence, et très rapidement. Certes, le chat semblait toujours suivre très attentivement la musique, mais Louisa crut voir que son regard ne reflétait plus le même enthousiasme, le même ravissement. D'autant que le fait qu'il eût quitté le tabouret pour le sofa était déjà en soi un signe de déception.

« Qu'y a-t-il? demanda-t-elle lorsqu'elle eut fini. Qu'as-tu contre Schumann? Que trouves-tu de si remarquable à Liszt? » Le chat la regardait fixement de ses yeux jaunes barrés verticalement de noir.

30

Voilà qui devient vraiment intéressant, se dit Louisa — et même je dirais qu'il y a du surnaturel dans l'air. Mais un seul regard sur le chat la rassura vite. Il était toujours là, dans son coin de sofa, visiblement impatient d'entendre encore de la musique.

« Bien, dit-elle. Voilà ce que je vais faire. Je vais modifier mon programme pour te faire plaisir. Puisque tu as l'air d'aimer tout particulièrement Liszt, je t'en jouerai un peu plus. » Elle hésita, cherchant dans sa mémoire. Puis, doucement, elle se mit à jouer une des douze petites pièces de *l'Arbre de Noël*. Sans trop surveiller le chat, elle ne put pas ne pas remarquer un nouveau frémissement de ses moustaches. Puis il sauta sur le tapis, inclina la tête, tressaillit d'émotion et puis, sur ses pattes de velours, il s'approcha du piano et se hissa sur le tabouret pour prendre place à côté de Louisa.

C'est au beau milieu de cette scène que, venant du jardin, Edward fit son entrée.

« Edward! s'écria Louisa en se levant. Oh, Edward chéri! Écoute! Écoute un peu ce qui m'arrive!

— Qu'est-ce qui se passe encore? fit-il. J'aimerais bien une tasse de thé. » Son long visage au nez coupant était cramoisi et la sueur le faisait briller comme une grappe de raisin mouillée.

« C'est à propos du chat! cria Louisa en montrant du doigt l'animal assis sur le tabouret. Laisse-moi te raconter ce qui est arrivé!

— Je crois que je t'ai dit de le porter à la police.

— Mais, Edward, écoute-moi! C'est passionnant, tu vas voir! C'est un chat musicien.

— Ah, oui?

— Ce chat est capable d'apprécier, et même de comprendre la musique.

— Voyons, Louisa, cesse de divaguer et, pour l'amour du ciel, fais-nous du thé. J'ai chaud et je suis fatigué. J'ai coupé trop de ronces et je me suis trop occupé de mon feu. » Il s'assit dans un fauteuil, prit une cigarette dans une boîte et l'alluma à l'aide d'un énorme briquet qu'il avait pris sur la table.

« Tu ne peux pas comprendre, dit Louisa. Il est arrivé quelque chose de passionnant ici, dans notre maison, en ton absence. Quelque chose qui... qui pourrait être mémorable.

— Je n'en doute pas.

— Edward, je t'en prie! »

Louisa était debout à côté du piano. Son petit visage rose était plus rose que jamais. Sur les pommettes, il était même écarlate. « Si tu veux le savoir, dit-elle, je te dirai ce que j'en pense.

— Je t'écoute, ma chère.

— Je pense que nous nous trouvons en ce moment en présence de... » Elle s'interrompit comme si soudain elle se rendait compte de l'absurdité de son idée.

« Oui?

— Tu trouveras cela idiot, Edward, mais je le pense en toute sincérité.

— En présence de qui, pour l'amour de Dieu?

— De Franz Liszt en personne! »

Le mari tira longuement sur sa cigarette, puis souffla la fumée au plafond. Il avait les joues creuses d'un homme qui a porté longtemps un râtelier complet et, plus il tirait sur sa cigarette, plus les joues rentraient tandis que les os saillaient comme ceux d'un squelette. « Je ne marche pas, dit-il.

— Edward, écoute-moi. Ce que je viens de voir de mes propres yeux, je n'y peux rien, mais cela a vraiment l'air d'une réincarnation.

— Tu veux dire, ce chat miteux?...

— Ne parle pas comme ça, chéri, je t'en prie.

— Tu n'es pas malade, Louisa?

— Je suis parfaitement lucide, merci. Je ne suis qu'un peu troublée, je veux bien l'admettre, mais qui ne le serait à ma place? Edward, je te jure...

— Puis-je savoir ce qui est arrivé? »

Louisa lui raconta tout. Pendant qu'elle parlait, son époux était vautré sur son fauteuil, les jambes écartées. Il fumait sa cigarette et laissait monter la fumée au plafond. Il souriait cyniquement.

« Je ne vois rien de si insolite dans cette histoire, dit-il lorsqu'elle eut fini son récit. C'est tout simplement un chat cabot. On lui a appris à faire son numéro, voilà tout.

— Ne sois pas si bête, Edward. Chaque fois que je joue Liszt, il s'extasie et vient s'asseoir sur le tabouret à côté de moi. Mais il ne fait cela que pour Liszt et personne ne peut apprendre à un chat la différence entre Liszt et Schumann. Même toi tu ne la connais pas. Mais ce chat ne s'y trompe jamais.

— Deux fois, rectifia l'époux. Ce n'est arrivé que deux fois.

— Deux fois suffisent.

— C'est à voir. Vas-y, prouve-le.

— Non, dit Louisa. Je ne recommencerai pas. Car

si c'est bien Liszt, comme je continue à le croire, ou
son âme, ou n'importe quoi de lui qui est revenu sur
terre, ce serait certainement indélicat de le soumettre
à toutes sortes d'examens stupides et indignes de
lui.

— Ma chère femme! Ce n'est qu'un chat, rien
qu'un chat gris plutôt stupide qui a failli se faire
griller le poil ce matin. Et puis, que sais-tu de la
réincarnation?

— Si son âme est là, ça me suffit, dit fermement
Louisa. C'est cela qui compte.

— Eh bien, vas-y. Fais-lui faire son numéro. Qu'il
nous montre la différence entre sa musique et celle
des autres.

— Non, Edward. Je te l'ai déjà dit, je refuse de lui
faire faire des numéros de cirque. Il en a fait assez
pour une journée. Mais je te dirai ce que je vais
faire. Je vais lui jouer encore un peu de sa propre
musique.

— Un long morceau, pour voir.

— Tu verras. Une chose est certaine — dès qu'il
aura reconnu sa musique, il ne bougera plus du tabouret. »

Sur une étagère, Louisa prit un album de Liszt, le
parcourut rapidement et choisit une de ses plus belles
pages, la *Sonate* en si bémol mineur. Elle pensa
d'abord n'en donner que la première partie, mais
lorsqu'elle vit le chat trembler littéralement de plaisir
et regarder ses mains avec cette étrange fascination,
elle n'eut pas le cœur de s'arrêter.

Elle joua donc la sonate jusqu'au bout. Lorsqu'elle
eut fini, elle regarda son mari en souriant. « Voilà,

dit-elle. Tu ne vas pas me dire qu'il n'a pas ADORÉ ce morceau!

— Il aime le bruit, voilà tout.

— Il l'a adoré. N'est-ce pas, chéri? fit-elle en prenant le chat dans ses bras. Oh, mon Dieu, si seulement il pouvait parler! Pense un peu — il a rencontré Beethoven dans sa jeunesse! Il a connu Schubert et Mendelssohn et Schumann et Berlioz et Grieg et Delacroix et Heine et Balzac! Et, voyons un peu... ciel, il a été le beau-père de Wagner! C'est le beau-père de Wagner que je tiens dans mes bras!

— Louisa! fit sèchement le mari en se redressant sur son fauteuil. Reprends tes esprits! » Sa voix était devenue très dure et il parlait plus fort.

Louisa leva les yeux. « Edward, on dirait que tu es jaloux!

— Jaloux, c'est ça — de ce sale chat gris!

— Alors, ne sois pas si grincheux et cynique. Si tu ne sais pas te conduire autrement, il vaudra mieux que tu retournes à ton jardinage pour nous laisser en paix tous les deux. Cela vaudra mieux pour nous, n'est-ce pas, chéri? dit-elle au chat en lui caressant la tête. Et ce soir, plus tard, nous jouerons encore de la musique ensemble, ta musique à toi. Oh, oui, fit-elle en embrassant l'animal dans le cou, à plusieurs reprises, et nous jouerons aussi du Chopin. Tu n'as pas besoin de me le dire, je sais que tu adores Chopin. Tu étais son grand ami, n'est-ce pas, mon chéri? Au fait, si mes souvenirs sont exacts, n'est-ce pas chez lui que tu as rencontré le grand amour de ta vie, Mme de Quelquechose, à qui tu devais faire trois bâtards, vrai? Oh, oui, sale bête, ne te défends pas! Je te jouerai du Chopin ce soir! » Et elle l'embrassa de nouveau. « Cela te rappellera des tas de choses, n'est-ce pas?

— Arrête, Louisa!

— Ne sois pas si borné, Edward.

— Tu te conduis comme une parfaite idiote. Et, de toute façon, tu oublies la canasta de ce soir, chez Billy et Betty.

— Pas question! »

Edward se leva lentement et éteignit sa cigarette dans le cendrier. « Dis-moi, fit-il calmement. Tu ne crois pas vraiment à ces... à ces balivernes, n'est-ce pas?

— Mais certainement que j'y crois. Il n'y a plus de doute. Et, en plus, c'est pour nous une immense responsabilité, Edward, pour nous deux!

— Tout ce que je peux te dire, fit-il, c'est que tu devrais voir un médecin. Le plus vite possible. » Sur ce, il quitta la pièce par une porte-fenêtre pour regagner le jardin.

Louisa le regarda traverser la pelouse pour retrouver ses ronces et son feu de bois. Elle attendit qu'il fût hors de vue, puis sortit par l'autre côté, le chat dans les bras.

Peu après, elle était dans sa voiture, en route vers la ville.

Elle s'arrêta devant une bibliothèque, enferma le chat dans la voiture, monta l'escalier en courant et entra dans la salle. Elle se mit à la recherche des fiches suivantes : RÉINCARNATION et LISZT.

Sous RÉINCARNATION, elle trouva un volume appelé « Retour à la Vie terrestre. Pourquoi et comment. » par un monsieur nommé F. Milton Willis, publié en 1921. Sous LISZT, elle trouva deux biographies. Elle emporta les trois livres, reprit la voiture et rentra à la maison.

Arrivée chez elle, elle posa le chat sur le sofa, s'assit à côté de lui avec ses trois livres dans l'intention de les étudier à fond. Elle décida de commencer par l'œuvre de M. F. Milton Willis. Le volume était mince et légèrement maculé, mais il était solide au toucher et le nom de l'auteur ne manquait pas d'autorité.

« La doctrine de la réincarnation, lut-elle, confirme le passage d'une espèce d'être vivant à une autre. Mais un homme ne peut renaître animal, pas plus qu'un adulte ne peut redevenir enfant. »

Elle relut la phrase. Mais qu'en savait-il, ce monsieur? Et comment pouvait-il en être sûr? C'était impossible. On ne pouvait pas affirmer avec certitude une chose pareille. Elle se sentit un peu déçue.

« Dans l'espace de notre conscience, nous avons tous, en dehors de notre corps visible, quatre autres corps, invisibles pour les yeux terrestres, mais parfaitement visibles pour ceux dont les facultés métaphysiques ont subi le développement nécessaire... »

Elle n'y comprit rien, mais poursuivit courageusement sa lecture pour arriver enfin à un passage intéressant qui exposait combien de temps une âme restait obligatoirement éloignée de la terre avant d'y retourner, cachée dans un autre corps. Le nombre des années variait selon la qualité sociale du défunt, et M. Willis donnait le tableau suivant :

	années
Ivrognes et désœuvrés	40/50
Travailleurs non qualifiés	60/100
Ouvriers qualifiés	100/200
Petits bourgeois	200/300
Haute bourgeoisie	500
Propriétaires issus des plus hautes classes	600/1000
Initiés	1500/2000

Elle consulta aussitôt un des deux autres livres pour apprendre que Liszt était mort à Bayreuth en 1886. Cela faisait donc soixante-sept ans. A croire M. Willis, il avait dû être un travailleur non qualifié pour avoir pu revenir si vite. Cela n'avait pas l'air de coller. D'un autre côté, il lui était impossible d'attacher trop d'importance à la méthode de classement adoptée par l'auteur. Selon lui, « les plus hautes classes des grands propriétaires » étaient ce qu'il y avait de plus noble au monde. L'habit rouge, les coups d'étrier, le sanglant et sadique meurtre du renard. Non, cela n'était pas juste. Elle commença à éprouver un plaisir certain à douter de M. Willis.

En poursuivant sa lecture, elle tomba sur une liste de quelques réincarnations célèbres. Épictète, paraît-il, retourna à la terre sous les traits de Ralph Waldo Emerson. Cicéron revint comme Gladstone, Alfred le Grand comme la reine Victoria, Guillaume le Conquérant comme lord Kitchener. Ashoka Vardana, roi des Indes en 272 avant J.-C., revint sous les traits du colonel Henry Steel Olcott, un avocat américain très connu. Pythagore devint le maître Koot Hoomi, fondateur de la Société théosophique avec Mme Blavatsky et le déjà nommé colonel H. S. Olcott (l'avocat américain, alias Ashoka Vardana, roi des Indes). Il ne disait pas qui était Mme Blavatsky. Par contre, Theodore Roosevelt avait joué un rôle important dans l'histoire de la réincarnation. Toute la dynastie des Chaldéens descendait de lui car il fut, vers l'an 30 000 avant J.-C., souverain de Chaldée, connu plus tard sous le nom de César et qui fut également empereur de Perse... Roosevelt et César furent tous deux tour à tour des chefs d'armée et des chefs d'administration. Une fois même, il y a des milliers d'années, ils furent mari et femme... »

Cela suffisait. Ce M. F. Milton Willis n'était de toute évidence qu'un charlatan. Louisa ne se sentit pas impressionnée par ses affirmations dogmatiques. Il était peut-être sur le bon chemin, le pauvre type, mais ses théories étaient extravagantes, surtout celle où il était question d'animaux. Elle eut envie de parvenir à confondre toute la Société théosophique en prouvant qu'un homme pouvait parfaitement revenir sur terre sous la forme d'un animal inférieur. Et qu'il n'était pas nécessaire d'avoir été un travailleur non qualifié pour revenir en moins de cent ans.

Elle se tourna maintenant vers une des biographies de Liszt pour la parcourir lorsque son mari revint une nouvelle fois du jardin.

« Qu'est-ce que tu fabriques encore? demanda-t-il.

— Oh, je me renseigne un peu, voilà tout. Écoute, mon chéri, sais-tu que Theodore Roosevelt a été, il y a très longtemps, la femme de César?

« — Voyons. Louise. dit-il. Arrête ce jeu stupide. Je n'aime pas te voir faire l'idiote. Donne-moi ce maudit chat et je le porterai moi-même au poste. »

Louisa semblait ne pas l'entendre. Elle regardait bouche bée un portrait de Liszt, en première page du livre qu'elle tenait sur ses genoux. « Mon Dieu! cria-t-elle. Edward, regarde!

— Quoi?

— Regarde! Ses verrues! Je les avais oubliées! Elles étaient célèbres pourtant. ses verrues! Au point que ses élèves s'en collaient de fausses pour lui ressembler.

— Et après?

— Rien. ce ne sont pas les élèves qui m'intéressent. mais les verrues!

— Oh. Seigneur! fit l'homme.

— Ces verrues. le chat les a aussi! Tiens. je vais te les montrer! »

Elle prit la bête sur ses genoux et se mit à examiner sa tête. « Là. En voici une! Et en voici une autre! Attends une seconde. Je crois qu'elles sont à la même place. Où est le portrait? »

Ce fameux portrait représentait le musicien déjà vieux. son noble visage encadré par une masse de longs cheveux gris qui lui cachaient les oreilles et lui tombaient sur les épaules. Chacune des verrues avait été fidèlement reproduite. Il y en avait cinq.

« Voyons. sur le portrait. il y en a une au-dessus du sourcil droit. » Elle palpa le sourcil droit du chat. « Oui! Elle y est! Exactement au même endroit! Et en voici une autre. à gauche. au-dessus du nez! Et puis en voici une, en bas, sur la joue. Et ces deux-là, sous le menton, à droite. Edward! Edward! Viens ici! Il les a toutes, au même endroit!

— Ça ne prouve rien. »

Elle leva les yeux sur son mari qui se tenait debout au milieu de la pièce, dans son chandail vert et sa salopette kaki, le visage toujours couvert de transpiration. « Tu as peur, n'est-ce pas, Edward? Tu as peur de perdre ta précieuse dignité, peur de passer pour un fou?

— Je refuse de devenir hystérique, voilà tout. »

Louisa reprit son livre. « Voilà qui est intéressant, dit-elle. Il paraît que Liszt adorait toute la musique de Chopin, à l'exception du scherzo en si bémol mineur. Celui-là, il le haïssait. Il l'avait surnommé « Le scherzo de l'Institutrice » car, disait-il, ce morceau devrait être réservé aux personnes de cette profession.

— Et après?

— Edward, écoute. Si tu persistes à être si horrifié par tout cela, voilà ce que je vais faire. Je vais lui jouer ce scherzo et tu resteras ici pour voir ce qu'il va faire.

— Et ensuite, peut-être daigneras-tu préparer le dîner? »

Louisa se leva et prit sur l'étagère un gros album vert contenant les œuvres complètes de Chopin. « Le voici. Oh oui, je m'en souviens. Il est plutôt affreux, c'est vrai. Et maintenant, écoute, ou plutôt, regarde. Regarde ce qu'il va faire. »

Elle plaça la musique sur le piano et s'assit. Son mari resta debout, les mains dans les poches, une cigarette aux lèvres. Malgré lui, il surveillait le chat qui, à présent, sommeillait sur le sofa. Lorsque Louisa commença de jouer, sa première réaction fut dramatique. L'animal sursauta comme piqué par une guêpe et demeura immobile, debout, pendant une minute au moins, les oreilles dressées, le poil hérissé. Puis il se mit à marcher de long en large sur le sofa. Enfin, il atterrit sur le plancher et, le nez et la queue en l'air, il quitta majestueusement la pièce.

« Voilà! » s'écria Louisa. Elle sauta sur ses pieds et courut après le chat. « Voilà! Voilà la preuve! » Elle revint en portant le chat dans ses bras, puis elle le posa sur le sofa. Toute sa figure brillait d'émotion, ses poings serrés avaient blanchi et son chignon était de travers. « Eh bien, Edward? Qu'en dis-tu? » Elle eut un rire nerveux.

« Cela a été très amusant, je dois l'admettre.

— Amusant! Mon cher Edward, c'est le plus grand miracle de tous les temps! Oh, mon Dieu! » Elle souleva le chat pour le serrer contre sa poitrine. « N'est-ce pas merveilleux de penser que nous avons Franz Liszt ici, chez nous?

— Voyons, Louisa, ne deviens pas hystérique!

— Je n'y peux rien, vraiment. Imagine seulement qu'il va rester avec nous pour toujours!

— Pardon?

— Oh, Edward! Je suis si émue que je peux à peine parler. Sais-tu ce que je vais faire maintenant? Tous les musiciens du monde voudront le rencontrer, c'est certain, et lui poser des questions sur les gens qu'il a connus, Beethoven, Chopin, Schubert...

— Il ne sait pas parler, dit le mari.

— Oui, c'est vrai. Mais de toute façon, ils voudront le voir, le toucher et lui jouer leur musique, de la musique moderne comme il n'en a jamais entendu.

— Il n'était pas si grand que ça. Si c'était Bach ou Beethoven...

— Ne m'interromps pas, Edward, je t'en prie. Il faut que je prévienne tous les grands compositeurs du monde. C'est mon devoir. Je leur dirai que Liszt est chez moi et je les inviterai à venir le voir. Et ils viendront tous, par avion, de tous les coins de la terre!

— Pour voir un chat gris?

— Pourquoi pas? C'est bien lui. Qu'importe son aspect physique? Oh, Edward, comme ce sera passionnant!

— Ils te croiront folle.

— Eh bien, tu verras. » Elle serrait le chat dans ses bras et le pelotait tendrement, sans quitter des yeux son mari qui se dirigeait vers la fenêtre. Là il s'arrêta pour regarder le jardin. La nuit tombait, faisant virer au noir le vert de la pelouse. Au loin, il apercevait la colonne de fumée blanche qui surmontait son feu de bois.

« Non, fit-il sans se retourner. Pas ici. Pas dans cette maison. Veux-tu vraiment qu'on nous prenne pour des fous?

— Edward, que veux-tu dire?

— C'est simple. Je te défends de faire de la publicité à une absurdité pareille. Tu as trouvé un chat maniéré. D'accord. Garde-le si cela t'amuse. Mais je ne veux pas que tu ailles plus loin. Compris?

— Plus loin? Que veux-tu dire?

— Je ne veux plus entendre parler de cette histoire insensée. Tu te conduis comme une somnambule. »

Louisa posa lentement le chat sur le sofa. Puis, toujours lentement, elle se redressa dans toute sa petitesse et fit un pas en avant. « Zut, Edward! cria-t-elle en tapant du pied. C'est la première fois de la vie qu'il nous arrive quelque chose de vraiment passionnant et tu es fâché à mort d'y être mêlé, par peur de te rendre ridicule! C'est bien cela, n'est-ce pas? Tu ne me diras pas le contraire?

— Louisa, dit le mari. Cela suffit. Sois raisonnable et arrête ce jeu. » Il alla vers la table, prit une nouvelle cigarette dans la boîte et l'alluma à l'aide de l'énorme briquet. Sa femme le regardait toujours et, en même temps, des larmes se mirent à couler du coin de ses yeux pour tracer deux petits ruisseaux sur la poudre qui couvrait ses joues.

« Nous avons eu trop de ces scènes, ces derniers temps, Louisa, dit-il. Non, ne m'interromps pas. Écoute-moi. Tu as dû t'ennuyer souvent, je l'admets, et...

— Oh, mon Dieu! Quel idiot tu es! Quel somptueux idiot! Ne vois-tu pas que c'est différent? Qu'il s'agit ici d'une chose miraculeuse! Ne le vois-tu pas? »

Alors il vint vers elle et la prit fermement par les épaules. Il avait sa cigarette à la bouche et Louisa put voir sur sa peau les taches qu'y avait laissées la sueur. « Écoute, dit-il. J'ai faim. J'ai renoncé à jouer au golf et j'ai travaillé au jardin toute la journée. Je suis fatigué, j'ai faim et j'aimerais bien dîner. Et toi

44

aussi, j'en suis sûr. Va, prépare-nous quelque chose de bon. »

Louisa recula et porta ses deux mains à sa bouche. « Ciel! s'écria-t-elle. J'ai complètement oublié. Il doit mourir de faim. Je ne lui ai donné qu'un peu de lait depuis qu'il est là!

— Qui?

— Lui, quoi. Il faut que je lui prépare quelque chose de spécial. Si seulement je savais quel est son plat préféré! Qu'en penses-tu, Edward?

— Je m'en moque!

— Voyons, Edward. Laisse-moi faire, pour une fois. Attends un instant »; elle se pencha pour caresser le chat du bout des doigts, « attends. Ce ne sera pas long. »

Et Louisa disparut dans sa cuisine. Elle passa un moment à se demander quel plat spécial elle pourrait bien préparer. Un soufflé? Un beau soufflé au fromage? Oui, ce serait assez spécial. Bien sûr, Edward n'aimerait pas beaucoup cela. Tant pis pour lui.

Louisa n'était pas une grande cuisinière et il lui arrivait de rater ses soufflés. Mais cette fois-ci, elle prit soin de contrôler la température et le temps de cuisson. Et tandis que le soufflé était au four, elle chercha quelque chose pour l'accompagner. Elle pensa à des avocats et des pamplemousses. Liszt n'en avait probablement jamais mangé. Elle décida donc de lui servir les deux, en salade. Il serait amusant de voir sa réaction.

Lorsque tout fut prêt, elle en garnit un plateau qu'elle porta à la salle de séjour. Au moment même où elle entrait, elle vit son mari qui revenait du jardin par la porte-fenêtre.

« Le dîner est prêt », dit-elle en posant le plateau sur la table. Puis elle jeta un regard vers le sofa. « Où est-il? »

Son mari referma la porte, puis traversa la pièce pour se chercher une cigarette.

« Edward, où est-il?

— Qui?

— Tu sais bien.

— Ah, oui, c'est vrai. Eh bien, je vais te le dire. » Il se pencha en avant pour allumer sa cigarette, les mains en coquille sur l'énorme briquet. Lorsqu'il leva les yeux, il vit que Louisa regardait ses chaussures et le bas de son pantalon qui étaient humides de rosée.

« Je suis sorti pour voir le feu », dit-il.

Les yeux de Louisa se posèrent alors sur ses mains.

« Il tient bon, poursuivit Edward. Je pense qu'il va brûler toute la nuit. »

Mais sa façon de le regarder le rendit mal à l'aise.

« Qu'est-ce que c'est? » fit-il en reposant le briquet. Puis il baissa les yeux et découvrit la longue égratignure qui lui barrait diagonalement le revers de la main.

« Edward!

— Oui, dit-il, je sais. Ces ronces sont terribles. Ça vous met en morceaux. Voyons, Louisa! Qu'est-ce que tu as?

— Edward!

— Oh, pour l'amour de Dieu, assieds-toi et reste tranquille. A quoi bon te tourmenter? Assieds-toi, Louisa, assieds-toi, va! »

Edward the Conqueror.
Traduction d'Elizabeth Gaspar.

Hé! Regardez-moi!

par

JACK FINNEY

Six mois environ après la mort de Maxwell King,
je vis son fantôme marcher dans l'avenue Miller, à
Mill Valley, en Californie. Il était deux heures vingt
de l'après-midi, la journée était claire, ensoleillée, et
je le vis — comme je pus le vérifier par la suite — à
moins de cinq mètres de distance. Il n'est donc pas
possible que je me sois mépris et je m'en vais vous
dire d'où me vient ma certitude.

Je m'appelle Peter Marks et je suis le critique
littéraire d'un journal de San Francisco. J'habite Mill
Valley, à vingt kilomètres de San Francisco, et je
travaille presque tous les jours chez moi, de neuf
heures du matin jusqu'à deux ou trois heures de
l'après-midi. A ce moment-là, il est rare que ma
femme n'ait pas besoin de quelque chose chez les
commerçants, si bien que je m'en vais alors faire à
pied ses commissions, m'arrêtant presque toujours à
la boulangerie-pâtisserie Myer, qui sert aussi des
plats du jour. Jusqu'à sa mort, j'y prenais souvent le
café avec Max Kingery, et nous passions une demi-
heure au bar à discuter.

Il était écrivain, ce qui rendait absolument inévitable que je lui fusse présenté peu après son installation à Mill Valley. Un certain nombre d'écrivains se sont fixés là et, dès qu'il en arrive un nouveau, on s'empresse de nous faire faire connaissance, puis les gens attendent pour voir ce qui va se produire. En général, il ne se produit pas grand-chose, encore qu'une fois l'un d'eux m'ait interpellé en pleine rue, juste devant l'épicerie Redhill :

— Peter Marks? Le critique?

Et comme j'acquiesçais, il me lança :

— Monsieur, vous êtes un pauvre imbécile, qui devrait écrire pour *La Vie des Bêtes*, au lieu de critiquer les œuvres de ceux qui lui sont supérieurs.

Sur quoi, tournant les talons, il s'en fut d'un pas qui ne se peut qualifier que de majestueux, cependant que je le suivais du regard en souriant. J'avais éreinté deux de ses livres; depuis lors, il n'attendait plus que l'occasion de me rencontrer et s'y était donc admirablement préparé.

Mais le jour où nous fûmes présentés l'un à l'autre, Max Kingery se borna à me déclarer avec quelque raideur : « Enchanté », en hochant plusieurs fois la tête avant de penser à sourire, et je ne lui en dis pas davantage. C'était au printemps et je crois me rappeler que nous nous trouvions au centre de la ville, à proximité de la banque; Max était nu-tête, vêtu d'un pardessus marron clair usagé dont le col était relevé. C'était un brun aux yeux noirs avec des lunettes à grosse monture sombre; débordant de vitalité, il avait peine à rester immobile. Bien que jeune, il se

50

voûtait déjà un peu et commençait à perdre ses cheveux. Il m'apparaissait avec évidence que c'était un homme se prenant au sérieux, mais son nom n'éveillait aucun souvenir dans ma mémoire, si bien que nous échangeâmes seulement quelques propos de pure politesse avant de prendre congé l'un de l'autre très vite, et probablement pour toujours si nous n'avions eu l'occasion de nous rencontrer ensuite fréquemment chez Myer. Mais il se trouva que nous venions là presque chaque après-midi boire un café; aussi, après nous être revus et salués une demi-douzaine de fois, nous finîmes par nous asseoir côte à côte au comptoir pour essayer de nouer conversation.

Et, peu à peu, nous devînmes amis. Lui n'en avait guère. Quand je le connus mieux, je m'inquiétai tout naturellement de ce qu'il avait écrit; je découvris qu'il n'avait encore à son actif qu'un premier roman, dont j'avais rendu compte un an auparavant, disant que l'auteur me paraissait prometteur et capable de nous donner un excellent livre un jour ou l'autre, le tout constituant ce qu'on appelle une critique « mitigée », si bien que je me sentais un peu gêné.

Mais j'avais tort de me tracasser car j'appris très vite que ce que je pouvais penser de son livre — moi ou n'importe qui — n'avait aucune espèce d'importance pour Max, lequel était convaincu que, le moment venu, moi et tout un chacun serions obligés de reconnaître que Maxwell Kingery était un très grand écrivain. Pour l'instant, il n'y avait que très peu de gens, même à Mill Valley, pour savoir qu'il écrivait; mais Max préférait qu'il en fût ainsi, le moment de la révélation n'étant pas encore arrivé. Un jour, non seulement à Mill Valley, mais dans les plus lointains villages des pays les plus éloignés, chacun saurait qu'il était un des écrivains importants de son temps, et peut-être même de tous les temps. Max ne disait jamais rien de semblable, mais vous finissiez par comprendre qu'il le pensait et que ça ne relevait d'aucun égotisme. C'était simplement une chose dont il était convaincu; ce en quoi il avait peut-être raison : qui sait combien de Shakespeare sont morts prématurément, et combien de jeunes génies nous avons perdus par suite de maladies, d'accidents stupides ou de guerres.

Cora, ma femme, fit bientôt la connaissance de Max; parce qu'il avait l'air maigre, affamé, abandonné — ce qu'il était —, elle me demanda de l'inviter à manger, et très vite nous l'eûmes souvent chez nous. Sa femme était morte, environ un an avant que nous nous rencontrions. (Plus j'en apprenais sur Max, plus il me semblait être de ces gens qui, sans doute possible, sont victimes de la malchance leur vie durant.) Après la mort de sa femme et l'échec de son livre, il avait quitté San Francisco pour Mill Valley, où il vivait seul, travaillant au roman qui, avec ceux qui viendraient ensuite, allait le rendre célèbre. Il habitait dans une misérable petite maison qu'il avait louée, prenant ses repas à la cafétéria. Je n'avais jamais su d'où lui venait le peu d'argent qu'il avait. Nous l'invitions donc souvent pour que Cora puisse le nourrir convenablement; lorsqu'il sut ainsi être le bienvenu chez nous, il s'y arrêtait souvent de lui-même si son roman avançait bien. Et, presque

52

chaque jour, je le voyais chez Myer, où nous prenions le café en bavardant.

Nous parlions rarement métier. Tout ce qu'il me disait de son travail quand nous nous rencontrions, c'est si ça marchait ou non, et ce uniquement parce qu'il savait que je m'y intéressais. Certains écrivains n'aiment pas parler de ce qu'ils font et il était de ceux-là ; je n'avais même jamais su quel était le sujet de son roman. Nous parlions politique, de l'avenir du monde, et de toutes les choses dont peuvent s'entretenir deux hommes qui sont devenus de bons amis. De temps à autre, il lisait un livre dont j'avais rendu compte, et nous en discutions ainsi que de ma critique. Il se montrait toujours relativement courtois touchant ce que je faisais, mais son sentiment profond n'en transpirait pas moins. Certains écrivains ont à l'égard des critiques une attitude offensive, d'autres leur marquent une hostilité boudeuse, mais Max ne leur témoignait que dédain. Il était, j'en suis certain, convaincu de la supériorité des écrivains sur les critiques car, bien ou mal, les auteurs font ce sur quoi nous nous bornons à gloser. Il arrivait que Max m'écoutât commenter l'œuvre d'un de ses confrères, puis il haussait les épaules en disant : « Bien sûr, vous n'êtes pas écrivain... » comme si cela constituait un grave handicap pour comprendre une œuvre. Je rétorquais : « Non, je suis critique » ce qui me paraissait une bonne réponse, mais Max acquiesçait d'un hochement de tête comme si je lui donnais raison. Il m'aimait bien, mais pour lui mon travail faisait de moi un marginal, un écornifleur, presque un parasite. C'était la raison pour laquelle il ne voyait pas d'inconvénient à se laisser nourrir par moi : j'étais de ces gens qui vivent du travail des écrivains et il pensait, j'en suis sûr, que mon devoir était de l'aider ainsi à écrire son livre, dans la lecture duquel je trouverais ma récompense.

Seulement je n'ai jamais lu le livre auquel travaillait Max, ni ceux qui devaient suivre, car il est mort cet été, d'une façon stupide. Il a attrapé la grippe ou quelque chose comme ça, une de ces maladies sans nom dont une épidémie sévit de temps à autre. Mais Max ne mangeait pas toujours suffisamment, ni ne vivait de façon raisonnable, et chez lui, sans qu'il en sût rien, cela dégénéra en pneumonie. Il resta confiné dans sa petite maison en attendant que ça passe, mais ça ne passa pas. Lorsqu'il se décida à consulter un médecin et que celui-ci l'envoya à l'hôpital pour qu'on lui fît de la pénicilline, c'était trop tard, et Max mourut le soir-même au Marin General Hospital.

Ce qui rendit le choc encore plus violent pour Cora et moi, ce fut la façon dont nous apprîmes la nouvelle. Lorsqu'il mourut, nous nous trouvions en vacances dans l'Utah, à quelque mille kilomètres de là, et nous n'en sûmes rien. Par la suite, bien sûr, nous pensâmes souvent que si nous avions été chez nous lorsque Max était tombé malade, nous l'aurions soigné à la maison et il n'aurait jamais eu de pneumonie. J'en demeure convaincu. Max se trouvait tout simplement être de ces gens qui n'ont pas de chance. Quand nous rentrâmes, nous apprîmes non seulement la mort de Max, mais aussi qu'il était enterré depuis dix jours, si bien que son souvenir commençait déjà à s'estomper.

Cora et moi n'arrivions pas à nous persuader que Max nous avait quittés pour toujours. Quand on rentre de vacances, on reprend si vite ses habitudes que c'est à peine si l'on a le sentiment d'avoir été absent. C'est ce qui se produisait pour nous; et quand, dans l'après-midi, j'entrais chez Myer pour y prendre mon café, il me semblait que seulement un jour ou deux s'étaient écoulés depuis la dernière fois que j'avais vu Max, et lorsque la porte s'ouvrait, je m'attendais toujours à le voir entrer.

A l'exception de quelques personnes qui se rappelaient m'avoir aperçu en compagnie de Max et qui me parlaient maintenant de lui en hochant tristement la tête, je n'eus pas l'impression que la mort de Max marquât son environnement. Bien qu'on le connût peu ou pas du tout, on avait certainement commenté son décès, mais d'autres événements étaient survenus qui l'avaient éclipsé. Aussi, pour Cora comme pour moi, la disparition de Max ne semblait pas avoir laissé un vide à Mill Valley.

Et cette impression persistait même quand nous allions au cimetière. D'abord celui-ci était non pas à Mill Valley mais à San Rafael, et la tombe se trouvait dans un coin écarté; pour y arriver, il nous fallait gravir une élévation assez abrupte et c'est tout juste si cette tombe semblait exister. Comme elle n'avait aucune plaque, nous devions compter à partir de l'allée pour la localiser. Et là, debout sous le soleil avec Cora, tout en sachant que j'avais tort, j'éprouvais du ressentiment envers la famille de Max. Il n'avait que quelques cousins dans le New Jersey et en Pennsylvanie, qu'il n'avait pas revus depuis qu'ils étaient enfants et avec qui il n'avait jamais depuis lors été en correspondance. Ils avaient envoyé un peu d'argent pour payer les frais d'enterrement beaucoup plus, je pense, par fierté familiale que par affection pour Max, et aucun d'eux ne s'était déplacé. On ne pouvait leur en faire grief car le voyage était long et coûteux, mais c'était triste : il n'y avait eu que cinq personnes pour suivre le cercueil. Max n'était jamais allé dans ce cimetière, il ne le connaissait même pas, et je n'arrivais pas à me persuader que cette tombe sans plaque, sur laquelle l'herbe commençait à repousser, pût avoir quelque rapport avec lui.

Max avait disparu de la ville, un point c'est tout. Ses affaires — un manuscrit à demi terminé, une machine à écrire portable, quelques vêtements et une demi-rame de papier jaune — avaient été envoyées à sa famille. Et Max, avec une douzaine de grands bouquins enfouis dans son cerveau, Max qui devait devenir célèbre, s'en était allé, sans que sa disparition creusât un vide et sans laisser grand souvenir.

Le temps est un bon médecin; il fait oublier; parfois même, il vous fait littéralement et cruellement oublier. Je connais un homme que sa femme a quitté et qui ne l'a jamais revue. Cela lui avait causé un tel choc, qu'il pensait en garder le souvenir jusqu'à sa mort. Un an plus tard, un soir qu'il était occupé à lire dans son living-room, il fut tellement pris par l'intrigue du roman que, entendant un léger bruit familier en provenance de la cuisine, sans même lever les yeux de sur le livre, il cria à sa femme de lui apporter une tasse de thé quand elle reviendrait dans la pièce.

Ce fut seulement le fait de ne recevoir aucune réponse qui le ramena à la réalité et lui fit ressentir encore plus douloureusement sa solitude.

Six mois environ après la mort de Max, ayant terminé mon travail de la journée, je m'en allai faire un tour en ville. Nous étions en janvier et venions de subir un mois de pluie, de brouillard, d'humidité glaciale. Puis la Californie fit ce qu'elle fait plusieurs fois chaque hiver et pour quoi je lui pardonnerai toujours tout. La pluie cessa, le soleil reparut, le ciel devint d'un bleu sans nuage, et la température dépassa les 20°. Les pluies d'hiver avaient tout rendu luxuriant et ces trois ou quatre jours ne se différenciaient aucunement de l'été, si bien que je sortis en bras de chemise pour ma promenade habituelle. Et quand, traversant l'avenue Miller, à hauteur de l'arrêt de l'autobus, pour me rendre chez Myer, de l'autre côté de la chaussée, j'aperçus en face de moi Max Kingery se dirigeant vers l'angle de Throckmorton, je n'éprouvai aucune surprise, me sentant simplement heureux de le revoir. Ce fut, je pense, parce que ces journées ensoleillées étaient comme la continuation de l'été où je l'avais connu, abolissant ce qui s'était écoulé entre-temps, et aussi parce que je n'avais jamais rien eu pour me prouver qu'il était mort. Je continuai donc de traverser la chaussée en regardant Max, toujours aussi maigre, brun et absorbé. Lui ne me vit pas. J'attendais d'être assez proche de lui pour l'appeler et j'allais atteindre l'autre trottoir lorsque je m'avisai que Max Kingery était mort. J'en demeurai figé sur place, la bouche ouverte, tandis que Max — ou ce qui semblait être Max — continuait de marcher, atteignait le coin de la rue et disparaissait au tournant.

J'entrai alors chez Myer et y bus mon café. J'éprouvais le besoin de prendre quelque chose, Je ne sais si j'aurais été en état de parler, mais je n'eus pas à le faire, car ils avaient l'habitude de me servir un café dès qu'ils me voyaient entrer. En prenant la tasse, ma main tremblait et je répandis un peu de café sur le comptoir; si j'y avais pensé, au lieu d'entrer chez Myer, je serais allé dans un bar où je me serais tapé deux, trois whiskies d'affilée.

Si jamais pareille chose vous arrive, vous constaterez que les gens se refuseront obstinément à vous croire, et que vous-même resterez incrédule. En rentrant à la maison, je racontai à Cora ce qui m'était arrivé; nous étions assis dans le living-room et, cette fois, j'avais un verre de whisky à la main. Ma femme m'écouta; je m'aperçus d'ailleurs que je n'avais pas grand-chose à dire, sinon que j'avais vu Max Kingery descendant l'avenue Miller. Impossible d'en vouloir à Cora, car à mes propres oreilles ce que je disais paraissait aussi plat que ridicule. Elle eut un hochement de tête et déclara avoir vu aussi plusieurs fois de minces jeunes hommes bruns à l'air préoccupé qui lui avaient un peu rappelé Max. Cela se comprenait : nous l'avions si souvent rencontré dans ces parages.

Sans marquer d'impatience, je lui dis :

— Non, Cora, écoute-moi. Voir de loin, de dos, ou lorsqu'elle disparaît dans la foule, une personne qui vous rappelle quelqu'un, c'est une chose. Mais quand tu vois cette personne de face, de près et en plein jour, tu ne peux la prendre pour quelqu'un que tu connais bien et qui t'est familier. A moins qu'il s'agisse de jumeaux, de telles ressemblances n'existent pas. C'était Max, Cora, Max Kingery et personne d'autre au monde.

Assise sur le divan, Cora continua de me regarder, ne sachant que dire. Je le compris, mais j'en conçus néanmoins une certaine irritation. Finalement, comme il lui fallait bien dire quelque chose, elle me demanda :

— Et comment était-il habillé?

Là, je dus prendre le temps d'y réfléchir, avant de répondre en haussant les épaules :

— Eh bien, il avait un pantalon avec une chemise foncée... peut-être bien une chemise à carreaux, je n'en sais trop rien... Je n'ai pas prêté attention à ses chaussures... Et, sur la tête, un de ces chapeaux de paille ronds.

— Un chapeau de paille rond?

— Oui, tu sais bien : l'été, on voit des gens qui en portent. Je pense qu'ils doivent les acheter dans des foires ou des endroits comme ça. Ils ont une visière... La forme d'une casquette de joueur de base-ball mais faite en paille jaune et luisante. En général, la visière est cousue à la calotte par une étroite bande de tissu rouge ou de tresse. C'était un de ces trucs-là, avec un bouton rouge au sommet et — je me remémorai la chose avec un sentiment de triomphe — il y avait ses initiales sur le devant! De grandes initiales rouges : *M.K.*, d'au moins six ou sept centimètres de haut, des initiales en tresse ou en cordonnet rouge, cousues juste au-dessus de la visière.

Cora eut un hochement de tête décidé :

— Voilà qui confirme !

— Bien sûr ! Ce…

— Non, non, fit-elle avec irritation. Ça confirme que ce ne pouvait être Max !

J'ignore pourquoi nous nous montrions aussi irritables ; la peur du surnaturel, je suppose.

— Et comment cela le confirme-t-il ?

— Oh ! Peter… Imagines-tu Max Kingery arborant une pareille coiffure ? Il faut être… (elle chercha le mot en esquissant un haussement d'épaules) extroverti pour mettre des chapeaux ridicules. Max est vraiment la dernière personne au monde qui eût porté une casquette de base-ball en paille avec un bouton rouge et des initiales de sept centimètres sur le devant…

Cora s'interrompit, me regardant d'un air anxieux, et, après un moment, je ne pus que lui donner raison.

— Oui, dis-je lentement. Il serait vraiment le dernier type au monde qui consentirait à se coiffer d'un truc pareil.

Du coup, je renonçai :

— Ce devait être quelqu'un d'autre. Et pour ce qui est des initiales, j'ai dû me tromper : j'ai vu celles que j'imaginais au lieu de celles qui étaient réellement sur cette casquette. De toute façon, casquette ou pas, ce ne pouvait qu'être quelqu'un d'autre.

Mais le souvenir de ce que j'avais vu me revint alors si clairement à l'esprit, que je ne pus m'empêcher de dire :

— Tout ce que je souhaite, c'est que tu rencontres aussi ce type, qui que ce soit.

Cela se produisit dix jours plus tard. On donnait au *Sequoia* un film que nous souhaitions voir; aussi, après le dîner, sommes-nous allés en ville avec la voiture. Le temps était clair et sec, mais assez froid : aux environs de 0°. Quand nous arrivâmes au cinéma, il fallait encore attendre une vingtaine de minutes si l'on ne voulait pas voir la fin du film avant son commencement. Nous allâmes donc faire un petit tour.

Dans ce quartier, le soir, à l'exception du cinéma et d'un bar ou deux, tout est fermé, désert. Mais la plupart des vitrines restant éclairées nous avions au moins cette distraction, et nous nous mîmes à les regarder en commençant par la bijouterie Gomez. Nous continuâmes ainsi d'une vitrine à l'autre; le cinéma était maintenant hors de vue et, en dehors de nous, il n'y avait personne, pas même une voiture qui passait. Nul autre bruit que celui de nos pas — anormalement fort — sur le trottoir. Nous étions devant *Tout pour Monsieur*, occupés à détailler un assortiment de boutons de manchette, Cora insistant une fois de plus pour que je me remette à porter des chemises à double poignet, afin de pouvoir exhiber des boutons de manchette, quand nous entendîmes quelqu'un tourner le coin de la rue et se rapprocher de nous. Je sus tout de suite que c'était Max.

J'avais l'habitude de dire que j'aimerais voir un fantôme, mais je me trompais. C'est certainement l'une des peurs les plus terribles que l'on puisse éprouver. Je suis maintenant convaincu que cela peut rendre un homme fou et lui faire blanchir les cheveux en l'espace d'un instant, comme la chose a été rapportée. C'est une peur atroce, car on se sent totalement impuissant en face d'elle. La sentant croître en moi, je voulus l'atténuer le plus possible pour Cora.

Ma femme était en train de parler, montrant du doigt une paire de boutons de manchette particulièrement originaux. Je me rendis compte qu'elle avait conscience du bruit de pas et allait tourner la tête dans cette direction. Il me fallait la prévenir afin qu'elle n'eût pas le choc de voir brusquement Max de face et, malgré moi, je regardai du côté d'où venaient les pas. Les tentes des différentes boutiques restant baissées en permanence, la lumière provenant des vitrines se trouve confinée sous cette sorte de long auvent et n'atteint pas la partie du trottoir proche de la chaussée. Mais la lune était presque pleine ce soir-là, dominant les arbres de la petite place voisine et, à sa pâle clarté, je vis Max marchant d'un pas vif au bord du trottoir, à une douzaine de mètres environ. Il était nu-tête et son visage m'apparaissait très distinctement. C'était Max, sans aucun doute possible.

Prenant le bras de Cora, je me mis à le serrer de plus en plus fortement, presque jusqu'à lui faire mal ; et, consciente des pas qui se rapprochaient, elle comprit. Je sentis son corps se raidir et, en dépit de toutes les implorations que j'adressais au ciel, elle tourna la tête. Nous restâmes totalement immobiles tandis que, dans la clarté de la lune, il continuait d'avancer vers nous. Je sentis mes cheveux se héris-

ser et un grand froid m'envahir, comme si le sang se
retirait de mon corps. Contre moi, Cora frissonna
violemment et se mit à claquer des dents, bruit que
j'entendais pour la première fois de ma vie. Je crois
qu'elle serait tombée si je ne l'avais tenue aussi solidement par le bras.

Tout courage était vain et je ne prétends d'ailleurs
pas en avoir eu, mais il me sembla que, pour sauver
ma femme de je ne savais quelle terrible conséquence
que pouvait avoir une peur aussi intense, il me fallait
dire quelque chose et c'est ce que je fis. Je ne saurais
expliquer d'où me venait ce sentiment mais, quoi
qu'il en fût, comme Max continuait d'avancer de son
pas régulier, son visage blafard maintenant à trois
mètres de nous dans la clarté de la lune, je dis :
« Hello, Max! »

Tout d'abord, je crus qu'il n'allait pas répondre, ni
réagir d'aucune façon. Les yeux fixés droit devant
lui, il fit encore au moins deux pas, puis sa tête se
tourna lentement vers nous, comme au prix d'un
énorme effort, et, au passage, il nous regarda avec
une terrible tristesse au fond de ses yeux. Puis faisant
de nouveau face droit devant lui, il avança encore
d'un pas ou deux avant que sa voix — comme exté-
nuée par l'effort — nous parvienne « Hello... ». Une
voix qui exprimait un désespoir total, sans remède.

La rue amorçant une courbe un peu plus loin, Max
allait disparaître à notre vue dans un instant et je le
suivis des yeux; alors, en dépit de la peur et du
chagrin que j'éprouvais, je fus stupéfait par ce que je
vis. Max portait une veste que, à tort ou à raison,
j'associe à ces jeunes gens éternellement désœuvrés,

qui traînent dans les rues, les pouces passés dans leur large ceinture de cuir. Ces vestes sont faites d'un tissu satiné et toujours dans deux couleurs contrastant violemment — par exemple, les manches jaunes et le reste, d'un vert acide — avec généralement quelque chose d'écrit dans le dos.

Max portait une de ces vestes. Au clair de lune, il était difficile d'en préciser les couleurs, mais je pense qu'elle était orange avec des manches rouges et dans le dos, en énormes lettres de belle anglaise, cousues sur le tissu, on pouvait lire *Max K*. Il disparut au tournant de la rue, on entendit son pas diminuer rapidement, puis ce fut de nouveau le silence.

Je dus soutenir Cora qui n'arrêtait pas de trébucher tandis que nous revenions sur nos pas. Lorsque nous fûmes assis dans la voiture, elle se mit à sangloter en cachant son visage dans ses mains et se balançant d'arrière en avant. Elle me déclara plus tard avoir pleuré de chagrin que Max ait pu lui inspirer une telle peur. Mais ces larmes la soulagèrent et je roulai rapidement vers un endroit où il y aurait beaucoup de gens et de lumière. Nous nous retrouvâmes ainsi à quelques kilomètres de Mill Valley, dans un bar archi-comble de Sausalito. Nous nous installâmes à une table et bûmes chacun plusieurs cognacs, n'arrêtant pas de parler et de nous poser les mêmes questions auxquelles il n'y avait pas de réponses.

Je crois que d'autres gens de Mill Valley virent aussi Max vers cette époque. Un chauffeur de taxi, qui stationne habituellement près de l'arrêt de l'autobus, s'approcha un jour de moi en affectant une grande décontraction, le pas traînant, les mains dans les poches, et m'interpella :

— Dites donc, votre copain, ce jeune type qui habitait ici et qui est mort?

Son ton était circonspect et il m'observait intensément dans l'attente de ma réponse. Je dis « Oui » en hochant la tête pour lui montrer que j'avais bien compris de qui il voulait parler.

— Est-ce qu'il n'aurait pas un frère, par hasard?

Je secouai la tête et répondis que non, pas à ma connaissance.

Il opina mais sans paraître satisfait pour autant et continua de scruter mon visage, semblant s'attendre à ce que j'ajoute quelque chose. Je n'en fis rien, mais je compris qu'il avait vu Max. Je suis convaincu que d'autres aussi l'ont vu et en ont eu conscience, tout comme Cora et moi, mais ce n'est pas une chose dont on peut parler comme ça, incidemment. En sus de quoi, je suppose que d'autres l'ont vu en identifiant simplement quelqu'un qu'ils avaient déjà eu l'occasion de rencontrer en ville.

Un jour ou deux après que nous l'eûmes vu, je me rendis à la vieille maison de Max; à ce moment-là, bien sûr, j'avais compris ce qui devait le pousser à revenir ainsi. L'agence immobilière ayant remis la maison en location m'en aurait confié la clef si je l'avais demandée, d'autant que j'y étais bien connu. Mais je ne voyais vraiment pas quelle raison j'aurais pu avancer pour motiver cette visite. Il s'agissait d'une vieille baraque en piteux état, trop petite pour la plupart des gens; pas du tout le genre de truc qu'on trouve facilement à louer ni qu'on se donne la peine de bien surveiller. Aussi étais-je persuadé de trouver un moyen d'y pénétrer. Derrière la maison, à l'abri des regards, j'essayai la fenêtre de la cuisine ; elle s'ouvrit sans grande difficulté et je l'escaladai.

Les quelques meubles qui faisaient partie de la location étaient toujours là, dans le silence : une table de bois et deux chaises dans la minuscule cuisine dont Max se servait à peine ; un lit de fer dans la chambre ; un vieux canapé sentant le moisi et un fauteuil assorti dans la pièce de séjour avec, devant la fenêtre, la table de bridge branlante sur laquelle Max travaillait. Ma seule découverte, je la fis près de cette table, par terre : deux de ces feuilles jaunes dont se servait Max, froissées et tordues.

Je les défroissai, mais on peut difficilement expliquer ce qui s'y voyait. Des mots épars, des fragments de phrases, des mots inachevés, le tout griffonné au crayon de façon absolument illisible. Il y avait un mot qui pouvait être *frontière* ou *forestier,* s'achevant en un gribouillis comme si la main tenant le crayon n'avait pas eu la force de terminer. Il y avait une phrase commençant par *Elle rencontra...* et où la barre du t traversait toute la page en dérapant. Il serait vain de chercher à décrire en détail ce qu'il y avait sur ces deux feuilles froissées ; bien que je me sois souvent efforcé d'y trouver un sens, ça n'en a aucun. Cela ressemble, j'imagine, aux gribouillages d'un homme affaibli par la fièvre et en proie au délire ; on a le sentiment que chacune de ces lettres déformées, de ces lignes zigzagantes, n'a été tracée qu'au prix d'un terrible effort, et je suis convaincu que c'est le cas. Certes, il pourrait s'agir de notes griffonnées depuis des mois, lorsque Max était vivant, et que personne ne se serait donné la peine de ramasser, mais je sais que non. C'est pour cela que Max est revenu. C'est ce qu'il a tenté de faire, sans pouvoir y parvenir.

J'ignore ce que sont les fantômes et pourquoi il leur arrive de se manifester. Peut-être, toute créature humaine a-t-elle le pouvoir, si elle le veut, de réapparaître comme Max et quelques autres l'ont fait occasionnellement au long des siècles. Mais je pense que cela doit demander une dépense d'énergie psychique terrible, un effort de volonté qui passe l'imagination et dont seuls quelques très rares êtres sont capables.

J'imagine qu'un Shakespeare mort avant d'avoir écrit *Hamlet, Othello* et *Macbeth,* aurait pu trouver en lui une aussi prodigieuse énergie. Et je sais que Max Kingery l'a fait. Mais, après ça, il ne lui restait pratiquement plus de force pour accomplir ce qui lui tenait à cœur. Ces fragments de mots et de phrases représentent le maximum de ce dont il était encore capable. Réapparaître devait lui demander un immense effort mais je pense que pour pouvoir, en outre, tourner la tête et nous regarder en allant jusqu'à prononcer un mot audible, cet effort est devenu proprement surhumain.

C'était au-delà de ses possibilités : il ne pouvait pas revenir sur terre et écrire aussi les livres dont il était certain qu'ils rendraient célèbre le nom de Max Kingery. Alors, il avait dû y renoncer; aussi n'avons-nous jamais revu Max de nouveau, mais nous avons eu la preuve qu'il s'était manifesté dans deux autres endroits.

Cora et moi roulions vers San Rafael, sur la route départementale. A présent il existe une autoroute à six voies, la 101, qui coupe droit à travers les collines. Mais auparavant il n'y avait pour relier les deux villes que cette seule route qui serpente agréablement dans une partie du comté assez boisée. Pour cette raison, nous aimons bien la prendre de temps à autre. Fin janvier ou début février, je ne sais plus très bien, mais en tout cas au commencement d'une semaine, j'avais décidé de prendre ma journée pour aller à San Rafael où Cora et moi désirions acheter quelque chose chez Penney.

A environ deux kilomètres de Mill Valley et à six ou huit mètres au flanc d'une colline, se trouve une grande roche lisse. Comme nous nous en rapprochions, Cora poussa une exclamation et pointa le doigt. Je freinai aussitôt pour regarder ce qu'elle me montrait. Sur la face de la roche tournée vers la route, on avait peint en lettres blanches d'un mètre de haut MAX KI. Les lettres étaient mal alignées, avec des jambages pas très droits, et au bas de l'I le pinceau avait continué sa course jusqu'à ce qu'il n'y eût plus trace de peinture. Nous sûmes tout de suite que c'était l'œuvre de Max, qu'il avait essayé de peindre là son nom. Du coup, je m'expliquai la veste aux couleurs agressives avec *Max K* dans le dos, ainsi que le chapeau de paille voyant avec les grandes initiales rouges.

Car qui sont ces gens qui peignent ainsi leurs noms ou leurs initiales dans des lieux publics et sur des parois rocheuses qu'on peut apercevoir depuis les routes? Quand on se rend de San Francisco à Reno en passant par le col de Donner, on voit quantité de pareilles inscriptions, dont certaines peintes si haut qu'il a fallu pour cela se livrer à une dangereuse escalade. Il m'est arrivé d'y réfléchir, me disant que l'on ne s'en va pas peindre ainsi son nom ou ses initiales à flanc de montagne sous l'effet d'une impulsion. Cela demande une préparation, et il faut rouler pendant quelque deux cents kilomètres pour se trouver à pied d'œuvre avec son pot de peinture. Qui est capable de faire ça? Et de porter des chapeaux arborant ses initiales ou des vestes avec son nom dans le dos? Pour moi, la réponse est maintenant évidente : des gens qui, s'estimant dépourvus d'identité, luttent pour en acquérir une.

Ils se sentent inconnus, presque invisibles; alors leurs noms ou leurs initiales affichés ainsi aux yeux d'un monde indifférent sont autant de silencieuses clameurs, de « Hé! Regardez-moi! » comme crient sans cesse les enfants durant qu'ils conquièrent leur identité, et s'ils n'arrivent jamais à en avoir une, alors peut-être ne s'arrêtent-ils jamais de crier pareillement. Car cela doit leur laisser toujours un sentiment de vide. C'est parce qu'ils ont conscience de n'arriver à rien avec ces initiales sur leurs chapeaux, ces noms au dos de leurs vestes ou même peints au flanc d'une montagne pour être visibles à des kilomètres, qu'ils recommencent inlassablement. Et Max qui devait être quelqu'un, qui devait s'affirmer, faisait finalement comme eux, par désespoir. Ne jamais arriver à être quelqu'un et être complètement oublié, c'est comme si l'on n'était pas né. Alors, à n'importe quel prix, il lui fallait essayer de laisser son nom derrière lui, même s'il était pour cela réduit à le peindre sur un rocher.

Ce printemps-là, je m'en fus une fois de plus au cimetière et gravis la colline en regardant le sol. A l'approche du sommet, je relevai la tête et, alors, la stupeur me figea sur place. Au chef de la tombe de Max se dressait une énorme dalle grise, la plus grande qu'on pût voir alentour. Et ça n'était pas une dalle de béton, mais d'un très beau granit. Une dalle faite pour durer mille ans au moins, et sur laquelle se lisait en grandes lettres profondément gravées : MAXWELL KINGERY, ÉCRIVAIN.

Dans sa boutique proche de l'entrée, je parlai au marbrier, homme d'une cinquantaine d'années arborant son tablier de travail et une casquette.

— Oui, me dit-il, je me souviens très bien du monsieur qui me l'a commandée : brun, avec des yeux noirs et de grosses lunettes. Il m'a dicté ce que je devais graver et je l'ai noté. Vous vous appelez Peter Marks, n'est-ce pas?

J'acquiesçai et il hocha la tête, comme s'il s'en était douté.

— Oui, il m'avait dit que vous viendriez. Il avait beaucoup de mal à parler... une paralysie faciale, sans doute, ou quelque chose comme ça... mais je l'ai bien compris.

Se tournant vers un bureau encombré, il compulsa des papiers et finit par trouver celui qu'il cherchait. Il le poussa vers moi :

— Il m'avait dit que vous passeriez payer. Voici la facture. C'est cher, mais ça vaut la dépense : une très belle pierre tombale et la seule qu'il y ait ici pour un écrivain.

Je demeurai un moment à considérer fixement le papier que je tenais à la main. Puis je fis la seule chose qu'il me restait à faire : je pris un des chèques que j'ai toujours dans mon portefeuille. Tandis que je le rédigeais, le marbrier s'enquit poliment :

— Et vous, monsieur Marks, que faites-vous ? Vous êtes aussi un écrivain ?

— Non, dis-je en signant le chèque, avant de relever la tête pour le regarder en souriant : Je ne suis qu'un critique.

Hey, Look at Me!
Traduction de Maurice Bernard Endrèbe.

Sept, quatre, zéro

par

ROBERT L. FISH

CERTAINS de ceux qui croyaient aux pouvoirs de la vieille Miss Gilhooley affirmaient qu'elle opérait par perception extra-sensorielle, mais la majorité la tenait plutôt pour une sorcière, puisqu'elle venait à l'origine de Salem et ne l'avait au reste jamais nié. Les sceptiques et les railleurs, eux, parlaient bien entendu de loi des probabilités, ou de chance, tout simplement. Le fait était pourtant que Miss Gilhooley voyait des choses proprement sidérantes en étudiant, par exemple, les formations nuageuses, les numéros de ticket de match de base-ball, ou en jetant sur une table des capsules de bouteille.

Muldoon faisait partie de ceux qui croyaient aveuglément en la vieille demoiselle. Trois ans plus tôt, peu après la mort de sa Kathleen, Miss Gilhooley ne l'avait-elle pas averti, en lisant dans la mousse laissée au fond de son demi, de se méfier d'une grande femme brune? Et deux jours plus tard, Mme Johnson, qui s'occupait de son linge, n'avait-elle pas essayé de lui rendre pour sienne une chemise puce à rayures que, la tête sur le billot, Muldoon n'aurait jamais accepté de porter? Peu de temps après, en comptant les bosses qu'il avait récoltées au cours d'une bagarre à Maverick Station, ne lui avait-elle pas annoncé qu'il effectuerait bientôt un long voyage sur l'eau, et le lendemain même, son patron ne l'avait-il pas envoyé à Nantasket, presque de l'autre côté de la baie?

Aussi fut-ce tout naturellement que, se trouvant au chômage et rencontrant Miss Gilhooley chez Casey — où elle buvait une dernière bière avant de se rendre en car chez sa sœur, à Framingham, pour y passer une semaine — Muldoon se demanda pourquoi il n'y avait pas pensé plus tôt. Emportant son verre, il alla s'asseoir en face de la vieille fille emmitouflée dans son châle et lui exposa son problème sans détours :

— Bientôt je toucherai plus le chômage et on dirait que personne a besoin d'un maçon pour poser des briques, en tout cas pas de moi. Il me faudrait de l'argent. Comment je pourrais faire?

Miss Gilhooley trempa un doigt dans la bière de Muldoon, traça un signe sur son front puis garda les yeux fermés une minute entière et les rouvrit en demandant de sa voix de chèvre :

— Quel âge elle a, ta belle-mère?

— Soixante-quatorze le mois dernier, répondit Muldoon, surpris. Pourquoi?

— Je sais pas trop, fit-elle lentement en le regardant fixement. J'ai fermé les yeux, je me suis demandée : « Comment que Muldoon pourrait trouver un peu d'argent? » Et d'un seul coup, j'ai vu, derrière mes paupières, comme en lettres de feu :

« Quel âge elle a Vera Callahan? » Ça doit vouloir dire quelque chose.

— M'ouais, fit Muldoon en se renfrognant. Mais quoi?

— Je vais rater mon car, dit la « sorcière » en se levant, un antique havresac à la main. Tu finiras bien par comprendre, te tracasse pas.

Et elle le quitta sur un sourire.

Soixante-quatorze, se répétait Muldoon en se dirigeant d'un pas lent vers la bicoque qu'il partageait à présent avec sa belle-mère. Miss Gilhooley aurait pu se montrer moins avare d'indices : jamais elle ne lui avait fourni une réponse aussi énigmatique... Soixante-quatorze! Mais oui! se dit-il en s'arrêtant net. Il n'y avait qu'une seule explication possible et plus il y pensait, plus elle lui paraissait logique. Miss Gilhooley et Vera Callahan se détestaient depuis toujours. Et sa belle-mère lui avait rebattu les oreilles avec cette police d'assurance sur la vie qu'elle avait utilisée comme sésame, dix ans plus tôt, pour s'introduire chez les Muldoon et y jouir d'une sécurité relative. Après tout, songeait Muldoon, soixante-quatorze ans, c'est un bel âge pour mourir — au-delà de l'espérance de vie moyenne.

Souriant, il se félicita d'avoir si brillamment et si rapidement résolu l'énigme. Se débarrasser de sa belle-mère ne lui poserait aucun problème : elle devait peser à peine cinquante kilos toute mouillée, une enclume dans chaque main. En outre, arguait-il, elle ne perdrait pas grand-chose en mourant puisqu'elle ne faisait guère que se traîner du lit à la cuisine et ne se nourrissait quasiment que de thé. En fait, la paix du tombeau serait la bienvenue pour cette pauvre vieille tenaillée par des maux nombreux et divers.

Il songea un instant à vérifier auprès de la compagnie d'assurances le montant exact de la prime qu'il allait toucher mais se dit finalement que cela risquait de fleurer la cupidité. De surcroît, il pourrait paraître curieux que la belle-mère succombe à une attaque de ceci ou de cela si peu de temps après sa demande de renseignements. En tout cas, il hériterait d'une somme rondelette, il n'en doutait pas : jusqu'ici Miss Gilhooley ne lui avait jamais fait défaut.

Lorsqu'il entra dans la maison, Vera Callahan faisait la sieste sur le divan (de l'avis de Muldoon, elle dormait plus qu'un chat). Il n'eut donc qu'à lui plaquer sur le visage un des petits coussins brodés et à le maintenir en place quelques minutes en pesant de tout le poids de ses cent kilos. La belle-mère gigota à peine. Et lorsque Muldoon se redressa enfin, souleva le coussin et baissa les yeux, il conclut qu'il avait eu raison : indéniablement, le visage de la morte avait pris une expression reconnaissante. Il tapota le coussin pour lui restituer sa forme habituelle, le remit en place et alla téléphoner à l'entrepreneur de pompes funèbres.

Ce ne fut qu'après avoir pris les dispositions nécessaires, conclu d'âpres marchandages et signé une brassée de papiers que Muldoon entra en contact avec la compagnie d'assurances. Sa surprise ne fut pas mince lorsqu'il découvrit que la police s'élevait à quatre cents dollars, somme princière, sans nul doute à l'époque où les parents de Vera l'avaient souscrite pour elle en guise de dot, quelque soixante ans plus tôt, mais devenue assez dérisoire en ces temps d'inflation. Muldoon tenta d'annuler les funérailles prévues mais le croque-mort le menaça de poursuites, sans parler de la visite de son neveu, champion reconnu du coup bas dans tout Boston-Sud. Et ce que Muldoon dut finalement rajouter pour payer l'enterrement de Vera Callahan engloutit totalement ses maigres économies.

Manifestement, Miss Gilhooley avait voulu dire autre chose, conclut Muldoon. Il n'éprouvait pourtant aucune amertume à l'égard de la vieille demoiselle, en qui il gardait une confiance entière : c'était lui qui avait commis une erreur en interprétant mal le message. Soixante-quatorze, soixante-quatorze... Fallait-il combiner les chiffres? Quatre ôté de sept, trois, mais trois quoi? Trois petits cochons? Trois jeunes tambours? Trois jeunes cochons? D'un autre côté, quatre et sept faisaient...

Muldoon se frappa le front en se demandant comment il avait pu être aussi stupide. *Bien sûr! Sept et quatre onze. ONZE!* Et si ce n'était pas là une invite claire à tenter sa chance à la passe anglaise, il voulait bien se faire moine.

En contractant une nouvelle hypothèque sur la bicoque, il obtint un prêt de huit cents dollars qui, ajouté aux deux cents qu'il récupéra en vendant sa voiture (une-bonne-occasion-solide-pour-se-faire-la-main), lui permit d'entrer chez Casey avec en poche mille dollars en grosses coupures.

— Casey! fit-il de sa voix sonore. La partie baladeuse, elle se tient où ce soir?

— Hôtel Callahan, répondit le tenancier du bar

sans cesser de rincer les verres. Depuis le début de la semaine. Chambre soixante-quatorze.

Muldoon faillit s'assener un autre coup sur la tête. Comment pouvait-on être aussi bête ? Si seulement il avait posé cette question plus tôt, il n'aurait jamais eu affaire à ce voleur de croque-mort, il n'aurait pas gaspillé ses économies — encore que, à la vérité, il dût reconnaître qu'il se sentait plus à l'aise dans la maison depuis la mort de sa belle-mère.

— Merci, dit-il à Casey en sortant précipitamment du bar.

Bien que les joueurs qui se pressaient autour de la table réglementaire démontable de passe anglaise dans la chambre soixante-quatorze de l'hôtel Callahan fussent des coriaces, Muldoon ne se laissa pas impressionner. Avec mille dollars en poche et une fortune en perspective, il sentait la confiance couler en lui comme une quatrième bière. Après avoir adressé un signe de tête à un joueur qu'il connaissait, il se tourna vers son voisin et lui tapa sur l'épaule.

— Reste de la place ? demanda-t-il.

— Cent dollars minimum, grommela l'homme sans même quitter le tapis des yeux. Pas de crédit.

Muldoon approuva du chef : c'était exactement le genre de partie qu'il cherchait.

— C'est qui, le dernier ?

— Moi, répondit le joueur laconique.

Muldoon sortit l'argent de sa poche et plia les billets dans le sens de la longueur, comme les vrais flambeurs, puis les enroula autour d'un doigt en attendant son tour. Lorsque enfin les dés lui échurent, il les porta près de son oreille et les secoua. Les petits cubes d'ivoire cliquetaient agréablement en s'entre-choquant. Avec un large sourire, il posa un billet de cent dollars sur la table en annonçant :

— Sept et quatre, c'est mes chiffres porte-bonheur. Comme le numéro de la chambre. Si seulement un flambeur pouvait sortir un « onze » comme *ça!*

— Il finirait dans le caniveau, répliqua le joueur taciturne d'une voix morne.

— Allez, t'excite pas, fit un autre. Roule les bobs, tu vas finir par les user.

Muldoon n'usa pas les dés. En fait, il les lança dix fois exactement, sortant d'affilée dix coups gagnants également répartis en « yeux-de-serpent » (deux as) et en « baraques » (double six). Autour du tapis baladeur on en parle encore : le record précédent n'était que de cinq coups et le joueur qui l'avait établi avait pris l'ascenseur jusqu'au dernier étage — on jouait ce soir-là dans un hôtel de Copley Square — d'où il s'était jeté dans le vide. Muldoon, lui, se contenta de passer les dés à son voisin et de sortir, le désespoir dans l'âme.

Dans la rue, il marcha un moment sans but, expédiant des coups de ses lourds brodequins de travail dans tout ce qui se trouvait sur son chemin : une boîte de conserve, une brique, qu'il contempla d'un œil attendri avant de shooter violemment, un paquet de cigarettes écrasé. Il essaya même avec un papier de bonbon mais avec sa déveine, il le manqua. Soixante-quatorze! *Soixante-quatorze!* Nom d'un chien, qu'est-ce que ce satané chiffre pouvait bien vouloir dire? (Élevé chez les sœurs, Muldoon ne se laissait jamais aller à prononcer des gros mots.) Il s'efforça d'examiner logiquement le problème en dominant sa colère. La vieille Miss Gilhooley ne l'avait jamais trompé, elle ne commencerait pas cette fois-ci : il n'était pas parvenu à la comprendre, voilà tout.

Sept et quatre? Sept et *quatre?* Les chiffres prenaient un certain rythme, comme une comptine, et Muldoon se surprit à marcher à leur cadence : soixante-qua-torze! *Soixante*-quatorze! Non, se dit-il en secouant la tête, ça manque d'entrain. Soixante-quatorze-hop! Non. Soi-*xante*-quatorze-hop! Un peu mieux mais pas encore ça. La vieille avait soixante-quatorze ans, maintenant elle est zéro. Sept-quatre-zéro! essaya Muldoon. Sept-quatre-zéro-hop! Presque. Sept-quatre-zéro-hop! Sept-quatre-zéro-*hop!* Ça y est, se dit-il, tirant une certaine satisfaction d'avoir trouvé la bonne cadence. Sept-quatre-zéro-*hop!*

Et comme il se retrouvait devant chez Casey, il entra, approcha un tabouret du comptoir désert.

— Bière, laissa-t-il tomber.

— Et cette partie? demanda Casey.

— Avec un coup de gnôle pour faire descendre, fit Muldoon en guise de réponse.

Il but une longue rasade de bière, avala d'un trait le verre d'alcool puis considéra Casey d'un œil morne en s'essuyant la bouche de la main.

— Casey, fit-il, ça veut dire quoi pour toi les chiffres sept et quatre.

— Rien.

— Et sept, quatre, zéro?

— Encore moins.

— Dans l'autre sens, peut-être?

Mais Muldoon s'adressait aux murs car, profitant de l'heure creuse, Casey était passé dans la petite cuisine afin de se faire un sandwich. Il jeta quelques pièces sur le bar pour prix de ce qu'il avait bu et se dirigea vers la sortie où il croisa un petit maigrichon nommé O'Leary qui prenait les enjeux pour la loterie clandestine.

— Vous jouez, aujourd'hui, monsieur Muldoon? proposa O'Leary.

Muldoon allait s'éloigner en secouant la tête lorsqu'il s'immobilisa soudain. Un frisson le parcourut de la tête aux pieds et s'il avait été un personnage de dessin animé, une ampoule électrique se serait allumée au-dessus de son crâne. A défaut, il se donna dans la cheville un coup de pied brutal qui devait le faire boitiller trois semaines durant.

Saperlipopette de nom d'une pipe! Mais il avait été aveugle! Aveugle? Fou, oui. Avant de vouloir dire quelque chose, les chiffres sont... des chiffres, des numéros. Muldoon poussa un grognement de dépit. S'il n'avait pas tué sa belle-mère, s'il n'avait pas perdu son argent dans cette stupide partie de passe anglaise, il mettrait en ce moment même quinze cents tickets sur le 7-4-0. Mille cinq cents dollars à cinq cents contre un! Avoir refroidi la vieille lui avait quand même fait trouver le zéro, songeait-il, mais la partie de passe anglaise n'avait servi absolument à rien.

Car à présent Muldoon n'avait plus le moindre doute sur la signification des chiffres.

— Ça va pas, monsieur Muldoon? s'enquit O'Leary, intrigué par la mine du maçon en chômage.

— Si, affirma Muldoon, en entraînant par le bras le placier vers le comptoir. *Casey!*

Le tenancier sortit de sa cuisine en essuyant la mayonnaise qui lui coulait des lèvres.

— Inutile de hurler, dit-il. Qu'est-ce que tu veux?

Muldoon fit glisser son alliance le long de son annulaire et la posa sur le bar en demandant :

— Tu m'en donnes combien?

Casey regarda son client comme s'il le croyait devenu subitement fou.

— On est pas chez ma Tante, ici, objecta-t-il.

Mais Muldoon n'écoutait pas. Il défit son bracelet-montre et le plaça à côté de l'alliance.

— Cent dollars pour le tout, se contenta-t-il de dire. Juste un prêt — je te rembourse ce soir.

Comme Casey continuait à le regarder fixement, Muldoon plaida, d'une voix désespérée :

— J'ai payé les alliances cent vingt dollars : moi et Kathleen, on avait les deux pareilles. Et rien que la montre, sans le bracelet en plaqué, elle m'a coûté cent cinquante... Allez, Casey, on est copains depuis des années.

— On se connaît depuis des années, corrigea le tenancier en dévisageant son client d'un œil froid. D'ailleurs, il y a même pas assez dans la caisse enregistreuse pour le moment.

— Me casse pas les pieds avec ta caisse! s'irrita Muldoon. Tu as bien plus que ça dans tes poches.

Casey scruta encore un moment le visage de Muldoon puis allongea nonchalamment la main vers l'alliance et la montre, qu'il empocha. D'une autre poche, il sortit un portefeuille qui semblait avoir les oreillons et en extirpa une liasse de billets.

— Quatre-vingt-quinze sacs, annonça-t-il. Je prends cinq pour cent, comme à la Caisse d'Épargne.

Muldoon allait protester mais le temps pressait.

— On en reparlera un de ces jours, de ce prêt, promit-il à Casey. Dans la ruelle de derrière.

Puis, se tournant vers O'Leary, il le saisit par les bras.

— Mets-moi quatre-vingt-quinze dollars sur le 740. T'as compris? Sept-quatre-zéro! Aujourd'hui!

— Quatre-vingt-quinze sacs? s'étonna le placier. J'ai jamais pris plus de deux dollars d'enjeux d'un seul coup. (Il réfléchit.) Ah si, cinq, une fois, mais le bifton était faux…

— On perd du temps! tonna Muldoon.

S'apercevant qu'il avait soulevé le maigrichon de quelques centimètres, il le reposa sur le sol.

— Mais est-ce qu'ils casqueront? C'est le problème, fit-il, un peu calmé.

— Bien sûr qu'ils casqueront, assura O'Leary en se frottant les biceps. Combien de temps vous croyez qu'ils resteraient vivants s'ils se défilaient?

— Pas longtemps, grogna Muldoon en donnant les quatre-vingt-quinze dollars au placier.

Il prit en échange le ticket que lui tendait

O'Leary, vérifia soigneusement que le petit homme n'avait pas commis d'erreur en inscrivant le numéro puis se tourna vers Casey.

— Une bière, lui lança-t-il sur un ton indiquant que leur amitié avait été sérieusement entamée. Et prends-la sur les cinq sacs que tu viens de me voler!

Muldoon attendait dans un box de chez Casey qu'il fût sept heures, heure à laquelle on connaissait d'ordinaire les trois derniers chiffres de la balance nationale des paiements, Évangile selon saint Flambeur cette semaine-là. Il savait toutefois qu'il ne pouvait toucher le soir même en liquide des gains qui se monteraient à plus de quarante-sept mille dollars. Aucune importance : il accepterait un chèque. Ah s'il ne s'était pas fait plumer à la passe anglaise, il serait riche à présent — ou plus probablement dans le caniveau, comme l'avait annoncé le joueur taciturne. Qui allait lui payer une telle somme? Sûrement pas une officine de Boston, et tant mieux, pensait Muldoon : un coup de quarante-sept mille dollars, c'est de l'excellente publicité pour la loterie clandestine mais cela ne va pas sans une forte tentation de lever le pied en omettant de régler le gagnant.

Après les difficultés financières de ces dernières années, c'était agréable de se sentir à l'abri du besoin et Muldoon n'avait pas l'intention de jeter l'argent par les fenêtres pour faire de l'épate. Il rembourserait bien sûr toutes ses dettes légitimes, s'achèterait une bagnole — pas de fantaisie, du solide — et placerait le reste à la banque. A cinq pour cent d'intérêt, il ne toucherait pas une rente fabuleuse, il le savait, mais ce serait toujours plus plaisant que de tomber d'un échafaudage.

Il tendait la main pour empoigner sa chope de bière lorsqu'il vit Miss Gilhooley entrer dans le bar. La semaine avait donc passé si vite? Entre l'enterrement, les papiers, la partie de passe anglaise, il ne s'en était pas rendu compte. Il fit signe à la vieille demoiselle de le rejoindre et demanda à Casey de lui apporter ce qu'elle désirait boire.

Miss Gilhooley s'installa en face de Muldoon et, remarquant son expression radieuse, elle conclut :

— Alors, tu as trouvé.

— Pas tout de suite, confessa-t-il. En fait, j'ai compris seulement cet après-midi, mais mieux vaut tard que jamais.

Se penchant au-dessus de la table, il murmura sur un ton de confidence :

— C'était un numéro pour la loterie clandestine. Le sept et le quatre, à cause de son âge, et le zéro, parce que la pauvre est passée en début de semaine, je sais pas si vous êtes au courant.

Après avoir bu une gorgée de la bière que Casey lui avait apportée, Miss Gilhooley hocha la tête.

— Je m'en doutais, déclara-t-elle. Surtout depuis que j'avais vu O'Leary trois fois de suite dans mes rêves, moi qui suis assez vieille pour être sa mère.

— Je vous remercierai jamais assez…, commença Muldoon.

Mais il s'interrompit car O'Leary venait de s'engouffrer dans le bar et se précipitait vers eux en bousculant les clients.

— Monsieur Muldoon! Monsieur Muldoon! criait-il, les yeux brillants. J'ai jamais vu ça de ma vie!

Muldoon souriait aux anges.

— A un chiffre près! continua le placier maigrichon, qui n'en revenait pas d'avoir ainsi frôlé la célébrité. Vous avez joué le 7-4-0, c'est le 7-5-0 qui gagne!

Il poussa un soupir signifiant probablement : « tant pis, la vie continue » puis demanda :

— Vous voulez jouer pour demain?

— Non, répondit Muldoon, l'air hébété.

Il se tourna vers Miss Gilhooley, qui émettait de petits bruits étranges. Mais la vieille fille ne se lamentait pas sur son sort, elle ricanait comme une diablesse.

— Cette Vera Callahan, fit-elle avec un accent de triomphe. Je m'étais toujours doutée qu'elle se rajeunissait!

Muldoon and the Numbers Game.
Traduction de Jacques Martinache.

La capture

par

JAMES HAY, JUNIOR

VINAL était assis dans un fauteuil de sapin brut près de la cheminée froide, le corps légèrement penché en avant, les mains posées sur les genoux. A l'exception de deux brèves interruptions, il avait gardé cette position pendant plus de douze heures et sa silhouette immobile suggérait une attente désespérée, une vigilance sans relâche.

A onze heures, ce matin-là, il avait lentement quitté le fauteuil, gagné la fenêtre sur la pointe des pieds, écarté doucement l'épais rideau crasseux et regardé, à travers une fente des volets clos, les deux policiers montant la garde sur le trottoir, devant la maison. Il n'avait pas fait le moindre bruit en se déplaçant : ni craquement du plancher ni même léger frottement d'étoffe de ses vêtements. A cinq heures de l'après-midi, silencieux comme une ombre, il avait renouvelé le pèlerinage, observé les mêmes agents. Derrière la maison, il le savait, un troisième uniforme bleu était en faction.

A l'autre bout de la pièce, il y avait une porte et derrière cette porte, Pole et Dowell, deux des hommes qui avaient assassiné le vieux Sothoron et son épouse. Vinal savait qu'ils étaient là, mais il n'aurait pu expliquer pourquoi il le savait, car depuis qu'il attendait, son oreille exercée n'avait capté aucune voix, aucun bruit de mouvement dans la pièce voisine. Pourtant, il sentait qu'ils se cachaient là, de l'autre côté du mur.

Vinal avait présumé que les assassins feraient ce que des milliers d'autres criminels avaient fait avant eux : marcher dans leurs propres traces pour retourner à leur ancien refuge. Et s'ils avaient pu pénétrer dans la maison malgré les trois policiers qui la gardaient, lui aussi s'était jugé capable du même exploit.

En songeant à ses déductions et au résultat qu'elles promettaient d'avoir, Vinal se sentait en proie à la plus vive excitation qu'il eût jamais laissé monter en lui. Quelques dizaines de minutes — une heure tout au plus — le séparaient encore de l'instant où il allait ridiculiser le commissaire de police. Il ferait passer Finkerman et ses hommes pour des crétins : la célèbre agence Bloomer et son prétentieux de directeur verraient la prime leur échapper au moment même où la ville et le pays tout entier attendaient un de leurs coups fumants. Vinal n'aimait ni le commissaire, ni Finkerman, ni les détectives de la Bloomer. Aucun d'eux ne lui avait jamais donné sa chance mais il prendrait ce soir une revanche éclatante en livrant seul à la justice deux des trois meurtriers.

Même en attendant toute sa vie, il n'aurait jamais trouvé meilleur décor pour le drame qu'il allait jouer. Demain matin, les journaux enflammeraient l'imagination de leurs lecteurs en décrivant la pièce sombre de la misérable bicoque où il était à l'affût. L'opinion publique, révoltée par le crime, prendrait connaissance avec passion, avec délectation même, des détails de la capture des criminels.

Depuis trois jours que la chasse aux assassins se poursuivait, la toile d'araignée tendue par la police n'avait cessé de grandir. Le double meurtre avait suscité l'indignation, non pas tant du fait de son caractère, qui n'avait rien d'atroce, qu'à cause de la personnalité des deux victimes. Tandis qu'un complice faisait le guet dehors, deux des bandits s'étaient glissés dans la chambre à coucher des Sothoron, avaient chloroformé le vieux couple et cambriolé la maison. Si l'on se plaçait du point de vue des voleurs, le double assassinat avait été un accident : au lieu d'endormir simplement le mari et la femme comme ils en avaient eu l'intention, les cambrioleurs les avaient tués.

Les autorités et les journalistes avaient aussitôt crié à un nouveau crime de la « bande des chloroformeurs », ils avaient dénoncé dans le meurtre l'œuvre du « Colonel Chloroforme » et de ses deux associés, Dowell et Pole. Et c'était parce qu'un couple de vieux millionnaires avait été assassiné que lui, Vinal, assis dans une chambre obscure et froide, échafaudait minutieusement le plan qui assurerait son triomphe, qui le hisserait au-dessus de l'armée de ceux faisant profession de poursuivre le crime.

Il avait pénétré dans la masure avant l'aube, surgissant comme un spectre de l'obscurité humide de l'allée de derrière, passant devant le policier endormi et disparaissant sans bruit par la porte menant au sous-sol. Sa progression en chaussettes, de la cave au troisième étage de la maison délabrée, avait été silencieuse comme la mort et suffisamment éprouvante pour lui faire suer sang et eau.

Pourtant, Vinal aurait dû n'éprouver aucune crainte d'être interrompu. Après avoir fouillé l'endroit de fond en comble deux jours plus tôt, la police s'était contentée d'y placer trois agents en faction à l'extérieur, au cas où les meurtriers prendraient le risque de retourner à leur gîte. Et si son intuition prodigieuse ne l'avait pas trompé, si les assassins étaient revenus attendre dans la bicoque une occasion de passer à travers les mailles du filet de la police, ils ne pousseraient pas les hauts cris en surprenant Vinal dans leur refuge. Ils comprendraient l'inutilité de toute résistance : délogé de son terrier, le criminel sans envergure ne lutte pas. Au vu de ses considérations, Vinal pouvait estimer que sa peur d'être interrompu par un élément extérieur, sa prudence méticuleuse et son incroyable patience témoignaient simplement de la passion qu'il avait investie dans cette chasse.

L'heure était venue pour lui d'agir, de mettre à exécution le plan qu'il avait élaboré. De l'autre côté de la porte, mince comme une feuille de papier, il n'y avait que deux hommes, il le savait. Le Colonel, leur chef, n'aurait jamais pris sans bonne raison la décision d'aller se réfugier dans son ancienne tanière. Plutôt que de s'enfermer dans un endroit où soit la faim, soit une seconde perquisition mettrait fin à sa carrière, le Colonel risquerait pour se dégager une audacieuse tentative en terrain découvert. Comprenant que la machine policière, mise en branle, fouillerait jusqu'à la dernière cachette de la ville, il essayerait par tous les moyens de se faufiler à travers le filet. Seul le manque d'intelligence de Pole et de Dowell pouvait leur faire espérer qu'ils finiraient par échapper à la police avec une ruse aussi grossière.

Il faisait très froid dans la pièce et Vinal luttait pour ne pas frissonner. Depuis qu'il attendait, aucun muscle de son corps n'avait eu une contraction inutile. Dans la maison aux volets clos, aux rideaux tirés, l'obscurité lui paraissait presque palpable, comme une forme oblongue, solide, contre laquelle l'éclat des lumières de la rue venait lutter en vain. De même pour le silence : dans la grande cité bruyante, aux cris stridents, l'atmosphère silencieuse de la maison semblait une entité séparée, immuable, que le grondement nocturne et familier de l'humanité ne pouvait entamer. Vinal en avait éprouvé un certain trouble jusqu'au moment où, se ressaisissant, il s'était convaincu qu'il n'y avait rien d'étrange à cela : un homme assis dans une pièce, sans bouger, sans faire de bruit, guettait deux autres hommes aussi immobiles et silencieux se trouvant dans la pièce voisine.

Il se leva, et ce mouvement lui prit deux pleines minutes. Debout, les bras légèrement écartés du corps, il remuait les doigts, les pliait et les tendait méthodiquement pour en chasser l'engourdissement causé par le froid. Il souleva son pied droit, l'avança dans l'obscurité en une grande enjambée mais lorsqu'il le reposa sur les briques entourant la cheminée, ce fut dans un mouvement lent et doux comme la chute d'un duvet. Une fois campé au bord de l'âtre, ne risquant plus de faire gémir le plancher, il se dressa lentement sur la pointe des pieds, se laissa retomber sur les talons, recommença, de manière à faire jouer tous les muscles de ses jambes. Il répéta le mouvement cinquante fois, en l'accélérant vers la fin, et sans cesser de remuer les doigts.

Vinal procédait scientifiquement, en faisant appel à ce qu'il avait appris au gymnase. Il fit décrire à sa tête un mouvement circulaire mais s'aperçut que son cou, qu'il n'avait pas rasé depuis trente-six heures, crissait contre son col. Par petits coups prestes, précis, il ôta sa cravate et se courba pour la poser précautionneusement sur les briques du foyer. Le col présenta plus de difficultés. Mouillant ses doigts de salive, il les passa et repassa sur la boutonnière, la rendant aussi molle et humide que s'il l'avait trempée dans une rivière.

L'oreille tendue, à l'affût du moindre bruit, il n'entendait rien tandis que ses mains s'activaient. Dehors, la rumeur incessante de la ville était ponctuée de temps à autre par le klaxon perçant d'une automobile ou par la plainte des roues du métro aérien sur les rails d'acier froid. Et, du trottoir bordant la maison, montait inlassablement le tip-tap des brodequins des deux policiers déambulant à pas lents. Plusieurs fois, Vinal avait entendu les railleries que leur lançaient les gosses du quartier :

— Vise un peu les Sherlock Holmes dans leur marathon! s'était gaussé un gamin.

— Pourquoi vous allez pas plutôt au poste attendre tranquillement qu'ils se pointent? avait ironisé un autre.

Mais de la pièce voisine, aucun bruit.

Il avait défait son col et le posait près de sa cravate lorsqu'une question lui traversa l'esprit : et s'ils n'étaient pas là? Il s'immobilisa, plié en deux, et tendit l'oreille comme pour se rassurer. Naturellement, il n'entendit rien, mais son intuition s'imposa de nouveau à lui avec force : ils étaient là. Il n'y avait pas d'autre explication à leur disparition, exploit remarquable que les petits vendeurs de journaux annonçaient en ce moment même. Ils ne pouvaient être ailleurs, ils n'avaient pu songer à une autre cachette quand la meute de leurs poursuivants s'était rapprochée.

Vinal n'avait pas cessé un seul instant de prendre des précautions infinies avant de faire un mouvement, de calculer à l'avance comment réagirait chaque muscle, comment il fallait placer les mains et les pieds pour éviter tout risque de bruit. La plus légère erreur, il le savait, briserait le bloc de silence avec le fracas d'un coup de marteau à bascule. Le noir pesait sur lui, le rendait nerveux comme s'il avait été une pelote de fils sous tension qui, pensait-il dans son imagination délirante, porteraient droit aux oreilles des deux autres l'ombre du moindre bruit. Aussi ne pouvait-il se permettre aucune nervosité et se forçait-il au calme.

Il entendit soudain grincer la poignée de la porte d'en bas aussi nettement que si le bruit provenait de la pièce où il se trouvait. Pour varier sa faction monotone, l'un des policiers l'avait probablement agitée sans raison précise. Vinal redoubla de concentration, ses sens en alerte s'aiguisèrent encore sous l'effet de la tension : il avait entendu quelque chose dans la pièce voisine. Il écouta avec une sorte d'avidité douloureuse : rien ne se produisit. Le bruit n'avait pas été assez fort pour ébrécher le bloc compact de silence qui le cernait mais il l'avait entendu, il en était sûr.

Se penchant de nouveau en avant, il prit appui de la main gauche sur les briques et avança le bras droit dans l'âtre en remontant dans la cheminée d'un ou deux centimètres. Il voulait détacher du conduit un peu de suie mais prenait garde à ne pas en faire tomber sur le foyer. Avec des gestes soigneusement étudiés, il se barbouilla de noir les joues, le nez et le front puis se redressa, releva lentement le col de sa veste et la boutonna jusqu'en haut de sa mince poitrine.

Une dernière fois, il passa en revue les détails de sa préparation : il avait assoupli les muscles et les ligaments de son corps, ôté sa cravate et son col, noirci son visage — ce dernier point pour deux raisons : afin que la tache blanche de sa peau dans l'obscurité ne trahît pas sa présence aux yeux des hommes qu'il voulait surprendre; mais aussi, s'il était découvert trop tôt, afin d'avoir une possibilité de se faire passer pour un fugitif comme eux. Cette idée lui parut sinistrement grotesque : comment réagiraient les meurtriers s'ils le découvraient enfermé avec eux dans leur dernier refuge et le croyaient en fuite pour quelque délit mineur?

De la main, il s'assura que le revolver fourré dans

la poche droite de sa veste était en position adéquate et qu'il pouvait aisément saisir celui de la poche gauche. Je suis prêt se dit-il. Finkerman et les types de la Bloomer n'auraient pu se préparer à moitié aussi bien.

Vinal n'était pas un lâche car nul couard n'aurait supporté une aussi longue journée d'attente vigilante. Mais lorsqu'il avança le pied droit pour entamer la longue, l'interminable traversée du plancher qui le mènerait à la porte, il se serait probablement affolé s'il avait provoqué le plus léger bruit. Les nerfs à vif, tendu à la limite du tolérable, il s'était émotionnellement fermé à toute impression, toute idée, tout événement étrangers à son entreprise.

On eût dit les plantes de ses pieds habitées d'une sorte de prémonition du bruit. Il se déplaçait perpendiculairement aux lattes du plancher en suivant les poutres qui les soutenaient, afin d'éviter les craquements. Il avait fait cette découverte d'instinct et s'y conformait sans s'écarter de son but : la porte.

Vinal possédait un sens de l'orientation extraordinaire, étrange même. Chacun de ses pas dessinait presque un demi-cercle puisqu'il n'osait pas avancer normalement, droit devant lui. A chaque enjambée tâtonnante, son pied partait obliquement, s'écartait de l'axe du corps afin d'empêcher les jambes du pantalon de frotter l'une contre l'autre. Il n'avait pour se guider que le souvenir de l'image grise de la pièce que la lumière du jour lui avait révélée en filtrant par les fentes des volets, ainsi que la précision instinctive avec laquelle ses pieds, légers comme des pattes de chat, se posaient sur les parties sûres du plancher.

A un mètre de la porte, il s'immobilisa au milieu du mouvement lent et las destiné à faire passer le poids de son corps de sa jambe droite à la gauche. Il n'avait rien mangé ni bu depuis vingt-quatre heures et, absorbé par la tension angoissante de sa progression, il avait ouvert la bouche sans s'en rendre compte, comme un coureur qui, approchant du but, aspire de grandes goulées d'oxygène. Et tout à coup, il avait pris conscience que ses profondes inhalations risquaient, en envoyant l'air dans ses poumons, de provoquer un sifflement sourd. Suspendu en équilibre instable, il serra les mâchoires, tendit l'oreille et n'entendit que le grondement de la rue et le tip-tap des pas des policiers.

Avec une lenteur digne des temps géologiques, il avança le bras en avant. Le bout de ses doigts tremblait et palpitait comme si ses nerfs n'étaient pas recouverts d'épiderme, et lorsque sa main toucha le montant de la porte, il dut faire appel à toute sa maîtrise de soi pour ne pas sursauter, tant le contact du bois lui parut brutal.

Lentement, presque imperceptiblement, sa longue silhouette mince se courba en avant jusqu'à ce que son oreille parvînt au niveau du trou de la serrure. Il attendit cinq minutes, huit minutes, dix minutes. L'espoir de les surprendre, conjugué à la crainte d'être découvert, lui aiguisait l'ouïe. Tous ses sens se tendaient vers la pièce contiguë, au point que le brouhaha de la ville et les bruits des pas des policiers lui paraissaient distants de millions de kilomètres.

Il lui semblait voir les deux hommes, exactement comme les journaux les avaient décrits : Pole, petit, les épaules voûtées, pusillanime; et Dowell, lourdement charpenté, avec des épaules massives et un cou de taureau. A présent plus que jamais, il était sûr de leur présence : Pole, recroquevillé sur lui-même, les lèvres pâles, terrorisé; Dowell, masse inébranlable. Vinal ne comprenait pas pourquoi il ne les entendait pas respirer. S'il jugeait normal qu'ils se tinssent immobiles, de peur d'être découverts, il trouvait bizarre qu'ils ne fissent aucun bruit. Dans ce silence total, leur respiration aurait dû siffler à ses oreilles.

Ce fut alors qu'il entendit un murmure faible, étouffé, qui tonna à ses oreilles comme un coup de canon, au point que, par réflexe, il saisit ses revolvers dans ses poches.

Il écouta.

— S'ils prennent le Colonel, nous avons une chance.

Vinal savait que c'était Pole car, pour son ouïe exercée, le murmure avait toutes les caractéristiques d'une voix aiguë d'homme de petite taille.

— Ils l'auront pas, répondit une voix lente et lourde comme Dowell lui-même.

Le silence de nouveau puis :

— Bon Dieu, il faut faire quelque chose. On va crever de faim, ici!

Le chuchotement de Pole, si bas qu'il semblait à peine capable de rider l'océan de silence, n'en exprimait pas moins toute l'angoisse et la couardise du meurtrier.

Vinal avait brûlé autant d'énergie que s'il avait

lutté seul contre dix mais il avait capté la moindre syllabe prononcée. Il s'aperçut qu'il était en équilibre sur la pointe des pieds, le bras droit tendu derrière lui, le gauche légèrement en avant, dans une posture parfaite pour bondir instantanément. Suspendu dans le silence, il paraissait léger comme une plume et, en même temps, écrasé sous un poids considérable qui contractait tous ses muscles.

— Parle pas, fit Dowell, mettant fin aux murmures.

Vinal posa la main sur la poignée de la porte avec la légèreté d'un voile de poussière. Tout en se concentrant sur la tâche ardue consistant à la faire tourner sans bruit, il maudissait dans un coin de son esprit la nécessité de prendre un risque de ruiner ses plans aussi grand et menaçant.

Il lui sembla par la suite qu'il avait consumé une année de sa vie à tourner la poignée. Après chaque fraction infime du mouvement circulaire, il s'arrêtait, sachant que s'il allait un millième de seconde plus vite, le pêne produirait l'inévitable crissement. Vinal sentit monter en lui l'impulsion insensée d'ouvrir brutalement la porte, de se ruer dans la pièce et de décharger ses revolvers en hurlant de toutes ses forces. Le silence, si nécessaire à son succès, devenait trop lourd, trop mystérieux, et lui infligeait une torture plus insoutenable à chaque instant.

Quand le pêne se libéra totalement de la gâche, Vinal s'apprêta à utiliser de nouveau la tactique méticuleuse qu'il venait de suivre. De même qu'il avait fallu empêcher la poignée de grincer, il s'agissait maintenant d'éviter toute plainte des gonds. Au moment où la porte s'entrouvrit, il se mit à estimer, au jugé, avec quelle lenteur la pousser tout en repassant par le processus quasi insupportable consistant à ramener le pêne dans sa position initiale. Il entendait à présent la respiration des deux hommes, dont il situa progressivement, par paliers pénibles, la position dans la pièce. Ils se trouvaient plus près de la fenêtre qu'il ne l'avait pensé et tournaient le dos à la porte. C'était la première fois que la chance favorisait Vinal puisqu'il allait pouvoir les prendre à revers.

Retirant sa main de la poignée de la porte maintenant à demi ouverte, il fit un pas à l'intérieur de la pièce. Le mouvement lui prit plusieurs minutes : trois fois il avança le pied, effleura le plancher puis s'immobilisa, convaincu qu'il allait faire gémir les minces lattes. A la quatrième tentative, il sentit pouvoir poser le pied en sécurité mais il aurait été incapable d'expliquer pourquoi.

— Je boirais bien un coup de flotte, fit le murmure flûté de Pole.

Vinal ne put s'empêcher de penser à un article qu'il avait lu des années auparavant sur la portée de la voix de certains comédiens. Pole, songea-t-il, aurait à cet égard fait un bon acteur.

Avant de franchir le pas suivant, Vinal sortit les revolvers de ses poches et les serra dans ses mains, prêt à tirer. Un désir presque irrépressible croissait en lui d'agir brusquement, de libérer ses muscles du carcan de la tension, de débarrasser ses membres des menottes d'une fastidieuse concentration. Mais ce fut sans accélérer le moins du monde son rythme qu'il reprit sa progression, situant mieux à chaque pas l'endroit où se trouvaient les deux hommes. Ses muscles se contractaient avec la même lenteur que sur les briques de l'âtre de la pièce voisine, une heure plus tôt. Et même en ce moment où son succès dépendait d'un fragile chapelet de quelques secondes silencieuses, il s'émerveillait du contrôle parfait que son esprit exerçait sur la plus petite partie de son corps.

Le dénouement vint exactement comme il l'avait prévu. Mettant fin à la torture de la lenteur, Vinal eut un mouvement vif et rompit en même temps le silence par un murmure. Les deux revolvers jaillirent comme un éclair et s'enfoncèrent dans la nuque des deux assassins. A la façon dont la chair cédait sous le canon de l'arme qu'il tenait dans sa main droite, Vinal devina que le petit Pole se tassait sur sa chaise le plus qu'il pouvait. Le cou massif de Dowell opposait au contraire une résistance à l'arme de gauche.

— Si vous criez, je tire! menaça Vinal d'une voix à peine plus forte que les murmures de Pole.

Pendant près d'une minute, le groupe resta immobile. La respiration de Pole devenait sifflante. Finalement Dowell rompit le silence :

— Qu'est-ce que tu veux? demanda-t-il d'une voix normale.

— Ne t'avise pas de recommencer à parler aussi fort, chuchota Vinal d'un ton cinglant. C'est vous que je veux, et je vous ai. Écoutez-moi bien. Il y a un autre type dans la baraque et si vous faites le moindre bruit, il va s'enfuir. Vous allez me suivre sans dire un mot, sinon je vous abats.

De la gorge de Pole commençait à monter ce qui aurait pu devenir un pleurnichement si Vinal ne l'avait étouffé d'une pression du pouce.

— Je vais vous guider pour sortir de cette pièce, traverser le couloir et descendre jusqu'à la porte d'entrée. Vous n'aurez qu'à prendre la direction indiquée par le revolver.

Dowell ne donnait aucun signe d'émotion hormis une respiration plus rapide. Lui et Pole se mirent debout, se tournèrent, obéissant aux directives relayées par le canon des armes.

— Où sont vos chaussures? demanda Vinal à mi-voix.

— Là-bas dans le coin, répondit Dowell.

— Pas dans le passage? Elles ne vont pas nous faire trébucher?

— Non.

Vinal voulait prolonger le silence car personne ne devait entrer dans la maison et perturber son travail, sa capture. Il désirait livrer les deux hommes aux policiers sur le trottoir, devant la porte, mais il ne pouvait faire descendre trois étages à ses prisonniers sans quelque bruit et cela le rendait furieux. Chaque fois que Pole ou Dowell faisait craquer une marche, il leur enfonçait impitoyablement le revolver dans la nuque.

Calmement, avec une rapidité raisonnable, le trio atteignit le vestibule. Pole, petit et chétif, tressaillait à chaque poussée de l'arme dans son cou et se mettait parfois même à trembler violemment. Conscient que la partie était jouée, Dowell obéissait lentement, presque tranquillement, aux ordres de l'acier froid pressé contre sa nuque.

A une ou deux reprises, Vinal fut de nouveau envahi par une impulsion de hurler, de libérer sa tension nerveuse dans un ouragan de cris et de coups. Depuis qu'il avait pénétré dans la maison, ses nerfs avaient enduré une torture qu'aucun homme n'aurait supportée. Mais chaque fois qu'il se sentait sur le point de flancher, la pensée de Finkerman, des agents de la Bloomer et du commissaire de police lui redonnait la force de tenir encore quelques minutes.

Parvenu au pied de l'escalier, il lâcha le revolver coincé dans le col de la veste de Pole le temps nécessaire pour tirer le verrou et ouvrir la porte toute grande. Ressaisissant l'arme, il poussa ses deux prisonniers devant lui sous la lumière des réverbères.

— Hé, appela-t-il d'un ton impérieux. Vous là-bas, venez! Les voici! Prenez-les!

Les deux policiers abasourdis se précipitèrent vers Pole et Dowell, qui clignaient des yeux sur le trottoir. L'un des agents, un rouquin moustachu, tout en courant souffla dans son sifflet. Comme par enchantement, la rue se remplit aussitôt de cris excités et de bruits de pas rapides. Des hommes et des femmes accouraient de toutes parts. Portés par cette vague eût-on dit, d'autres policiers se ruaient à la rescousse, formaient rapidement cercle autour des deux captifs pâles et silencieux.

Vinal, le visage barbouillé de suie, beuglait dans l'oreille du moustachu :

— Je les ai coincés en haut! A moi tout seul! Quelle bande de crétins vous faites, vous et vos inspecteurs : depuis ce matin, ils se cachaient là-haut!

Deux policiers se dirigèrent vers la bicoque, sans doute pour la fouiller de nouveau; un troisième appela une voiture de patrouille. De la foule qui grossissait à chaque instant autour des policiers et des prisonniers montaient interjections et lazzis :

— Les poulets sont revenus à la maison se faire rôtir!

— Hé, chloroforme!

— Où il les a piqués, le mec?

— Il est pas mignon, le petit!

Deux minutes plus tard, la voiture de police s'arrêta devant le trottoir peint de bandes rouge-et-blanc du poste, quelques centaines de mètres plus loin, et déposa sa cargaison toute fraîche de prisonniers. Les curieux voulurent entrer eux aussi, mais ne purent aller plus loin que le couloir du poste de police.

A l'intérieur, le sergent de garde s'apprêtait à savourer pleinement la situation. Souriant à Pole et à Dowell, qui se laissaient fouiller par des mains expertes et brutales, il leur lança :

— Alors, les gars de la Bloomer vous ont eus. Eh bien, ça ne traînera plus longtemps maintenant : dès que nous aurons pris aussi le Colonel, vous danserez tous les trois au bout d'une corde.

Ce fut trop pour les nerfs du petit Pole au museau de rat qui partit d'un rire hystérique en s'affalant sur le guichet, dont il martela le bois de ses maigres poings. Un policier le bâillonna de la main pour mettre fin à ses hennissements mais Pole se dégagea.

— Hiiii! couina-t-il, des larmes coulant sur son visage. Pauvres imbéciles! Le Colonel a pris une drôle d'avance sur vous! Vinal, l'homme qui nous a capturés, c'est lui, le Colonel! Il a encore réussi à vous échapper!

The Capture.
Traduction de Jacques Martinache.

Un autre moi-même

par

HAROLD Q. MASUR

JE fus le seul à descendre du car lorsque celui-ci s'arrêta à Clawson's Cove. Située dans une des innombrables anfractuosités qui, le long du golfe du Mexique, transforment en dentelle la côte de la Floride, c'était une de ces bourgades somnolentes, où l'on a l'impression de manquer d'air en dépit de la proximité de l'océan.

Empoignant ma valise, je traversai la rue en direction d'un snack qui affichait « Air conditionné ».

Je me penchai sur l'un des tabourets et commandai :

— Un hamburger... A point, s'il vous plaît.

La fille qui était de l'autre côté du comptoir transmit ma commande à la cuisine.

— Vous débarquez du car? s'enquit-elle.

— Oui...

— En cette période de l'année, vous devez être probablement notre unique touriste. Soyez donc doublement le bienvenu!

— Je ne suis pas vraiment un touriste, tins-je à rectifier. Y a-t-il un hôtel convenable à proximité?

— Seulement *les Everglades*. Mais c'est à environ cinq kilomètres sur la route et même actuellement, hors saison, les prix qu'on y pratique sont excessifs. Alors, si vous n'avez pas de voiture, je crois qu'il ne vous reste guère d'autre choix que la vieille *Mansion House*... Vous remontez la rue et c'est dans la première à gauche, juste en tournant.

Un coup de sonnette l'appela à la cuisine. Le hamburger qu'elle m'apporta se révéla bien plus savoureux que je n'avais osé l'espérer. Et la fille elle-même avait de quoi vous mettre en appétit avec son joli visage, tout rayonnant de chaude cordialité.

— Vous habitez Clawson's Cove? lui demandai-je.

— Oui, depuis toujours, car j'y suis née. Et ce splendide établissement quatre étoiles a pour propriétaire mon oncle Dan, qui officie lui-même aux fourneaux.

Penchant légèrement la tête de côté, elle ajouta :

— Dites... Qu'avez-vous bien pu faire pour devenir aussi maigre?

Je la regardai dans les yeux :

— De la prison.

Elle en resta toute saisie, puis risqua un sourire :

— Vous me faites marcher! Quand on sort de prison, on est pâle comme une endive, alors que vous êtes plus bronzé que... Si vous...

Mais la porte de la rue s'ouvrit et la fille s'interrompit net, cependant que son visage devenait inexpressif.

Un homme s'avança lourdement jusqu'au comptoir. C'était une manière de colosse, avec un cou comme tanné, une poitrine tel un coffre, l'insigne

106

étoilé de shérif épinglé à sa chemise, et un gros revolver se balançant dans un étui sur sa hanche.

Il avait des yeux très pâles qui me décochèrent un regard incisif puis se désintéressèrent aussitôt de moi.

La fille lui servit une tasse de café, et revint aussitôt en face de moi.

— La prison dont je vous parlais, expliquai-je, se trouvait dans le Nord Viêt-nam. J'y ai passé quatre longues années et, la plupart du temps, j'étais en plein air, derrière des barbelés. On avait du soleil à revendre, mais pas grand-chose à bouffer. Pendant ces vacances forcées, j'ai attrapé une de leurs fameuses fièvres tropicales, si bien que lorsque j'ai regagné la mère patrie, on m'y a gardé à l'hôpital jusqu'à la semaine dernière.

Avec une sollicitude qui n'avait rien d'artificiel, la fille s'enquit :

— Ils ne vous nourrissaient donc pas non plus dans cet hôpital?

— Oh! si, ça n'était pas du tout comme là-bas. Mais cette satanée fièvre a dû modifier mon métabolisme ou quelque chose comme ça.

— Eh bien, dit-elle d'un ton décidé, il vous faut prendre maintenant de vraies vacances. Vous comptez rester longtemps à Clawson's Cove?

— Un jour ou deux. Précisément pour les vacances que vous m'ordonnez, docteur, je me rends aux Keys (1), mais j'ai voulu d'abord faire étape ici pour voir Martha Crawley. Est-ce que vous la connaissez?

Ce fut comme si tout se congelait autour de moi. Même les bruits de la cuisine s'interrompirent. Alors le shérif s'approcha et, d'un geste brusque, me fit pivoter sur mon siège.

— Vous vous appelez comment?

— Harry Kane.

— Et qu'est-ce que vous lui voulez, à Martha Crawley?

— Ça, shérif, je ne tiens pas spécialement à en discuter avec vous.

Ses yeux pâles s'étrécirent :

— Et passer deux ou trois semaines dans la prison du comté, est-ce que vous y tenez?

— Sous quelle inculpation?

— Vagabondage.

— Shérif, l'armée des Etats-Unis se trouvait me devoir plusieurs années de solde lorsqu'on m'a rapatrié, et j'ai donc pas mal d'argent sur moi. Par conséquent, il vous serait difficile de me faire inculper de vagabondage.

— Qu'à cela ne tienne, mon petit monsieur. Je trouverai autre chose, faites-moi confiance. Et quelque chose qui tiendra le coup.

Je n'en doutai pas un seul instant.

— Je ne cherche pas à faire d'histoires, lui assurai-je. Je ne connais pas Martha Crawley. Je ne l'ai même jamais vue. Mais, quand on faisait la guerre là-bas, j'ai connu son petit-fils, un G.I. nommé Pete Crawley. C'était mon meilleur copain, comme un autre moi-même. Nous étions le plus souvent ensemble et il me racontait des tas de trucs sur sa famille.

---

(1) Archipel de petites îles coralliennes qui prolongent l'extrême pointe de la Floride. (N. du T.)

108

Il me disait qu'il était encore tout mioche la dernière fois qu'il avait vu sa grand-mère, un an avant la mort de son père. La mère de Pete s'était remariée avec un ingénieur, qui avait installé sa famille à Hawaii. Pete a été appelé sous les drapeaux et expédié à Saigon. C'est là que je l'ai connu. J'étais avec lui lorsque est arrivée la nouvelle que ses parents avaient péri tous les deux dans un accident d'auto. De ce fait, il s'est trouvé n'avoir plus au monde que Martha Crawley. Il lui écrivait de temps à autre, lui promettant toujours de revenir ici lorsque la guerre serait terminée. Mais il n'a pu tenir sa promesse.

Le shérif hocha la tête :

— Continuez, continuez...

— Notre escouade avait été envoyée en patrouille, une nuit, lorsque nous sommes tombés dans une embuscade tendue par le Viêt-cong. Nous n'avons été que quelques-uns à regagner nos lignes, et Pete n'était pas du nombre. Disparu au cours d'un engagement et présumé mort, voilà ce que les scribouillards de l'armée ont inscrit à la suite de son nom. Deux semaines plus tard, j'ai été capturé au cours d'un raid. Ils nous ont fait gagner le Nord à marches forcées, après quoi j'ai sué le reste de la guerre dans un camp de prisonniers.

J'émis malgré moi un soupir expressif avant de poursuivre :

— J'avais promis à Pete que, s'il lui arrivait quelque chose, je ferais tout mon possible pour aller un jour à Clawson's Cove voir sa grand-mère.

— Vous arrivez trop tard. Elle est morte.

Je battis des paupières en apprenant la nouvelle.

— J'aurais dû avoir l'idée de donner d'abord un coup de fil, dis-je avant de me tourner vers la serveuse en demandant : A quelle heure le prochain car?

— C'est samedi, dit-elle. Il n'y a qu'un seul car par jour, et pas du tout le dimanche.

— Alors je suis coincé ici pour tout le week-end?

Elle acquiesça tandis que, sans un mot, le shérif tournait les talons et quittait le snack.

— Ça, dit-elle alors en pinçant les lèvres, c'était le shérif Luke Spence. Je me passerais volontiers de le voir, et il n'y en a pas beaucoup ici qui le portent dans leur cœur.

— Mais un shérif, c'est quelqu'un qu'on élit. Alors pourquoi les gens votent pour lui?

— Parce qu'il est le cousin de Glen Barrett, qui le soutient à fond. Or dans cette ville, c'est M. Barrett qui fait la pluie et le beau temps.

— Comment y arrive-t-il?

— Par l'intermédiaire de la Clawson Bank & Trust Company, qui lui appartient. La plupart des propriétaires d'ici ont contracté des emprunts hypothécaires à sa banque.

Esquissant un sourire, elle me tendit la main par-dessus le comptoir :

— J'ai assez aimé la façon dont vous avez tenu tête au shérif, Harry Kane. Je m'appelle Lucy Hume.

Nos mains s'étreignirent cordialement.

— Enchanté, Lucy. Pourquoi votre shérif a-t-il l'air si chatouilleux à propos de Martha Crawley?

— Parce qu'il n'a pas digéré les bruits qui ont couru à ce sujet. Voyez-vous, la banque a fait vendre la propriété que Martha avait hypothéquée : environ un hectare et demi au bord de l'eau. C'est là que s'élève maintenant le nouvel hôtel, *les Everglades,* dont je vous ai parlé. Cela faisait des années que les promoteurs cherchaient à acquérir ce terrain, mais Martha ne voulait pas vendre. Elle répétait toujours qu'elle gardait ça pour son petit-fils. Mais quand elle n'a pas été en mesure de rembourser l'hypothèque venue à échéance, M. Barrett a fait procéder à la saisie du terrain.

— Qu'il a revendu ensuite avec un gros bénéfice?

— On ne peut rien vous cacher.

— Mais je ne comprends pas, Lucy... Pete Crawley m'avait dit que sa grand-mère était très riche. Qu'avait-elle donc fait de son argent?

— Elle l'avait perdu. C'était M. Barrett qui, depuis des années, s'occupait de la gestion de sa fortune, car elle avait ouvert un compte d'investissement à la banque, compte pour lequel il avait une procuration générale afin de pouvoir acheter et vendre selon les fluctuations du marché. Puis les cours de la Bourse se sont effondrés et Martha a été ruinée. Mais c'était une bagarreuse. Elle se plaignait à qui voulait l'entendre et était même venue trouver mon patron pour qu'il intente un procès à la banque.

Je la regardai en haussant un sourcil :

— Votre patron?

— Oui, Rudy Menaker.

Me voyant déconcerté, elle s'exclama soudain :

— Oh! vous croyez que je travaille ici! Non, non, je suis seulement venue aider oncle Dan parce que sa serveuse est malade. Je suis la secrétaire de

M⁰ Menaker, lequel est le plus grand, ou plus exactement le seul, avocat de Clawson's Cove.

— Et votre avocat de patron a traîné la banque devant les tribunaux?

— Non, fit-elle en secouant la tête. Il a étudié le dossier et dit à Martha qu'elle n'avait aucune chance de gagner, que sa plainte n'était même pas fondée.

— J'aimerais savoir ce qui s'est passé. Est-ce que M⁰ Menaker me recevrait?

— Le samedi, son cabinet est fermé, mais il pourrait peut-être vous recevoir chez lui.

Elle se dirigea vers un téléphone mural où elle composa un numéro. Après une assez brève conversation, elle revint me dire :

— Il vous recevra dans une demi-heure. En attendant, vous pouvez aller poser votre valise et retenir votre chambre à *Mansion House*.

— Au coin de la première à gauche en remontant la rue?

Elle acquiesça avec un sourire et j'ajoutai :

— Est-ce qu'ils ont un bon restaurant aux *Everglades*?

— Oh! oui, et c'est ravissant.

— Me feriez-vous le plaisir d'y dîner ce soir avec moi?

— Oh! Harry, il ne faut pas vous croire tenu de...

— Accepte! lui cria son oncle Dan depuis la cuisine. Je peux me débrouiller sans toi ce soir.

Elle eut alors un sourire qui me fit penser à un ciel d'été tout semé d'étoiles :

— Avec plaisir, Harry. Je passerai vous prendre à sept heures.

Mansion House était un petit hôtel situé dans un immeuble à deux étages plutôt décrépit. Je me rasai, puis me rendis chez l'avocat qui habitait, à quelques trois cents mètres de là, une assez jolie villa.

Rudy Menaker répondit lui-même à mon coup de sonnette. Sortant alors de la maison, il m'indiqua des fauteuils en rotin dans la galerie ceinturant la villa, et s'assit sur l'un d'eux avec la difficulté de quelqu'un qui souffre de rhumatismes. C'était un vieux monsieur à l'air revêche dont l'haleine fleurait le bon whisky.

— Lucy m'a dit que vous connaissiez le petit-fils de Martha Crowley, qui a été tué au Viêt-nam?

— Oui, Maître, c'était mon meilleur ami. Et je lui avais promis que, s'il lui arrivait quelque chose, je viendrais voir sa grand-mère.

— Malheureusement, vous arrivez deux ans trop tard. Qu'attendez-vous de moi?

— A ce que j'ai cru comprendre, Mme Crowley avait eu des désaccords d'ordre financier avec la banque locale et voulait que vous portiez l'affaire devant les tribunaux?

— J'étais dans l'impossibilité de faire quoi que ce soit, mon garçon. Martha allait répétant que la banque lui avait fait perdre tout son argent. J'ai examiné les papiers qu'elle m'avait apportés et j'ai vu qu'elle avait ouvert un compte d'investissement en leur donnant une procuration générale. M. Barrett lui a fait réaliser nombre de bonnes petites affaires pendant pas mal d'années. Mais les temps changent. La situation économique va de mal en pis et ce, aux quatre coins du monde. Partout on connaît les mêmes

113

problèmes : pétrole, inflation, chômage, récession, etc. Alors, un jour, les cours se sont effondrés jusqu'au sous-sol, lessivant du même coup quantité de gens. Martha n'a pas été la seule, je vous prie de le croire; moi-même j'y ai laissé pas mal de plumes. Mais ce n'était la faute de personne. J'ai expliqué à Martha que, en intentant un procès, elle perdrait son temps et le peu d'argent qu'il lui restait.

— A cette époque, Maître, n'étiez-vous pas aussi l'avocat de la banque?

Il me regarda en fronçant les sourcils :

— Que voulez-vous me dire au juste, mon garçon?

— Simplement, Maître, que personne ne peut défendre des intérêts opposés. Peut-être auriez-vous dû lui suggérer d'aller consulter un de vos confrères?

— Martha était venue me demander mon avis. Je le lui ai donné. Elle était absolument libre d'en tenir compte ou pas. Et d'ailleurs, j'ai entendu dire qu'elle avait cherché quelqu'un qui la conduise à Palm City. Elle racontait à tout le monde qu'elle allait s'assurer le concours du vieux Willis Saunders.

— Qu'est-ce qui l'en a empêchée?

— Une crise cardiaque. Et qui n'était pas la première. Demandez plutôt au docteur Kramer. C'est lui qui la soignait.

— Qu'est devenue la propriété après sa mort?

— La banque a fait valoir son hypothèque et on a procédé à une vente aux enchères.

— Qui a rapporté...?

— Tout juste de quoi rembourser le prêt et payer un arriéré d'impôts, en sus de quelques dettes. Maintenant, si vous voulez bien m'excuser...

114

Me plantant là, il rentra dans la maison dont il referma la porte.

Avisant sur mon chemin une cabine téléphonique, j'y consultai l'annuaire, où je trouvai l'adresse d'un docteur Edward Kramer.

Comme je pénétrais dans la salle d'attente du médecin, un jeune garçon, rouge comme un coq, sortit en trombe du cabinet de consultation, sur le seuil duquel apparut un petit homme ventru, tenant à la main une seringue hypodermique.

— Cela fait des années que je soigne ce gamin, mais chaque fois qu'il est question d'une piqûre, il prend les jambes à son cou. Entrez donc, en attendant qu'il revienne avec sa mère.

Comme je passais devant lui, il me détailla d'un œil critique et secoua la tête :

— Beaucoup trop maigre. Vous feriez bien de mettre un peu de chair sur tout ça, mon garçon. Mangez. Et ne vous exposez pas tant au soleil, car ça fait beaucoup plus de mal que de bien. Allez, maintenant retirez votre chemise que je vous ausculte.

— Je ne suis pas venu en consultation, docteur.

Il me regarda en plissant le front :

— Ça me semblait pourtant s'imposer. Bon... Qu'est-ce donc alors qui vous amène chez moi?

Tandis qu'il m'écoutait, les plis de son front s'accentuèrent et l'expression bienveillante de son visage se fit plus circonspecte. Quand je me tus, il demeura un moment silencieux dans son fauteuil.

— Ce Rudy Menaker boit beaucoup trop, énonça-t-il enfin. Il se ruine la santé. C'est aussi mauvais pour le cerveau que pour le foie. Mais il ne veut pas m'écouter. Et vous, monsieur Kane? Acceptez-vous un conseil?

— S'il est raisonnable, oui.

— Ce sont les seuls que j'aie jamais donnés. Eh bien, mon garçon, retournez à vos affaires et oubliez Martha Crawley.

— Vous me conseillez de quitter la ville?

— Oui. Vous n'avez à espérer ici que des ennuis.

— Quelque chose m'intrigue, docteur. Dès que je mentionne le nom de Martha Crawley, les gens deviennent comme qui dirait nerveux : le shérif Spence, Rudy Menaker, vous... Je n'ose imaginer l'accueil que me ferait M. Glen Barrett si j'allais le trouver à la banque. Auriez-vous peur de quelque chose, docteur?

Se levant, il marcha autour de la pièce, puis revint se planter devant moi :

— Bon, allez-y, mon garçon. Posez-moi des questions précises.

— Martha Crawley est-elle morte de mort naturelle?

— Oui et non.

— Voilà qui demande à être expliqué, docteur.

— Quelque temps auparavant, elle était venue me trouver en se plaignant de douleurs dans la poitrine. Les symptômes de l'angine de poitrine. Je l'ai examinée. Hypertension, artériosclérose. Je lui ai prescrit de la nitroglycérine, de la digitaline et de l'héparine, qui l'ont maintenue pendant encore deux ans. Je lui avais bien recommandé de se ménager, d'éviter les contrariétés. Mais elle avait des ennuis avec la banque et ça la faisait « bouillir », comme on dit. Alors, une nuit, elle m'a téléphoné, ayant grand-peine à parler. Je me suis levé aussitôt et j'ai foncé chez elle. Mais je suis quand même arrivé trop tard. Elle était morte. Bon... Des gens de son âge, il en meurt tous les jours. Mais quelque chose clochait et ça m'a turlupiné.

— Quoi donc, docteur?

— Elle gardait toujours ses médicaments sur sa table de chevet, afin de les avoir à portée de la main quand elle était au lit. Or, cette nuit-là, ils n'y étaient pas. Je ne les ai trouvés nulle part, pas même dans l'armoire à pharmacie. Martha n'était pas sénile et savait que ces médicaments étaient pour elle d'une nécessité vitale. Alors, où étaient-ils?

— Vous avez parlé de ça au shérif?

— Oui, mais il n'y a pas attaché grande importance, disant qu'elle avait probablement pris les dernières pilules et jeté les flacons, avec l'idée de renouveler l'ordonnance le lendemain.

— Aurait-elle attendu ainsi d'être complètement démunie de ces médicaments?

— Je suis dans l'impossibilité de discuter avec Luke Spence. Si vous saviez combien j'ai déjà soigné de blessures dues à son zèle excessif... pour ne pas dire à sa brutalité. Nous nous sommes affrontés plusieurs fois, et ça n'est jamais moi qui ai eu le dessus. Alors, désormais, j'aime mieux l'éviter.

Regardant par-dessus mòn épaule, il vit un autre client qui s'était assis dans la salle d'attente et me dit, en me poussant gentiment vers la sortie :

— Soyez constamment sur vos gardes, mon garçon.

A *Mansion House,* je trouvai un visiteur installé dans ma chambre. Assis sur mon lit, le shérif Spence me dévisagea avec une sorte de férocité glaciale. Puis, se mettant debout, il s'approcha de moi et me lança d'un ton accusateur :

— Vous arrivez de chez le docteur Kramer? Seriez-vous malade?

— Vous préoccupez-vous sérieusement de ma santé, shérif?

— C'est votre nez qui me préoccupe. Vous n'arrêtez pas de le fourrer dans des endroits où il n'a rien à faire.

— J'avais besoin d'un conseil d'ordre médical.

— Et aussi d'un conseil d'ordre juridique? Est-ce pour cela que vous êtes allé embêter Rudy Menaker?

— Ce faisant, ai-je enfreint quelque loi, shérif? Son cou de taureau se congestionna.

— Continuez, mon petit bonhomme. Continuez à m'asticoter comme ça et vous risquez fort de n'être pas en mesure de repartir lundi. Je vous le dis pour la dernière fois. Laissez Kramer tranquille et foutez la paix à Rudy Menaker. Cessez de fouiner dans nos affaires. Comprenez-vous ce que je vous dis?

— C'est on ne peut plus clair et intelligible, shérif.

Il me bouscula pour gagner la porte, qu'il fit claquer après lui. Les années que j'avais passées derrière les barbelés tiendraient certainement de la partie de campagne, comparées à la vie de prison que me ferait mener Luke Spence. Consultant ma montre, je vis que j'avais juste le temps de prendre une douche et de changer de vêtements avant de retrouver Lucy Hume.

Elle arriva comme le soir tombait, au volant d'une petite Ford qui avait dans les cinq ans d'âge, et son sourire me réchauffa instantanément.

Quand nous atteignîmes *les Everglades,* je compris pourquoi les promoteurs avaient préféré attendre tout le temps qu'il faudrait, plutôt que de construire leur hôtel ailleurs. Près de l'entrée, il y avait un lagon naturel avec des flamants roses et partout ce n'était qu'hibiscus, bougainvillées, etc.

Nous dînâmes aux bougies tout en bavardant. Ce fut au moment du café que la jeune fille me demanda si M⁰ Menaker m'avait été de quelque secours.

— Je m'attends rarement à ce qu'un avocat fasse preuve de beaucoup de franchise, lui dis-je. En dépit de quoi, il a quand même laissé échapper quelque chose : le nom du médecin de la vieille dame.

— Ah! le docteur Ed! s'exclama Lucy en riant. Il m'a mise au monde et fait traverser sans dommage toutes les maladies d'enfance. Vous l'avez vu?

— Oui.

— Bourru mais adorable, n'est-ce pas? Et il fait aussi les visites à domicile, ce qui est désormais rarissime!

Puis redevenant sérieuse :

— Harry, quoi que vous essayiez de prouver, je tiens à vous aider.

— Voilà qui ne plairait guère au shérif Spence.

— Je m'en moque. Je dirai même : raison de plus!

Je pesai la chose un instant, puis demandai :

— Que sont devenus les papiers que Martha avait montrés à M⁰ Menaker?

— Elle les lui avait redemandés, afin de les porter

à Willis Saunders, dont le cabinet est à Palm City.

Je lui demandai des renseignements sur ce Saunders.

— Je crois que ce doit être l'avocat le plus célèbre de la région. Nous l'avons réélu sept fois député, mais à présent il est revenu à la vie civile, si j'ose dire. Je lui ai téléphoné de temps à autre, pour des questions concernant son cabinet et le nôtre.

Je me dis que ce serait vraiment une excellente chose si Saunders arrivait finalement à voir quand même ces fameux papiers.

— Lucy, avez-vous des amis à la banque?

— Eh bien, il y a Tommy Hume... mon cousin germain. Il travaille à la comptabilité.

— Vous rendrait-il un service?

— Contraire aux règlements?

— Pas exactement contraire, non...

— Si vous me disiez exactement ce que vous voulez, Harry?

— Des photocopies des dernières transactions boursières que M. Barrett a faites pour le compte de Martha Crawley.

— Mais cela n'a-t-il pas un caractère confidentiel?

— Non, car nous pourrions toujours les obtenir chez l'agent de change. Mais cela nous éviterait une perte de temps et maintes complications.

— Tommy fait justement des heures supplémentaires à la banque pendant ce week-end. Je lui téléphonerai en rentrant.

Quand j'arrivai au snack, le dimanche à midi, Lucy me tendit une enveloppe. Elle contenait les photocopies des ordres de bourse que je souhaitais avoir. J'y jetai un coup d'œil et demandai à Lucy si je pourrais lui emprunter sa voiture après le déjeuner.

— Qu'avez-vous en tête?

— Me rendre à Palm City pour y avoir un entretien avec M° Willis Saunders.

— Puis-je voir votre permis de conduire?

— Il est expiré depuis longtemps.

— Alors mieux vaut que ce soit moi qui conduise.

— A quelle heure serez-vous libre? m'enquis-je en souriant.

— Quand elle voudra! cria son oncle depuis la cuisine. Les affaires sont si calmes en ce moment!

Palm City se situait au nord-est de Clawson's Cove, au-delà d'une région marécageuse. De hautes plantes aux feuilles en dents de scie bordaient de chaque côté l'étroite route. Des nuages arrivaient du Golfe, si bien que le ciel était sombre et menaçant. Par endroits, les palétuviers étaient si denses qu'on se sentait comme isolé du reste du monde.

Une heure plus tard, nous sortîmes des marécages et dépassâmes un petit bois de citronniers, puis ce furent des cyprès tout drapés de mousse espagnole. La route s'élargit, devint une avenue bordée de palmiers : nous étions arrivés à Palm City.

Lucy avait téléphoné avant de partir et Willis Saunders nous attendait. Septuagénaire élancé, avec une masse de cheveux d'un blanc neigeux et des yeux vifs au regard légèrement sardonique, il s'inclina en accueillant Lucy et nous conduisit dans la fraîcheur d'un long living-room.

Se tournant alors vers moi, il me demanda :

121

— Et maintenant, jeune homme, qu'avez-vous donc de si urgent que vous n'ayez pu attendre jusqu'à lundi?

Il m'écouta avec une totale attention. Je lui racontai tout ce qui m'était arrivé depuis que, la veille, j'étais descendu du car à Clawson's Cove. Puis je lui tendis les photocopies qu'il examina en haussant de plus en plus les sourcils. Quand il releva finalement la tête, il me lança d'un ton sec :

— Dois-je comprendre que Glen Barrett s'est livré à ces spéculations insensées? Pour le compte d'une vieille femme qui lui avait donné un blanc-seing?

— Vous en avez la preuve sous les yeux, Maître.

— Et, avant vous, personne n'avait eu l'idée de lui en demander raison?

— Mme Crawley se proposait de le faire quand elle est morte.

Il pinça les lèvres, tout son visage exprimant le dégoût :

— Scandaleux! C'est tout simplement dilapider le bien d'autrui! Alors qu'en pareille occurrence, on doit s'en tenir à ce qu'il est convenu d'appeler « des placements de père de famille ». Toutes ces transactions, sans exception aucune, relèvent tellement de la spéculation la plus folle qu'elles constituent une violation flagrante du code régissant les rapports d'un conseiller financier avec ses clients.

— Elles pouvaient motiver une action en justice?

— Mon cher garçon, Mme Crawley aurait gagné haut la main n'importe quel procès qu'elle aurait intenté à cette banque!

— M⁰ Menaker l'a assurée du contraire.

— Rudy Menaker est un imbécile. En outre, il n'était pas apte à la conseiller, puisqu'il était et est encore l'avocat de la banque.

Saunders me considéra un instant en se pinçant l'arête du nez :

— Voulez-vous insinuer que Barrett a délibérément acheté toutes ces saloperies pour que, ainsi ruinée, Mme Crawley ne puisse rembourser le prêt hypothécaire et qu'il soit lui-même en mesure de faire procéder à la vente des biens de cette dame pour son plus grand profit personnel?

— Je ne l'insinue pas, Maître. Je l'affirme.

Il secoua la tête :

— Quel dommage que cette dame n'ait pas laissé d'héritiers!

— Pourquoi?

— Parce que, les parties lésées étant toutes mortes, il n'y a personne pour intenter un procès.

Il se frotta le menton et ajouta :

— J'aimerais avoir un peu de temps pour bien étudier tout ça.

— Combien de temps? Le shérif de Clawson's Cove veut que je reparte par le car de demain.

— Luke Spence?

— Lui-même.

— J'ai entendu parler de lui. Un homme des cavernes. Un tyranneau local. Alors, demain, prenez le car, mais pour ici. Rudy Menaker sait-il que vous êtes venue me voir? ajouta-t-il à l'adresse de Lucy.

— Non, Maître. D'ailleurs, j'ai décidé de lui donner mon congé. Je ne tiens pas à travailler plus longtemps pour lui.

Le visage de Saunders s'épanouit :

— Mademoiselle Hume, ma secrétaire prend sa retraite le mois prochain. Il me semble que Palm City convient mieux que Clawson's Cove à une jeune personne comme vous. Pourriez-vous envisager de venir habiter ici?

— Je vais étudier la chose, répondit-elle en souriant, mais ça ne me paraît nullement impossible.

L'avocat nous raccompagna jusqu'à la porte. Le ciel continuait d'être menaçant, mais il ne pleuvait toujours pas. Nous décidâmes de dîner à Palm City. Nous roulâmes un peu par les rues jusqu'à ce que nous découvrions un restaurant de poissons qui nous parut sympathique.

Quand nous en ressortîmes, la nuit était venue et il bruinait. Lorsque nous fûmes de nouveau à proximité de la région des marécages, le brouillard y était si épais qu'il ôtait toute visibilité. Nous semblions être les seuls à rouler dans ces parages déserts où régnait un silence inquiétant.

Je crois avoir entendu le sourd vrombissement du gros moteur diesel avant que ses phares ne surgissent de la nuit derrière nous. Le hurlement du klaxon déchira le silence d'une façon prolongée qui mettait les nerfs à vif. Tournant la tête, je vis la silhouette fantomatique d'un tracteur de semi-remorque fonçant sur la route obscure.

Lucy regarda nerveusement dans le rétroviseur :

— Pourquoi roule-t-il si vite?

— Il veut peut-être se suicider. Faites-lui signe de vous dépasser.

Elle obéit, puis après un moment, elle me dit d'une voix étranglée :

— Harry... Il ne cherche même pas à nous doubler et...

— Accélérez! Vite! m'écriai-je. Il faut absolument le distancer!

— Je... Je n'y vois rien... Si j'accélère... Oh! mon Dieu, il nous a presque rejoints!

Le vacarme du diesel nous emplissait les oreilles. Le robuste pare-chocs nous heurta rudement. Nous fûmes projetés en avant tandis que le coffre cédait sous l'assaut. Nous zigzaguâmes, partîmes de côté, faillîmes quitter la route. Lucy se battait avec le volant et je l'aidai à redresser. Elle tremblait, mais tenait courageusement le coup.

Nous avions repris le contrôle de la voiture quand un terrible choc l'ébranla de nouveau. Sur le tableau de bord, une aiguille passa dans la zone rouge. L'huile! Le coup de boutoir avait défoncé le carter, nous perdions notre huile. Sans lubrifiant, le moteur allait gripper et nous ne pourrions plus échapper à notre agresseur.

Un troisième assaut nous fit déraper et nous envoya hors de la route, nos roues avant piquant dans la terre gluante du marécage. Le diesel passa derrière nous dans un bruit de tonnerre, tandis que nous demeurions en précaire équilibre.

— Il est parti? me demanda Lucy, pâle comme un linge.

— Je crois, oui.

Je me trompais. Nous l'entendîmes revenir en marche arrière... Pour nous achever. Je réussis à ouvrir la portière faussée, sautai à terre, tirai Lucy après moi et nous demeurâmes tapis dans la boue, parmi les plantes marécageuses. Toujours en marche arrière, le diesel nous dépassa. Il lui fallait prendre du champ pour pouvoir ensuite accélérer. Il freina, puis, après un instant, le diesel se ranima, repartit en avant, prit de la vitesse. Dans la clarté de ses phares, je vis le reflet verdâtre de notre huile répandue sur le revêtement noir de la route. D'un coup de volant, le conducteur envoya l'avant du tracteur dans la petite voiture, qui fit une sorte de vol plané au-dessus du marécage.

Au même instant, comme l'autre redressait, les pneus dérapèrent dans l'huile. Emporté par son élan, tel un monstrueux bolide, le tracteur quitta la route et alla donner en plein contre le tronc d'un palétuvier, dans un bruit terrifiant de métal déchiré. Il y eut des étincelles, puis ce fut sur le ciel obscur le jaillissement d'un rideau de flammes au ronflement sourd.

Nous vîmes la silhouette corpulente d'un homme lutter pour s'extraire de la cabine. Ses vêtements embrasés nous révélèrent son visage : le shérif Spence, qui se prit les pieds dans les racines du palétuvier. Impulsivement, je voulus me porter à son secours, mais la chaleur était telle que je reculai aussitôt tandis qu'il s'effondrait.

— Est-ce qu'il...? demanda Lucy, cramponnée à moi.

— Oui. Personne ne peut survivre dans une telle fournaise.

— Pourquoi cherchait-il à nous tuer?

— A *me* tuer. Vous vous trouviez simplement être avec moi. D'une part, nous savons que les transactions de la banque étaient délictueuses, mais le shérif avait quelque chose de bien plus grave à cacher que les agissements de Barrett. Sachant que Martha voulait exposer l'affaire à Saunders, il s'était arrangé pour lui escamoter ses médicaments, dont le manque ne pouvait qu'être fatal. Il comptait remettre les flacons en place après la découverte du corps, mais le docteur Kramer fut le premier sur les lieux et constata leur absence. Certain que j'avais été mis au courant, Spence avait dû en outre apprendre mon identité.

Elle leva vers moi un regard interrogateur.

— Je suis Pete Crawley. Je suppose que Spence avait dû trouver des lettres que j'avais écrites à ma grand-mère et les garder. Il lui aura suffi d'en comparer l'écriture à ma signature sur le registre des voyageurs à *Mansion House*. Après ça, ma mort devenait indispensable, l'enjeu étant trop important. Il nous a suivis jusqu'à Palm City et il a attendu le retour pour nous supprimer.

— Mais où Spence a-t-il pu se procurer ce tracteur de semi-remorque?

— Je ne serais pas étonné que son conducteur habituel soit en prison à Clawson's Cove, pour quelque infraction mineure. Spence comptait probablement le relâcher à son retour, de façon que le tracteur fût déjà loin demain matin.

— Mais, Pete Crawley, comment se fait-il que vous ayez été porté disparu?

— Parce que, blessé, je me cachais dans la jungle

quand les Viêts m'ont pris. La fièvre tropicale que j'ai attrapée là-bas m'a fait perdre la mémoire. Lorsque, finalement, j'ai été rapatrié, les psychiatres de l'armée ont remis tout ça en ordre. On m'a donné alors la dernière lettre que ma grand-mère m'avait adressée au secteur postal et où elle me parlait de ses problèmes avec la banque. C'est ce qui m'a décidé à venir sur place incognito pour me rendre compte.

— Et maintenant, qu'allez-vous faire?

— Charger Saunders d'intenter un procès à la banque. Il y a eu fraude sur toute la ligne. Qui sait même si les gens de l'hôtel sont légitimement propriétaires? Nous allons peut-être nous retrouver à la tête d'un palace!

— Nous?

— Bien sûr. Au snack de votre oncle, vous avez acquis de l'expérience en ce qui concerne la restauration. Et je peux suivre un cours par correspondance de l'Ecole hôtelière!

La réaction se produisit, et c'est en mêlant le rire aux larmes que Lucy s'exclama :

— Vous êtes fou! Et moi, je suis trempée! Comment allons-nous rentrer?

— A pied, dis-je. Avec les dingues qui roulent dans les parages, ça me paraît plus prudent que de recourir à l'auto-stop!

Dead Game
Traduction de Maurice Bernard Endrèbe.

Quelque chose de ténébreux

par

EDWARD D. HOCH

Au *Neptune Magazine,* les réunions mensuelles du comité de rédaction se tenaient dans la salle de conférence dont les murs étaient recouverts de liège et, pour Steve Foley, elles constituaient souvent ce qu'il y avait de plus intéressant dans la routine du bureau. Il n'appartenait pas à la rédaction du *Neptune* depuis encore suffisamment longtemps pour être excédé par les tics ou les manies de la douzaine environ d'hommes et de femmes qui prenaient place autour de la table de chêne massif, et c'était l'un des rares moments du mois où il avait le sentiment d'être vraiment pour quelque chose dans ce que publierait finalement le magazine.

Steve n'avait pas encore trente ans lorsqu'il était entrée au *Neptune* un an auparavant. Étant donné son poste de chef des informations, il avait été surpris de se voir inclure dans ces réunions, mais Mike Eldon, le rédacteur en chef grisonnant, était un homme aimant avoir « tout son petit monde autour de lui ». Grâce à Elden, le magazine avait fait beaucoup de chemin depuis le jour où il avait été lancé comme un « coup d'œil mensuel sur la fiction, la cuisine et la mode, à l'usage de ceux qui voyagent sur les sept mers ». A présent, *Neptune* consacrait plus de place aux faits vrais qu'à la fiction, et avait soin que ce fussent aussi des faits solidement étayés. Si l'accent continuait d'être mis sur « l'aventure du voyage », il convenait de prendre « aventure » et « voyage » dans leur sens le plus large.

— Car c'est *ça,* dit Mike Eldon en frappant la table de son poing, que veulent les lecteurs et c'est ça qui fait grimper le tirage. Ce qu'il nous faut, ce ne sont plus des articles sur telle montagne des Andes, mais sur les gens qui ont fait l'ascension de cette montagne!

C'était là son speech standard, qu'il répétait sous une forme ou sous une autre presque à chacune de ces réunions, mais nul ne pouvait nier que ce fût cette politique rédactionnelle qui, en l'espace de trois courtes années, avait fait passer le tirage du *Neptune* de 875 000 à près de deux millions d'exemplaires.

— Numéro d'octobre, annonça Mike Eldon en tapotant le dessus de la table avec son crayon. (On était encore au milieu de l'été, mais quand on publie un mensuel, il faut toujours penser très à l'avance.) Qui dit Octobre, dit Halloween [1], donc il nous faudrait quelque chose de ténébreux.

1. Veille de la Toussaint; jour qui, dans les pays anglo-saxons, est considéré comme voué aux manifestations surnaturelles de caractère plus ou moins démoniaque *(N.d.T.).*

Steve Foley leva un doigt :

— J'ai reçu justement quelque chose d'assez étrange. Ça nous est arrivé par une agence. Un homme et sa femme qui, voici quelques mois, voyageaient en faisant du camping, prétendent avoir été attaqués par une sorte de grande créature ailée, qui a même emporté leur chien.

Il se proposait de retourner l'article, mais celui-ci paraissait maintenant offrir des possibilités.

Eldon le regarda en fronçant légèrement les sourcils :

— Bien que ce soit un peu en dehors de la ligne de *Neptune,* c'est peut-être exactement ce que nous cherchons.

Il se tourna vers le directeur artistique :

— Harry, pourriez-vous nous faire une pleine page couleur avec une créature ailée? Une *grande* créature ailée? Avec les yeux rouges, peut-être? Quelque chose un peu dans le goût de cette illustration de Tenniel pour *A travers le Miroir* et qui représente le Jabberwock. Ne serait-ce pas un Jabberwock, par hasard, Steve?

— Je suis tout aussi sceptique que vous pouvez l'être, mais vous voulez quelque chose qui fasse Halloween, n'est-ce pas?

— Je veux quelque chose à quoi nos lecteurs puissent croire... du moins suffisamment pour avoir un peu peur.

Eldon émit un soupir et cessa de tapoter la table avec son crayon :

— Et puis, allons-y! Occupez-vous de ça, Steve. Parlez à ces gens et voyez s'il y a quelque vérité dans cette histoire. Vous avez dix jours avant que nous bouclions le numéro. Si ça vous paraît se tenir, nous passerons le papier. Mais emportez un appareil photo et prenez quelques clichés de l'endroit où cela s'est passé.

Et voilà comment tout commença.

Steve Foley téléphona à l'agent littéraire qui lui avait proposé l'article, un petit Français avec un léger accent dont le bureau se trouvait dans son appartement de Central Park West.

— Pete, ici Steve du *Neptune*.

Tout le monde l'appelait Pete parce que c'était plus facile à prononcer que son véritable nom.

— C'est au sujet de cet article concernant une créature volante et signé Walter Wangard, que vous nous avez envoyé...

— Oh! oui...

— Que savez-vous de ce type? Y a-t-il quelque chose de vrai dans son papier?

— Je ne peux pas vous dire... Il a écrit quelques articles sur la chasse, la pêche, le camping et je lui en ai placés deux ou trois, mais ça n'est pas avec lui que je ferai fortune.

— L'avez-vous déjà rencontré? Est-ce un fumiste?

— Dans ses lettres, il n'en donne pas l'impression. Sa femme et lui habitent une petite ville à la limite de la Pennsylvanie, pas très loin de l'endroit où ils ont vu la créature en question. Il est représentant en pneus, mais il aime la vie au grand air.

— Bon... Il va falloir que je le voie, dit Steve.

— Vous allez lui acheter son papier?

— Probablement, à moins que sa femme et lui ne me paraissent complètement dingues. Il me faudra aussi quelques photos.

— Voulez-vous que je vous accompagne? proposa l'agent.

— Non, ça n'est pas nécessaire. Prévenez-les simplement de ma visite. Je vais sans doute profiter du week-end pour aller les voir.

Steve partit de bonne heure le samedi matin lorsque la chaleur estivale était encore supportable. A dix heures, il était au beau milieu du New Jersey et à midi, il s'arrêtait devant chez les Wangard. Ils habitaient une petite maison blanche, dans une petite ville blanche somnolente sous le soleil sauf lorsqu'elle était traversée par les grosses voitures de tourisme roulant vers le lac. De l'autre côté de la rue, il y avait une église où l'on était en train de célébrer un mariage. Steve attendit un moment, pour voir les nouveaux époux sortir sous une pluie de confettis multicolores. Il y a certaines choses qui sont les mêmes n'importe où, pensa-t-il, en allumant une cigarette avant de se tourner vers la porte blanche.

Il tira juste quelques bouffées de sa cigarette avant de la jeter et de sonner. La femme qui vint lui ouvrir était plus jeune qu'il ne s'y attendait, avec de longs cheveux blonds et une jolie silhouette. Il estima qu'elle devait avoir sensiblement le même âge que lui, pas plus de trente ans en tout cas.

— Bonjour... Je suis Steve Foley du *Neptune Magazine*. Je crois que votre mari a été prévenu de ma visite...

— Oh! oui, monsieur Foley, confirma-t-elle en s'effaçant pour le laisser entrer. C'est un événement pour nous que quelqu'un d'un magazine de New York vienne jusqu'ici afin de nous voir. Je suis Lynn Wangard, la femme de Walt.

Comme s'il attendait cette réplique pour faire son entrée, le mari survint en achevant de rentrer dans son pantalon le bas d'une chemise de sport toute propre. Lui correspondait bien à ce que Steve avait imaginé : taille moyenne, léger empâtement, cheveux commençant à s'éclaircir, avec un visage tanné et coloré attestant qu'il aimait effectivement la vie au grand air.

— Enchanté de faire votre connaissance, monsieur Foley! dit-il avec entrain. Mon agent m'avait annoncé votre venue.

Steve s'assit. Il s'efforçait de paraître à l'aise, se disant que ces gens se montraient cordiaux, mais il ne pouvait s'empêcher de se sentir tracassé.

— Nous envisageons sérieusement de publier, dans notre numéro d'octobre, le récit que vous avez fait de votre aventure, dit-il. Nous voulions simplement avoir d'abord un entretien avec vous, et puis peut-être aussi prendre quelques photos de l'endroit où ça s'est passé.

Lynn Wangard réprima un léger frisson :

— Nous n'y sommes pas retournés depuis lors. C'est la chose la plus horrible qui me soit arrivée dans toute ma vie... Cela tenait presque du rêve, d'un terrible cauchemar...

— Bien sûr, j'ai lu votre article, dit Steve à Wan-

134

gard, mais j'aimerais que votre femme me relate la chose brièvement, juste pour me rafraîchir la mémoire, vous comprenez?

— Ou pour comparer nos témoignages? suggéra Walt Wangard avec un mince sourire. Je puis vous assurer qu'ils concordent.

— Walt! s'exclama sa femme sur un ton de reproche plutôt sec, avant de se tourner vers Steve. C'est bien volontiers que je vous raconterai cette histoire... à vrai dire fort courte. Cela se passait vers le milieu de mai et c'était la première fois cette année que nous faisions du camping. Le temps était clément — une nuit tiède avec beaucoup d'étoiles — et nous nous étions installés à quinze cents mètres environ du terrain de camping. Nous n'avons pas d'enfants, vous comprenez, et nous préférons être seuls, à l'écart des autres campeurs. D'autant que notre chien, Jake, aboie beaucoup la nuit... comme nombre de chiens qui sont censés aboyer à la lune.

— Un chien de quelle race? s'enquit Steve.

Elle parut surprise :

— Un beagle. Walt l'a certainement précisé dans son article.

— Je l'avais oublié, répondit Steve en allumant une autre cigarette. Excusez-moi de vous avoir interrompue.

— Bref, nous étions assis près du feu, buvant un verre ou deux. Jake était parti en exploration dans les fourrés et il y avait les bruits propres aux bois la nuit. Mais je commençais à me sentir toute drôle, et Walt aussi. C'est difficile à expliquer... l'impression que

nous n'étions plus seuls. Brusquement, les bois se
faisaient menaçants, les arbres semblaient avoir une
vie propre. Il y a eu alors un bruit au-dessus de nos
têtes, une sorte de battement d'ailes. Ça m'a effrayée, mais Walt a pensé qu'il s'agissait simplement
d'un hibou...

— J'ai été le premier à la voir, intervint le mari. Je
me rappelle encore ces yeux rouges, gros comme des
poings.

— Je me suis mise à crier, crier, crier, reprit Lynn
Wangard. C'était une grande chose écailleuse, avec
des ailes ayant au moins trois mètres d'envergure.
Elle a surgi à travers les arbres au-dessus de nous, les
yeux tout rouges, la bave à la bouche. C'était horrible!

— Il n'y a aucune possibilité que les autres campeurs aient voulu vous jouer quelque tour? demanda
Steve.

— Mais, monsieur, c'était *vivant!* Walt a couru
chercher une carabine qu'il avait emportée, une carabine à un coup dont il se sert de temps à autre pour
s'exercer. Il a tiré et il était en train de recharger son
arme lorsque... lorsque Jake est arrivé en aboyant
après la chose.

— Où se trouvait-elle exactement à ce moment-
là?

— Au-dessus de nos têtes, dans les branches basses.

— Votre balle l'a manquée, monsieur Wangard?

Il pesa la chose, en caressant son menton piquant
de barbe :

136

— Non… seulement je crois que ça ne lui a rien fait. J'ai un fusil dont je me sers pour la chasse, mais je ne l'avais pas emporté cette fois-là. Ma carabine est vieille et pas très commode pour viser, mais je pense néanmoins avoir fait mouche. A cette distance, c'était impossible de la manquer.

— Nous pouvions presque sentir son souffle sur nos visages, reprit Lynn Wangard. Je ne sais pas au juste ce qui s'est passé ensuite, mais tout d'un coup Jake a cessé d'aboyer et… Je crois que la créature l'a tué et s'est enfuie en l'emportant.

— Oui, confirma Wangard, c'est comme ça que les choses se sont passées. Nous avons aussitôt pris la voiture pour aller avertir les autres campeurs, mais personne n'avait vu quoi que ce soit. Le shérif est sorti de son lit pour organiser une battue durant le reste de la nuit, sans succès. On en a toutefois parlé dans les journaux; il y a même eu un entrefilet à la dernière page du *New York Times*. Environ une semaine plus tard, une vieille femme qui vit dans une ferme près de l'endroit où ça s'était passé, a signalé que quelque chose inquiétait ses vaches, qu'elles ne donnaient plus autant de lait depuis un certain temps. Il se pourrait que ce soit notre créature qui les ait effrayées.

Steve ne s'était pas donné la peine de prendre des notes, car tout cela se trouvait dans l'article. Les Wangard semblaient dire la vérité, et à supposer même que tout fût inventé, ce n'était pas à lui d'en juger. Mike Eldon l'avait seulement chargé de s'assurer qu'il ne s'agissait pas de gens visiblement dingues ni d'imposteurs non moins évidents. Or ça n'était ni l'un ni l'autre cas.

— Pourrais-je voir l'endroit, prendre quelques photos? demanda-t-il.

— Nous allons vous y conduire, dit Wangard en se mettant debout. En voiture, c'est à une quarantaine de minutes d'ici.

A l'église, de l'autre côté de la rue, les gens du mariage étaient maintenant tous partis; il n'y avait plus qu'un bedeau à l'air fatigué qui balayait les confettis. Steve prit place sur la banquette arrière et la voiture des Wangard descendit la rue principale, franchit un passage à niveau, puis roula à travers de belles terres cultivées. Il leur fallut à peine un peu plus d'une demi-heure pour atteindre le parc domanial, dont les hautes futaies coupaient à travers les champs de blé et formaient comme un rideau à l'horizon. La chaleur s'appesantissait sur le paysage, étouffant même la tumultueuse agitation des enfants qui, n'ayant pas classe le samedi après-midi, étaient venus jouer dans le parc. Ce n'était guère qu'autour de la piscine, attentivement surveillée, que la joie enfantine s'extériorisait aussi bruyamment que d'ordinaire.

— C'était par là, dit Lynn à Steve comme ils quittaient l'artère principale pour prendre un chemin de traverse. Quelques campeurs se trouvaient dans les parages, qui agitèrent la main comme le font les campeurs, attendant peut-être des amis ou connaissances. Finalement Walt Wangard arrêta la voiture et ils en descendirent sous un grand chêne qui était

138

sans doute déjà là du temps de William Penn.

— Voici l'arbre sous lequel nous nous trouvions, dit Wangard en le montrant. La créature a surgi d'entre les branches et s'est emparée de Jake.

Steve hocha la tête et sortit le petit appareil-photo allemand qu'il avait emporté. Il prit des clichés de l'arbre, de Walt et Lynn à côté de l'arbre, puis des vues d'ensemble. Sous le soleil d'été, l'endroit semblait des plus inoffensifs.

— Avez-vous une photo du chien que vous pourriez me confier? demanda-t-il.

— Il doit y en avoir une dans notre album de... commença Lynn, mais les mots s'étranglèrent brusquement dans sa gorge. Quelque chose était arrivé à son mari.

Walt Wangard se plaquait contre l'arbre, son visage reflétant la plus intense terreur. Ses ongles griffèrent l'écorce :

— Non, non! La revoilà! La revoi...

Wangard hurla et Steve sentit un frisson lui parcourir l'épine dorsale cependant que son regard suivait celui de Lynn vers le sommet des arbres. Mais il n'y avait rien à voir. Peut-être étaient-ils tous fous. Peut-être le monde entier était-il devenu fou. Steve prit rapidement une photo de l'homme tapi contre le tronc de l'arbre, puis courut aider Lynn à s'occuper de lui.

— Je ne comprends pas... dit-elle, sincèrement effrayée maintenant. Jamais il ne s'était conduit comme ça...

— Emmenons-le dans la voiture... Éloignons-nous d'ici!

Wangard n'arrêtait pas de frissonner, à moitié fou de terreur, tandis qu'ils le portaient à demi vers la voiture. Steve s'assit à l'arrière avec lui et Lynn prit le chemin du retour. L'après-midi ne leur semblait plus être celui d'une belle journée d'été. Quelque chose d'inconnu, sombre et glacé, s'était abattu sur eux.

Steve passa la nuit dans un motel du voisinage et, le dimanche matin, il téléphona au domicile de Mike Eldon, pour lui relater succinctement les événements de la veille.

— Le tout peut relever d'une comédie montée à mon intention, conclut-il. Mais si c'est le cas, Wangard est un rudement bon acteur.

— Vous pensez qu'ils ont réellement vu cette créature?

— Qui sait? Hier soir, je me suis entretenu avec quelques voisins et tous ont plus ou moins confirmé l'histoire. Il ne fait aucun doute que le chien a disparu cette nuit-là et qu'on ne l'a jamais plus revu.

Steve entendit Eldon soupirer dans le téléphone :

— Et Wangard? Comment va-t-il?

— Bien. Le temps que nous regagnions la maison, il s'était à peu près ressaisi et il ne s'explique pas ce qui lui est arrivé.

— Vous avez pris des photos?

— Oui.

— Je ne vois pas trop ce que vous pourriez faire de plus. Alors, autant que vous rentriez ce soir.

Steve hésita, puis dit :

— J'aimerais rester jusqu'à demain. Il y a quelque chose de vraiment bizarre dans toute cette affaire...

— Bon, d'accord. Restez encore cette nuit.

Steve raccrocha, puis sortit dans la rue, où le dépassaient d'un pas pressé des gens habillés pour aller à l'église. Il les suivit jusqu'à ce qu'il atteignît la rue des Wangard. Une messe venait de s'achever dans la petite église en face de chez eux, et Steve attendit que le jeune pasteur blond eût fini de saluer ses paroissiens. S'approchant alors de lui, il se présenta et dit, en venant directement au fait :

— Je me posais des questions concernant ce qui est arrivé aux Wangard. Qu'en pensent les gens d'ici? Comment a-t-on pris la chose en ville?

Le pasteur semblait encore plus jeune que Steve et il parlait avec un léger accent de Nouvelle-Angleterre, ce qui ne surprit le journaliste que le temps pour lui de se rappeler que bon nombre d'hommes, à l'époque, avaient imité Franklin et quitté Boston pour Philadelphie.

— Ce sont des gens bien, dit-il en souriant au soleil. Quoi qu'il leur soit arrivé, quoi qu'ils aient vu, je suis convaincu qu'ils disent la vérité.

— Mais qu'en pense-t-on, en ville?

Le pasteur blond eut un haussement d'épaules :

— On n'en fait pas de cas. On assimile l'aventure des Wangard à celles des gens qui disent avoir vu des soucoupes volantes.

— Et quel effet cela a-t-il sur les Wangard?

Le pasteur resta un instant pensif, cependant qu'une femme lui criait au passage :

— Bonjour, docteur Reynolds!

— Bonjour, Sarah!

Le sourire lui était venu automatiquement aux lèvres, mais s'y attarda un peu plus qu'il n'était nécessaire. C'était un pasteur qui connaissait bien ses paroissiens. Il répondit alors à Steve :

— Assez curieusement, je crois que cela les a rapprochés, car je n'étais pas le seul à savoir que, avant cela, il avait été question qu'ils divorcent.

— Je vois... fit Steve puis il demanda : Que pensez-*vous* que cela ait pu être, docteur Reynolds? Sûrement pas une soucoupe volante.

— Non.

— Le diable, peut-être?

Le jeune pasteur eut un mince sourire :

— Peut-être. Ce n'est pas moi qui nierai cette possibilité.

Steve Foley le remercia, puis s'éloigna. Le soleil était très haut dans un ciel sans nuages, et il se dit que c'eût été une bonne journée pour un pique-nique.

Il passa l'après-midi chez les Wangard, après avoir déjeuné sur une table de bois brut dehors, derrière la maison. Walt semblait complètement remis de sa crise de la veille et tous trois discutèrent de la petite ville, de ses habitants.

— La femme qui a vu votre créature, demanda Steve, ça vaut-il la peine que j'aille lui parler?

— Elle n'a pas dit l'avoir vue, rectifia Lynn, mais seulement que quelque chose dérangeait ses vaches. Il pouvait aussi bien s'agir d'un petit ours, comme cela se produit de temps à autre par ici.

— De plus, cette femme est plus ou moins timbrée, ajouta Walt. Vous n'en tireriez rien qui puisse vous être utile.

— Alors, opina Steve, je pense que je regagnerai New York demain matin puisque je n'ai plus rien à faire ici.

— Vous restez encore une nuit?

— C'est une assez longue randonnée pour la faire de nuit. J'aime mieux partir demain matin.

Il quitta les Wangard en fin d'après-midi, alors que le soleil était encore brillant à l'ouest. De retour à son motel, il lut une fois de plus le manuscrit de Walter Wangard, et attendit ensuite que le ciel virât au bleu sombre. Prenant alors sa voiture, il roula jusqu'au parc domanial, puis vers l'endroit où les Wangard avaient vu leur créature.

A la nuit tombée, les parages ne semblaient plus les mêmes, monde silencieux troublé seulement de temps à autre par des animaux nocturnes que dérangeaient des campeurs ou des amoureux en goguette. Steve dépassa quelques voitures garées sous le couvert des arbres, puis arrêta la sienne à proximité du grand chêne que Lynn et Walt lui avaient montré.

En descendant de voiture, il prit avec lui une torche électrique, mais sans savoir exactement ce qu'il cherchait. C'était juste une idée, le commencement d'une idée...

Ce fut alors qu'il l'entendit : un grand remuement d'ailes quelque part au-dessus de lui. Sa présence avait dérangé la chose dans l'arbre. S'étant tapi contre le tronc, il braqua le rayon de sa torche vers les branches supérieures.

Quelque chose descendit vers lui en volant, aveuglé par la lumière, mais obliqua au dernier moment, pourchassant son ombre dans les profondeurs de la forêt.

C'était un hibou... Grand et probablement très vieux, mais rien qu'un hibou néanmoins.

Se détendant un peu, Steve projeta vers le sol la clarté de sa torche électrique. Il se mit alors à marcher en décrivant un cercle toujours plus grand jusqu'à ce qu'il se trouvât à une dizaine de mètres du tronc, en direction du terrain de camping. Tombant à quatre pattes, il entreprit d'examiner le terrain. C'était difficile à dire après deux ou trois mois, mais la terre semblait avoir été remuée, l'herbe déracinée depuis sa croissance printanière. C'était peut-être dû au souffle brûlant de la créature ailée. Ou peut-être...

Steve commença à creuser le sol avec ses mains avant de retourner à la voiture prendre un démonte-pneu dans le coffre arrière. Ainsi outillé, il lui fallut dix minutes pour creuser dans le sol compact un trou profond d'une trentaine de centimètres. Ce fut suffisant. Il avait retrouvé Jake, le chien disparu.

Steve s'en retourna alors non pas au motel mais à la petite maison en face de l'église, où habitaient Walt et Lynn Wangard. Quand il l'atteignit, peu avant minuit, elle était plongée dans l'obscurité. Il lui fallut sonner à quatre reprises avant que Lynn ne se manifeste, intensément pâle et le visage déformé par la peur.

— Venez vite! haleta-t-elle. Il s'est tué!

Steve la suivit en hâte au premier étage où elle allumait à mesure. Finalement, à la porte de la salle de bains, elle tourna le dernier commutateur et s'effaça. Walt Wangard était assis sur le siège des W.C., sa tête et ses mains dans le lavabo. Du sang coulait de ses poignets.

— Appelez vite une ambulance! jeta Steve par-dessus son épaule. Il est peut-être encore possible de le sauver!

Elle partit en courant et il l'entendit actionner le cadran du téléphone. Au bout de quelques minutes, le hurlement grandissant d'une ambulance déchira la nuit. Quand les infirmiers arrivèrent avec une civière, Steve était déjà parvenu à stopper l'hémorragie aux deux poignets.

— Je vais avec lui, dit Lynn, le visage rendu presque méconnaissable par l'effroi.

— Attendez, lui demanda Steve. Je vous conduirai à l'hôpital.

Sa main s'était faite pesante sur l'épaule de la jeune femme, puis il sortit dire quelques mots au chauffeur de l'ambulance.

Quand il rentra, elle l'attendait dans le living-room, éclairé par une seule lampe.

— Pourquoi n'avez-vous pas voulu me laisser partir? Pourquoi?

— Parce que nous avons besoin de parler ensemble, madame Wangard. De parler un peu de votre monstrueuse créature ailée.

— Mon mari est en train de mourir, monsieur Foley, rétorqua-t-elle tout en cherchant une cigarette.

— Espérons que non.

Laissant paraître sa nervosité et son manque d'assurance, elle tira une bouffée de la cigarette :

— Que voulez-vous que je vous dise?

— La vérité, madame Wangard. J'ai trouvé votre chien ce soir. Là où il avait été enterré.

Elle soupira et écrasa la cigarette dans un cendrier, en un geste de soudaine résignation.

— Bon, bon, soit. Cette créature n'a jamais existé. Walt a tout inventé pour les besoins de son article, après avoir tué et enterré le chien. Ce soir, comme vous commenciez à poser un peu trop de questions, il a tenté de mettre fin à ses jours. C'est cela que vous vouliez m'entendre dire?

— Non, répondit doucement Steve.

A présent, c'était presque fini et, l'espace d'un instant, il se demanda ce qu'il faisait là, à jouer au Tout-Puissant dans la prénombre de ce living-room.

— Il existe bien une créature, madame Wangard. Et cette nuit-là, votre mari l'a vue.

— Qu'avez-vous dit au juste à ces hommes qui l'ont emmené à l'hôpital? questionna-t-elle soudain.

— Je leur ai dit de lui faire un lavage d'estomac, répondit Steve, qui se sentait extrêmement las. Pour en retirer ce que vous lui aviez fait avaler.

— De quoi parlez-vous donc?

— Madame Wangard, voulez-vous me faire croire que vous êtes entrée dans la salle de bains, que vous y avez trouvé votre mari en train de se vider de son sang dans le lavabo, et que vous êtes repartie *en éteignant la lumière?*

— Je...

— Cela fait deux mois que vous essayez de le tuer et je prie Dieu que vous n'y soyez pas parvenue ce soir.

146

Un court instant il crut qu'elle allait se jeter sur lui, les ongles en avant, comme quelque chat sauvage en fureur, mais l'instant s'écoula et toute volonté de lutter disparut du visage de la jeune femme. Elle se laissa aller contre les coussins du divan et dit très posément :

— Vous le pensez vraiment?

— Vous vous y connaissez en drogues, n'est-ce pas? Peut-être avez-vous été naguère infirmière, ou avez-vous eu un amant qui était médecin? A moins que vous n'ayez lu des ouvrages sur la question. Cette nuit où vous êtes allée faire du camping tous les deux, vous lui avez fait absorber un hallucinogène ou quelque drogue psychédélique, n'est-ce pas?

— Je vous écoute parler.

— C'était peut-être du L.S.D., mais plus probablement du D.M.T. — dimethyltryptamine — beaucoup plus puissant, qui concentre les hallucinations en l'espace d'une demi-heure. Votre mari aurait pu faire presque n'importe quoi durant cette demi-heure, même se tuer accidentellement. Mais il vit un hibou ou quelque autre oiseau de nuit, et imagina une grande bête ailée. Vous avez prétendu avoir vu la même chose que lui, allant même jusqu'à tuer et enterrer le chien pour étayer la chose. Finalement, la façon dont cela avait tourné convenait tout aussi bien à vos plans. Il pourrait être tué ultérieurement par la « bête » ou bien un « suicide » pourrait être arrangé. Dans l'un ou l'autre cas, vous seriez hors de cause. Bien entendu, il écrivit le récit de son aventure, ce qui vous mit dans l'obligation d'attendre. Vous ne saviez pas ce qui en résulterait, mais vous avez eu le sentiment, je suppose, que la publication de l'article fortifierait votre position. Walt Wangard passerait pour s'être suicidé dans un accès de démence ou pour avoir été tué par quelque créature inconnue, selon ce qui vous conviendrait le mieux.

— Vous avez trouvé tout ça tout seul?

— J'ai été mis sur la voie. L'idée d'une drogue m'a traversé l'esprit la première fois que j'ai lu l'article de Walt. Cela ressemblait tellement à un phantasme suscité par le L.S.D. Toutefois, à supposer que ce fût cela, ce pouvait être aussi bien vous qui aviez administré la drogue à votre mari que le contraire, l'autre se contentant de calquer son récit sur l'hallucination provoquée par la drogue. Mais lorsque Walt a eu cette crise hier, dans le parc, j'ai su ce qu'il en était. Des drogues comme le L.S.D. et le D.M.T. provoquent parfois une répétition de l'hallucination des jours, des semaines, voire des mois après l'effet initial. Le fait d'être revenu au même endroit a déclenché chez Walt le mécanisme de cette répétition. Plus tard, lorsque j'entendis dire qu'il avait été question de divorce entre vous avant que tout ceci n'arrive, j'eus un semblant de mobile. Quel était-il, au juste? L'argent? Je suppose que vous vouliez tout avoir, au lieu de devoir vous contenter seulement d'une pension alimentaire.

Elle ne le regardait pas, ses yeux restaient obstinément baissés.

— Vous arrivez trop tard, vous savez. Il est mort.

— S'il est mort, cela n'arrangera pas vos affaires, bien au contraire. Ils découvriront dans son estomac le somnifère que vous lui avez administré. Ils sauront ainsi que vous l'aviez rendu inconscient avant de l'asseoir dans la salle de bains et de lui entailler les veines des poignets. Après ce qui s'était passé hier dans le parc, vous avez pensé qu'il vous fallait agir très vite. Et vous avez jugé que, pour ce faire, le moment idéal était celui où je me trouvais présent afin de confirmer qu'il avait l'esprit dérangé.

Comme Steve se levait, elle demanda :

— Où allez-vous maintenant?

— A l'hôpital, voir comment il va. Vous voulez m'accompagner?

Elle frissonna et parut se recroqueviller au creux du divan.

— Non... Non, je ne le pense pas.

Alors, Steve la laissa en tête-à-tête avec elle-même, n'étant pas un policier, comme il en viendrait un plus tard. Sorti rapidement de la maison silencieuse, Steve marchait dans la rue obscure, lorsqu'il vit une forme étrange passer devant la face de la lune. Pour certains, cela eût semblé être une grande créature ailée, mais il savait que c'était seulement un nuage.

Something for the Dark.
Traduction de Maurice Bernard Endrèbe.

Le linceul gris

par

ANTONY HORNER

QUAND il regarda par la fenêtre, Baker éprouva un serrement de cœur. On commençait déjà à n'y plus voir grand-chose. C'était tout juste s'il pouvait encore distinguer les maisons de l'autre côté de la rue. Il s'humecta nerveusement les lèvres.

— Je pense que les bus vont avoir du retard, dit-il.

Le caissier principal eut un reniflement expressif :

— Du retard? Si vous vous imaginez qu'ils vont rouler dans une pareille purée de pois!

Sortant sa montre de son gousset, il la consulta en fronçant les sourcils :

— Six heures moins dix. Je crois que je ferais aussi bien de m'en aller. A pied, il me faut compter une heure. Vous fermerez, n'est-ce pas?

Il enfila son pardessus et mit son chapeau.

— Bonsoir, Baker.

Baker regarda la silhouette de l'autre s'éloigner dans le couloir et dut lutter pour ne pas céder à l'impulsion qui le poussait à courir rejoindre son chef direct. Comme ils habitaient dans des directions opposées, cheminer de conserve jusqu'au coin de la rue

151

ne lui eût procuré qu'un maigre réconfort car, en-suite, il se serait retrouvé tout seul.

Tout seul. Les deux mots vibrèrent dans sa tête et il se cramponna au bord de son bureau. Quand il lâcha prise, il regarda s'évaporer les empreintes moi-tes laissées par ses doigts sur le bois.

Et il ne lui fallait pas escompter quelque sympathie de la part de Miriam. Il se la représentait déjà, une expression d'irritation sur le visage :

— Je suppose que tu as attendu que ça se lève? lui lancerait-elle d'un ton acerbe. Quand il y a du brouil-lard, tu te comportes vraiment comme un grand en-fant!

Il ne rétorquerait rien, bien entendu. Il ne le faisait jamais plus désormais. Une ou deux fois, peu après leur mariage, il avait essayé de lui faire comprendre, mais elle l'avait regardé fixement.

— Une phobie? Je ne sais de quoi tu veux parler. Les hommes normaux et sains n'ont pas de phobies.

Se relevant, Baker alla de nouveau regarder par la fenêtre. S'il y avait eu un changement, c'était en pire. Il frissonna et s'en fut à contrecœur chercher son pardessus. Il n'osait s'attarder plus longtemps au bureau car le concierge fermait la porte de l'immeu-ble à six heures et demie.

Dehors, le brouillard l'enveloppa dans un cocon d'angoisse. Comme il s'y attendait, moins de vingt minutes plus tard, il fut complètement perdu. Cette constatation lui causa une sorte d'oppression physi-que qui lui arracha un cri. Il se mit à courir les mains tendues devant lui, geste qui tenait beaucoup plus de l'imploration que de la défensive. Il courait en zigza-

152

guant, la tête enfouie dans le col relevé de son pardessus. Par deux fois, il heurta des gens, puis il se cogna si violemment dans le pilier d'une boîte aux lettres qu'il en quitta le trottoir et se retrouva dans le caniveau.

Il n'aurait su dire combien de temps s'écoula avant qu'il aperçût de la lumière. Mais lorsqu'il constata qu'elle provenait d'un bar, il en éprouva un intense soulagement.

Appuyé au comptoir, il but un cognac, en regardant le patron qui, assis derrière son zinc, lisait un journal du soir.

Le seul autre client était un petit homme à l'air suranné, coiffé d'une casquette de tweed et portant des lunettes à monture d'acier. Un petit homme vraiment très quelconque... sauf qu'il passait son temps à visser et dévisser l'un de ses doigts.

Baker ne s'en avisa qu'après avoir bu son second cognac. Il demeura à le regarder fixement, les yeux exorbités. Puis il se détendit lorsque l'explication rationnelle s'imposa à son esprit. Il s'agissait d'une prothèse, bien sûr, d'un faux doigt! Mais c'était vraiment à s'y méprendre tant l'imitation était réussie.

Baker portait le verre de cognac à ses lèvres quand l'homme entreprit lentement de dévisser aussi les autres doigts l'un après l'autre.

Une fausse main!

Au bruit du verre reposé sur le comptoir, l'homme leva la tête et Baker lui dit, en pointant le menton vers la « main » :

— C'est plutôt inhabituel, non?

L'autre parut déconcerté :

— Inhabituel? Pourquoi?

— Eh bien, des faux doigts sur une fausse main…
Quelle utilité cela peut-il avoir?

L'homme le regarda, puis tourna les yeux vers le
patron du bar qui avait posé son journal et les écoutait.

— Des faux doigts… une fausse main…, répéta-t-il
d'un ton ahuri en reportant son attention vers Baker.
Que voulez-vous dire par là?

Mais avant que Baker ait pu donner cours à son
exaspération grandissante, le patron dévissa méthodiquement son poignet gauche et le posa sur le comptoir.

Baker demeura pétrifié face à cet objet grotesque,
qui avait l'air d'un gant qu'on vient de retirer. Le
martellement qui était dans sa tête lui assurait que ça
n'était pas possible, qu'il s'agissait d'un truc, d'une
illusion d'optique. Aussi se força-t-il à sourire. Mais
la façon qu'avaient les autres de le considérer comme
une bête curieuse finit par avoir raison de ses nerfs,
et il sortit précipitamment du bar.

Bien que le brouillard fût toujours aussi épais, il
courut pendant quatre ou cinq cents mètres avant de
s'arrêter pour recouvrer son souffle. Haletant, il
s'appuya contre un mur. N'ayant pas l'habitude de
boire comme cela, le cognac lui avait laissé la langue
râpeuse et sa tête commençait à lui faire mal. Il se mit
à pester contre le brouillard et le vent glacial, extério-
risant verbalement toutes les obscénités dormant en
lui depuis des années. Le sentiment de son isolement
lui rendit courage et il repartit en égrenant des jurons

154

à voix haute jusqu'à ce que, hébété et hors d'haleine, il se laissât choir sur le banc dans l'abri d'un arrêt d'autobus.

Il eut alors conscience d'un léger retour à la normale, cependant que tendait à s'éclaircir le brouillard, à se lever cette obscurité grise qui enveloppait toute sa vie comme un linceul. Battant des paupières, il resta un moment à considérer la débandade des écharpes de brume puis, se levant d'un bond, il fut horrifié de voir que sa montre marquait neuf heures et demie. Il n'arriverait pas chez lui avant onze heures, et Miriam serait au lit, car elle était de ceux qui estiment indispensable d'avoir huit heures de sommeil.

Cette longue marche contribua beaucoup à remettre de l'ordre dans ses idées. Même l'horrifiant spectacle du bar pouvait s'expliquer. Une sorte d'hallucination? Une forme d'auto-suggestion? Peu importait : c'était maintenant du passé, tout comme la claustrophobie qu'il éprouvait depuis toujours dans le brouillard.

Avec sa clef, il entra dans la maison silencieuse. Le souper froid, laissé à son intention, lui paraissant peu attractif, il gagna l'étage. Se déshabillant rapidement dans l'obscurité, il se coula dans le lit auprès de Miriam.

Une dizaine de minutes au moins s'écoulèrent avant que Baker prît conscience d'un détail : Miriam ne ronflait pas. Il se demanda vaguement si elle avait trouvé quelque remède à ce mal, dont elle aurait omis de lui parler. Il alluma.

L'espace d'un instant, il considéra la lisse nudité

155

du cou de sa femme sans pleinement saisir ce que signifiait le pas de vis par quoi se terminait brusquement ce cou. Puis il se tourna pour regarder la table de nuit. La tête s'y trouvait, reposant sur une joue, tout auréolée de bigoudis.

Quand il sentit déferler en lui la première vague d'hystérie, Baker se débattit pour s'extirper du lit, et il était en proie à un rire confinant au hurlement lorsqu'il s'engloutit dans de compatissantes ténèbres.

Mais pas avant qu'il n'ait eu le temps de voir sur la coiffeuse, au milieu des pots de crème et des boîtes de poudre, une mignonne petite burette d'huile à machine.

The Grey Shroud.
Traduction de Maurice Bernard Endrèbe.

Le visiteur du soir

par

VERONICA PARKER JOHNS

Miss Emmy Rice, à qui vous n'auriez pas donné plus de soixante-quinze ans, souleva le couvercle du fait-tout pour humer le délicieux parfum du ragoût de bœuf en train d'y mijoter. Un ragoût de vrai bœuf, cette fois : non des déchets soutirés à l'obligeance du boucher, mais de beaux morceaux, compacts et succulents, payés avec des sous comptés plutôt deux fois qu'une... Le jeune homme dont le rayonnement illuminait l'existence crépusculaire de miss Emmy était invité à dîner.

Baissant le gaz, la vieille demoiselle jeta un coup d'œil à la montre, grosse comme un oignon, qui avait jadis orné le gilet de son père, et qu'elle suspendait au crochet d'une cage à serin désaffectée. Elle indiquait six heures moins le quart. L'hôte d'honneur, Gerald, serait là dans quinze minutes, s'il n'était pas infidèle à son admirable ponctualité, laquelle faisait figure d'anachronisme dans notre monde de butors. Depuis des semaines, huit heures sonnaient tous les soirs au moment précis ou il rejoignait miss Emmy sur celui des bancs du parc qui regarde la rivière : depuis ce premier soir où l'invraisemblable s'était produit, et où, le voyant malheureux, elle avait défié les usages de la bonne société et adressé la parole la première à un représentant du sexe fort.

Tout en coiffant ses mèches clairsemées, en les crêpant pour leur donner un « gonflant » fallacieux sous un voile de filet, miss Emmy revivait les détails de cette mémorable rencontre. Chose étrange, elle se souvenait de presque tout ce qui touchait à Gerald, alors qu'elle oubliait fréquemment son propre nom et son adresse, ce qui l'obligeait à consulter discrètement un bout de papier épinglé dans ce but à l'intérieur de son sac à main. Un jour, en un de ces éclairs de soudaine lucidité qui, dans la brume de ses imprécisions, étaient désormais l'exception et non la règle, Miss Emmy avait entendu sa logeuse dire d'elle qu'elle avait perdu le contact avec la réalité. Alors qu'en vérité c'était tout le contraire : c'était la réalité qui avait perdu le contact avec elle. Jusqu'à cette soirée, sur le banc — qui remontait à quand? Et le temps écoulé avait-il quelque importance?

Elle se détourna un moment de cet aimable souvenir, la rencontre avec Gerald, pour penser avec rancune à sa logeuse. Elle se croyait maligne, celle-là, avec sa manie de faire pression sur Emmy pour l'amener à se défaire d'une partie des magazines qui encombraient sa chambre-à-coucher-salon-salle-à-manger. « Des nids à poussière », grognait Mrs Martin en poussant, d'un balai irrité, une pile branlante de vieilles revues, « des nids à poussière pleins de nouvelles périmées qui n'intéressent plus per-

158

sonne. » Emmy répondait alors, d'un petit air réservé, que ces revues étaient jolies et que cela lui suffisait.

— Jolies ! renâclait Mrs Martin, pleine d'hostilité. Je voudrais bien savoir en quoi ce numéro de *Time* du 5 février 1948 est joli.

Cette fois-là miss Emmy ne s'était pas abaissée jusqu'à répondre. Et maintenant elle gloussait de satisfaction, puisqu'elle n'avait pas cédé, ce qui aurait pu la priver de ce numéro de 1953 de *Life* où il y avait une image qui ressemblait à Gerald.

Bien entendu, ce n'était pas un vrai portrait de Gerald. Gerald avait les cheveux roux, alors que l'homme de la photo avait de toute évidence les cheveux d'un blond pâle. Gerald arborait une moustache avec l'élégante désinvolture qui était de règle vers 1890, mais elle était certaine que cette moustache ne dissimulait pas une bouche au dessin aussi mou que la bouche de la photo. Et pourtant, il y avait quelque chose dans les yeux, surtout dans leurs coins, quelque chose aussi dans le menton creusé d'une profonde fossette, dans la ligne de la mâchoire, qui lui avait inspiré d'arracher la page et de l'enfouir dans un tiroir, comme un écureuil cache une noix.

Sur le plan moral aucune comparaison n'était possible entre Gerald et le jeune homme de la photo, qui était parvenu à une notoriété mondiale comme voleur et bagnard en rupture de ban. Un jour, histoire de rire, elle montrerait cette page arrachée à Gerald, et ils s'en amuseraient bien tous les deux. Mais pas ce soir. Ce soir, elle entendait que tout fût parfait.

Le soir de leur première rencontre, il avait une

donzelle avec lui, effrontée, voyante, l'air de pas grand-chose, qui ne valait certes pas les excuses qu'il lui prodiguait. Cette fille se plaignait d'on ne sait quoi, sa voix pointue couvrait presque les murmures apaisants de Gerald, alors que miss Emmy, hésitante, demeurait derrière le banc que des années d'occupation régulière l'avaient amenée à tenir pour sien. Avant qu'elle se fût décidée à affirmer ses droits de « squattage », cette coquine s'en était allée en faisant voltiger ses jupes avec courroux et, fort heureusement, n'avait plus jamais reparu dans le voisinage.

C'est alors que miss Emmy avait adressé la parole au jeune homme éperdu. Pour créer une diversion, elle avait fait une remarque à propos du nombre d'autos que l'on voit dans les rues de nos jours; elle lui avait demandé si cela l'avait frappé, et si ce n'était pas curieux. Elle faisait d'ailleurs souvent semblable remarque, toujours avec un air de surprise distinguée et de discrète désapprobation, parce qu'en effet elle était toujours étonnée de constater que les voitures sans chevaux tenaient décidément le haut du pavé.

— Je me demande avec inquiétude, dit-elle en soulignant sa réaction d'un geste théâtral, ce qu'ont pu devenir tous les chevaux. Ils semblent s'être volatilisés.

— Ma bonne dame, répliqua-t-il, sans se tourner vers elle, c'est ce que devraient bien faire les canassons sur lesquels je parie.

Miss Emmy n'ignorait pas qu'aujourd'hui les jeunes gens ne s'expriment plus comme autrefois, et c'est là le seul propos entaché de vulgarité que Gerald ait jamais tenu en sa présence. Après avoir parlé, il se tourna vers elle et la considéra longuement, en silence. Il examina en détail le chapeau de paille rose qui se prêtait complaisamment à une tradition perpétuelle de changements de garniture, la petite bague ornée d'un modeste diamant, la paire de fins cercles d'or au poignet le pince-nez suspendu à un mince sautoir d'or, épinglé à la robe de crêpe.

Les yeux bleus de Gerald étaient trop rapprochés de la racine de son nez pour que le jeune homme fût aussi beau que miss Emmy affectait de le croire. Ce jour-là leur regard s'était fait si intense que, pendant une seconde ou deux, elle regretta l'impulsion qui lui avait fait adresser la parole à cet inconnu. Alors, dans quelque recoin de sa cervelle bien organisée, Gerald poussa un bouton portant l'inscription « charme ». Un sourire illumina son visage.

— Je parie qu'autrefois vous avez conduit plus d'une paire de pur-sang, Madame, dit-il.

— Quand j'étais enfant, j'avais un petit poney.

Elle lui fit bien d'autres révélations, sur-le-champ aussi bien qu'au cours de leurs rencontres ultérieures, et il les recevait toutes avec un air d'attention enchantée. C'était un auditeur comme elle ne croyait plus qu'il en existât. Les gens semblaient ou n'avoir plus le temps d'écouter, ou tout bonnement ne pas s'intéresser aux choses qu'elle trouvait captivantes. L'attitude de Gerald était délicieusement différente.

Et c'est pour cela que ce soir elle l'avait invité à dîner. Aucun autre homme n'avait jamais été autorisé à pénétrer dans son minuscule foyer. Mrs Martin avait eu un mal fou pour trouver une électricienne quand l'ampoule du plafond avait sauté, et il y avait à la fenêtre une vitre qui demeurait cassée à cause de la rareté de la main-d'œuvre féminine dans la profession de vitrier. Gerald serait le premier individu du sexe masculin à mettre les pieds dans la chambre d'Emmy.

Il était exactement six heures quand la sonnette d'entrée de la maison meublée retentit énergiquement. Emmy sortit sur le palier du dernier étage pour accueillir son visiteur.

Gerald apportait une bouteille de Porto et trois roses de la variété « Sweetheart ». Des larmes montèrent aux yeux de la vieille demoiselle pendant qu'elle remplissait un vase d'eau, dans la salle de bains qu'elle partageait avec quatre autres locataires. Elle rinça méticuleusement de poussiéreux verres à porto, et ses mains tremblaient sous l'effet d'une extase bien oubliée : celle que provoque l'offrande d'un bouquet.

Elle se hâta, prise d'une soudaine panique, presque convaincue qu'elle avait tout imaginé, qu'il n'y avait pas de Gerald, qu'elle préparait ce vase et ces verres pour du vin, pour des fleurs depuis longtemps retournés en poussière. Car récemment son imagination lui avait joué des tours du même genre. Elle avait trouvé dans sa chambre des choses dont la présence lui avait paru absolument inexplicable. D'autre part elle perdait tout le temps d'autres choses, ou se figurait qu'elle perdait tout le temps des choses qu'elle n'avait jamais possédées. Il y avait eu cette affreuse querelle avec l'occupante de la chambre à côté, à propos d'une casserole. Mrs Martin s'en était mêlée

162

et avait démontré à sa vive satisfaction, mais pas à celle de miss Emmy, que la casserole appartenait à la voisine. Il y avait incontestablement dans la vie de miss Emmy une nouvelle dimension, où les faits réels et les faits imaginaires se révélaient interchangeables. C'était une région, elle ne l'ignorait pas, où il lui fallait évoluer avec circonspection, car Mrs Martin était toujours prête à lui sauter dessus. Mrs Martin avait donné à entendre qu'elle se passerait fort bien d'une locataire si peu sûre de la différence entre ce qui est et ce qui n'est pas. Un seul faux pas, Emmy le savait, l'expédierait brutalement dans cet « Asile » où elle devrait être déjà, comme le déclarait fréquemment sa logeuse derrière l'écran d'une main assez négligemment placée devant la bouche...

Rentrée dans sa chambre, Emmy fut donc satisfaite de constater que Gerald appartenait au monde réel. Il sifflait un air de valse en débouchant la bouteille. Elle posa les verres mouillés et se mit en quête du torchon. Mais quand elle le découvrit enfin dans un des tiroirs de la table, le jeune homme avait déjà fait le travail avec un mouchoir propre.

— Merci, dit-elle humblement. Je ne sais ce qui me prend. On croirait que je me donne beaucoup de mal pour cacher mes affaires, même à moi-même.

Elle voulait parler d' « affaires » comme ce torchon, ou comme la chemise de nuit qu'elle mettait en moyenne un quart d'heure à retrouver chaque soir; mais, encouragée par la sympathie dont Gerald faisait preuve, elle étendit ses révélations à tous ces faits secrets, la concernant, qui ne cessaient de la tourmenter.

— Je ne suis pas aussi maligne que je l'ai été, finit-elle par affirmer hardiment, contente de l'avoir enfin dit tout haut.

— Vous? Vous êtes fine comme une aiguille! protesta Gerald, ajoutant : Et par-dessus le marché excellente cuisinière, si j'en juge d'après l'odeur de ce ragoût. Il lui tendit l'un des verres pleins avec un salut chevaleresque, en disant : Savez-vous ce que cela signifie pour moi, un repas ainsi fait à la maison?

— J'espère qu'il vous plaira.

Elle but le Porto à petites gorgées, en le déclarant « très fort » et en se demandant si elle faisait bien de le boire :

— Pourtant quand j'étais jeune on disait de moi que j'avais la tête solide. Vous ai-je parlé de ce jeune homme qui m'avait invitée à dîner, un dîner avec du vin, au grand hôtel Brevoort?

— Jamais, mentit Gerald. Ce serait la septième fois qu'il écouterait l'histoire de ce dîner.

Elle en était à l'épisode du champagne dans le petit soulier — fragment apocryphe qu'elle finissait par trouver parfaitement authentique — lorsque ses yeux commencèrent à se fermer.

— N'en veuillez pas à une une vieille personne, fit-elle, un peu essoufflée. Une toute petite sieste. Cela m'arrive souvent. Une dizaine de minutes, et puis je me réveille, vive comme un pinson.

Une seconde après elle dormait, toute droite sur sa chaise. Gerald saisit la bouteille et se versa deux verres coup sur coup. Le Porto n'était pas précisément sa boisson favorite, mais ça valait mieux que rien. Il avait faim, et le ragoût sentait vraiment bon.

Mais il pouvait attendre. Gerald excellait à attendre :
il avait bénéficié d'un long entraînement.

Cependant, au bout d'un quart d'heure, il commença à s'agiter. Sa chaise à dossier droit n'était pas
confortable. La pièce était petite, comme une cel-
lule, et lui semblait encore rétrécir. Il se leva et
tripota les boutons d'un archaïque poste de radio. Le
bruit emplit la petite chambre, mais la vieille demoiselle continua de dormir. Gerald ouvrit le poste en
grand sur une rumba et marcha vers Emmy, mimant
facétieusement une invitation à danser. Elle ne bou-
gea pas. « Elle est peut-être déjà claquée », musa-t-il
avec un haussement d'épaules. « Ce serait bien ma
chance. »

Non, elle n'était pas claquée. Quelques minutes
plus tard, elle s'éveilla en sursaut.

— Grand Dieu! s'écria-t-elle en se hâtant d'un pas
chancelant vers le fourneau : Quelle horreur! Vous
ne pouviez pas éteindre? Vous ne sentiez donc rien?

— Sentir quoi?

— Ça brûle! Je l'ai tellement bien senti, moi, que
ça m'a reveillée. J'ai toujours eu bon odorat. Ma vue
baisse, j'entends de plus en plus mal, mais... (elle
tapota son nez aristocratique) *ça,* c'est toujours de
premier ordre. Quand j'étais jeune, papa disait toujours que je tenais du chien de chasse!

Papa aurait été affolé par la façon dont Gerald
accueillit ce trait d'humour. Il se tordit de rire au
point de simuler la crise de nerfs, et miss Emmy
s'attendit à ce que d'un instant à l'autre la voisine
cognât au mur.

Elle parvint à récupérer une quantité de ragoût

suffisante, et ce reste de ragoût était délicieux. Après le dîner, ils sortirent ensemble, allèrent s'asseoir un moment sur « leur » banc et regardèrent les bateaux sur la rivière.

*

Gerald ne parla de testament qu'à sa troisième visite.

Emmy avait fait une espèce de pâté ce soir-là, avec des déchets de boucherie additionnés de mie de pain. Elle savait qu'elle outrepassait ses moyens, mais ne s'en souciait guère. Ce qu'elle se disait surtout, c'est que peu de gens ont la chance de revivre, et que rares sont les femmes âgées, dont les amis sont partis avant elles, qui retrouvent une existence toute neuve sur un banc, au bord de la rivière.

Il en était venu à l'appeler « Tantine »; il s'était promu de lui-même neveu préféré.

— Je voudrais vous parler de quelque chose, annonça-t-il une fois la vaisselle faite. Mais c'est délicat, et je ne voudrais pas vous faire de peine.

— Vous n'allez pas partir, au moins? s'écria-t-elle, effarée, car c'était la pire chose qu'elle pût imaginer.

— Non, dit-il d'un ton pénétré. Pas moi. Mais vous. Vous partirez un de ces jours, et peut-être plus vite que nous ne pensons.

— Moi? Elle eut un petit rire : Je ne vais jamais nulle part.

— Je fais allusion, reprit-il avec un trémolo dans la voix, au dernier grand départ.

Il avait pris un air si funèbre qu'elle ne pût pas ne point comprendre. Pour le consoler, elle lui dit que lorsque viendrait le moment d'aller rejoindre les siens au ciel, elle serait prête.

— C'est pas ce que je veux dire, expliqua-t-il. Tenez, au fond, la meilleure façon de dire ce que je veux dire c'est de le dire tout net. Je viens de lire un livre sur les testaments. Avez-vous fait un testament?

— Non. Je n'ai pas assez de fortune pour m'en donner la peine.

— Vous avez tout un tas de jolies choses, reprit-il en tripotant une bergère en Saxe un peu ébréchée. Vous avez vos petits trésors. Et vous tenez naturellement à ce qu'ils aillent après vous aux gens que vous aimez?

Le propos parut sage à miss Emmy. Sans doute, si elle ne laissait pas d'instructions particulières, Mrs Martin viendrait tout rafler.

Gerald s'enguirlanda de son plus beau sourire et reprit d'un ton taquin :

— Surtout n'allez pas croire que votre cher petit neveu est en train d'arranger les choses pour hériter de votre fortune!

— De ma fortune? Elle était tout éberluée. Mais je n'ai pas de fortune. Papa avait presque tout perdu et la dernière maladie de maman a mangé le reste.

— Ne vous moquez pas de moi.

Il lui caressa la joue, d'un doigt où la bergère en Saxe avait laissé de la poussière.

— Jusqu'à ce que j'entre dans votre vie vous vi-

viez en recluse, comme on dit dans les journaux. Et les recluses ont toujours des millions en billets de banque, cachés entre les pages de vieux magazines. C'est bien connu.

— Pas moi, réaffirma-t-elle. Tout ce que j'ai c'est quelques titres nominatifs de la Compagnie du Gaz et de celle des Téléphones américains. Elles sont bien gentilles avec moi, ces compagnies. Elles m'envoient un peu d'argent de temps en temps. C'est de cet argent que je vis.

Miss Emmy poursuivit timidement :

— Quelquefois elles m'envoient une enveloppe et je crois que c'est de l'argent, et puis ça n'en est pas : c'est un papier à signer, un proc... une procur... enfin je n'y comprends rien. La prochaine fois que je ne comprendrai pas, vous voudrez m'expliquer?

— Bien sûr, tantine, trop content. Mais pour revenir au testament : ces titres, eh bien, c'est quelque chose dont vous devriez dire à qui vous voulez que ça aille.

— Il n'y a personne, fit-elle, rêveuse. Je ne me rappelle pas avoir vu quelqu'un depuis bien, bien longtemps.

Le trémolo reparut dans la voix de Gerald :

— Quand les anges viendront vous chercher, j'aimerais avoir un souvenir, comme qui dirait un momento des bonnes heures qu'on aura passées ensemble. Cette montre, tenez. Mince, ce qu'elle est belle !

« Momento, pensa-t-elle. Momento. » Bizarre : ce n'était pas tout à fait ça. Les mots se conduisaient ainsi avec elle, à présent : ils se tenaient les pieds en

168

l'air, la tête en bas, et paraissaient ne plus signifier ce qu'ils signifiaient autrefois.

Cependant, Gerald décrochait la montre en modulant un long sifflement d'admiration.

— C'était la montre de papa, lui dit Emmy. Je vais écrire votre nom au dos. C'est ainsi que je fais; je vais vous montrer.

Elle se mit à trottiner par la pièce, lui faisant voir des fragments de papier collant où elle avait inscrit des noms et qu'elle avait apposés derrière des gravures et sur des bibelots.

Mais Gerald déclara n'être pas sûr de la valeur juridique de ces bouts de papier collant.

— Les notaires coûtent cher! Je ne suis pas assez riche pour en consulter un, protesta la vieille demoiselle.

— Eh bien, il se trouve que vous n'en avez pas besoin. J'ai lu attentivement le livre que je vous dis, sur les testaments, et je me suis permis de vous faire un projet de testament, tout à fait conforme. Il n'y a rien de plus simple. On va le relire tous les deux, et, si ça vous va, vous n'aurez plus qu'à le signer devant deux témoins. On trouvera bien deux personnes pour être témoins dans ce bazar, hein?

— Mrs Martin a généralement des visites. Je pourrais descendre avec vous quand vous vous en irez. Vous êtes bien gentil de vous donner tout ce mal : depuis que mon pauvre papa est parti, il n'y a plus eu d'homme auprès de moi pour s'occuper de mes affaires.

— Tout le plaisir est pour moi, assura poliment Gerald.

Sur quoi, tirant de sa poche une feuille de papier tapée à la machine, il la déplia et se mit à lire tout haut :

— Je donne, laisse et lègue tous mes biens, meubles et immeubles, où qu'ils se trouvent, à...

Levant la tête, il demanda :

— Quelle est votre paroisse? A quelle église allez-vous?

— L'église? Attendez, c'est écrit quelque part... J'y vais tous les dimanches — ou plutôt j'y allais.

Elle farfouilla dans un tiroir, y trouva une enveloppe à en-tête, quelque peu chiffonnée, et la tendit au jeune homme qui inscrivit le nom de la paroisse dans un blanc laissé à cet effet.

— Paragraphe 2, reprit-il. Il n'y en a que deux, et dans celui-ci j'aurai presque tout à remplir, si vous êtes d'accord.

Se rapprochant de la lampe, il poursuivit sa lecture :

« La seule dérogation à ce qui précède est que je donne, laisse et lègue à mon cher ami, Gerald Musgrove, ce qui suit... »

Il se mit à griffonner sur un autre bout de papier, se dictant à lui-même un texte à mi-voix : « la montre d'or massif qui a appartenu à mon papa. Plus... » Il jeta un coup d'œil à son hôtesse, avec un sourire malin, le coin des yeux plissés par un rire réprimé :

« ... Plus tout l'argent liquide qui se trouvera dans ma chambre, quel que soit le montant de la somme. »

— Allons donc, farceur! fit miss Emmy avec un petit rire, en lui secouant affectueusement l'épaule.

170

Quel blagueur vous faites! Puisque je vous dis que je n'ai pas un sou.

Gerald cessa de réprimer son envie de rire, et miss Emmy lui fit écho, disant, tout en se tamponnant les yeux, qu'il lui fallait accepter davantage, qu'il devait vraiment recevoir les titres, parce qu'il saurait quoi faire de toutes les paperasses envoyées par les compagnies. Elle voyait bien, ajouta-t-elle, qu'il n'était pas trop riche, en dépit des fleurs et des vins de dessert, et encore hier de ce demi-litre de crème glacée à la vanille qu'il avait apporté. Il était réellement temps qu'il songeât à être un peu plus égoïste.

— Foi d'honnête homme, tantine, je vous certifie que tout ce que je désire c'est la montre et l'argent. Et je souhaite entrer en possession le plus tard possible. Mieux que tout, j'aimerais garder ma gentille petite tantine près de moi.

Emmy fit un petit somme pendant qu'il recopiait soigneusement ses notes sur le document original, et quand elle se réveilla ils descendirent ensemble. Le salon de Mrs Martin était plein d'amies en visite, qui regardèrent Emmy apposer sa signature, avec entrain, au bas de ses dernières volontés. Puis la logeuse et sa grande copine, la blonde oxygénée de la maison d'en face, signèrent à leur tour, en qualité de témoins.

Lorsqu'elle repassa devant la porte du salon, après avoir souhaité le bonsoir à Gerald, miss Emmy les entendit ricaner et estima savoir le motif de leur gaieté. Elles devaient penser qu'elle se donnait bien des airs à faire un testament alors qu'elle était pauvre comme Job. Ce qu'elles ne savaient pas, musa-t-elle, c'est qu'elle possédait ce qu'elles eussent volontiers troqué contre leur fortune : un petit quelque chose de magique. Elle n'avait ni frères ni sœurs, mais elle avait par miracle vu bourgeonner sur son arbre généalogique un neveu, un neveu pour la dorloter...

*

Quand Emmy s'éveilla, le lendemain matin, ce fut avec l'effroyable sentiment qu'elle était sur le point de tomber malade. Malade, elle ne l'avait jamais été de sa vie; jamais elle n'avait eu mal ici ou là; et pourtant, voilà qu'elle se sentait tout étourdie, migraineuse, et n'avait même pas envie d'une petite prise de tabac.

Une drôle d'odeur, difficile à identifier, flottait dans la chambre. La fenêtre était hermétiquement close, et elle s'étonna de l'avoir fermée la veille au soir. Elle s'en approcha en chancelant. Alors qu'elle l'ouvrait toute grande, la vitre cassée, avec son trou béant, frémit de façon inquiétante. Emmy se demanda si Gerald serait suffisamment bricoleur pour l'arranger. Papa faisait des choses comme cela, autrefois. Il ne faudrait pas oublier de signaler la vitre au jeune homme et de lui demander s'il pouvait la réparer.

Cependant, en s'habillant, elle décida de lui épargner cette peine et d'offrir à Mrs Martin une dernière occasion de découvrir une vitrière. En allant faire ses commissions elle s'arrêta à la porte de sa logeuse, et elle avait déjà frappé lorsqu'elle s'aperçut que celle-ci parlait au téléphone.

172

— ... Parole d'honneur, disait-elle, je vendrais tout de suite la maison et les meubles si je trouvais acquéreur. L'agent immobilier tient déjà les papiers tout prêts.

Il dut y avoir des remontrances à l'autre bout du fil, car Mrs Martin écouta un moment, puis reprit :

— Oui, je sais bien que les loyers me rapportent, et que le portier se charge de tous les gros travaux, sauf chez miss Emmy, qui faisait tant de difficultés pour laisser entrer un homme dans sa chambre. Mais je commence à en avoir assez. Surtout depuis qu'il y a tous ces policiers en civil à faire le guet aux environs. Ils ne veulent pas me dire après qui ils en ont, mais il est bien évident qu'un des locataires est soupçonné de quelque chose. D'ailleurs, je me doute que ça doit être cette jolie donzelle du deuxième sur la rue. J'ai toujours estimé qu'elle avait vraiment trop d'oncles et qui venaient la voir vraiment trop souvent. De vous à moi, elle a des oncles à s'en faire mourir. Mais je ferme les yeux, parce qu'elle paie d'avance. Cependant, à présent, je ne sais plus...

Il y eut de nouveau un long silence, Miss Emmy leva la main de nouveau pour frapper et s'aperçut en même temps qu'elle avait oublié ce qu'elle venait demander. La seule idée qui lui vint en tête, c'est combien il serait merveilleux que Mrs Martin vendît en effet la maison et fût remplacée par quelqu'un de vraiment gentil.

Toute la journée ce rêve la hanta. N'importe qui, elle en était certaine, vaudrait mieux que l'actuelle propriétaire; elle s'amusait à mettre dans la peau du rôle telle et telle personne qu'elle connaissait, leur donnant mentalement audience. Sur le soir elle était parvenue à se persuader que l'agréable éventualité était un fait accompli, et qu'il fallait absolument célébrer cela d'une façon quelconque. Elle se para avec une particulière élégance, mit dans ses cheveux blancs un nœud de ruban bleu lavande et prit dans le tiroir de la table l'image qui ressemblait à Gerald. Un des cartons logés sous le lit contenait plusieurs cadres plus ou moins disloqués, dont l'un convenait très bien. A l'angle où il était disjoint elle piqua un petit bouquet de pâquerettes artificielles. Et cela faisait vraiment très bien, sur la cheminée.

Ce soir-là Gerald ne fut pas moins exact au rendez-vous que de coutume, mais il n'arriva pas seul. Il avait avec lui la chipie qui ne s'était pas montrée depuis le premier soir, Emmy fut sur le point d'en pleurer de déception.

— J'ai pensé que cela ne vous ferait rien, dit-il d'un ton négligent, et son hôtesse se demanda comment il pouvait se tromper à ce point. J'ai amené ma cousine Mildred. Elle m'a entendu dire tant de bien de vous qu'elle brûle de mieux vous connaître.

La fille s'avança dans la chambre, avec des airs vaguement dédaigneux. Ses sourcils épilés s'arquèrent alors qu'elle regardait autour d'elle d'un air soupçonneux. Son regard aigu tomba sur le cadre ornant la cheminée, et subitement sa bouche voluptueuse se durcit.

— Qu'est-ce que ça fait là, ça?

— Rien du tout, répondit sincèrement miss Emmy. J'ai simplement trouvé que cela ressemblait à Gerald.

— Eh bien, ça ne lui ressemble pas du tout. Ôtez-moi ça de là.

Emmy cligna des yeux pour refouler ses larmes et ne pas donner à cette péronnelle la satisfaction de la voir pleurer. On ne lui avait jamais parlé sur un pareil ton. Elle n'avait rien fait de mal. Elle s'était comportée comme toujours, en personne bien élevée.

La nommée Mildred réitéra son ordre :

— Ôtez ça de là !

— Ma petite Mildred !

Gerald avait une fois encore pris son ton apaisant. Avec une créature comme celle-là, pensa miss Emmy, c'était sans doute la seule méthode à adopter pour demeurer bons cousins et bons amis.

— Ma petite Mildred ! Cela n'a pas d'importance. Laisse tomber.

— Oh ! très bien, répondit-elle avec hauteur. Moi, je m'en f...

— Mildred, je t'en prie ! Il se tourna vers l'hôtesse. Est-ce que le dîner est bientôt prêt ? Je meurs de faim. Ne vous tracassez pas pour savoir s'il y en aura assez pour trois : Mildred mange comme un oiseau.

Le dîner, par bonheur, était suffisant. D'ailleurs Emmy, contrairement à son habitude, n'avait guère d'appétit. La présence de cette fille faussait l'ambiance habituelle de la pièce et aucun effort de Gerald ne parvenait à la réaccorder. Le lavage de la vaisselle, qui était un jeu avec un seul aide, devint avec deux une opération gênante, et Emmy était épuisée par ces déprimants événements quand elle regagna son fauteuil à bascule, près de la fenêtre.

— Tu ne trouves pas qu'elle évoque « la mère »

dans un tableau 1900? roucoula Gerald avec adoration.

— Voui, consentit Mildred. Très croquignolette.

Miss Emmy ne tarda guère à s'endormir.

La pièce, éclairée seulement par la faible ampoule de la minuscule cuisine, était dans la pénombre quand elle rouvrit les yeux. Mildred avait la main à l'intérieur du fourneau à gaz. Gerald la saisit et la retira vivement, tordant un peu le poignet de façon à lui faire lâcher le tournevis ou l'instrument quelconque qu'elle tenait.

— Ne sois pas si poule mouillée, protesta Mildred de sa voix aiguë. Admettons qu'elle ait le nez le plus fin de la ville : si on n'en lâche pas plus que ça chaque soir, il se passera des semaines avant que... Est-ce qu'il ne vaudrait pas mieux ouvrir tous les brûleurs en grand juste avant de nous en aller?

— Elle le sentirait, affirma Gerald. Elle fermerait tout, et après, grosse maligne?

— Soit, qu'elle s'y habitue progressivement... Ouvrons les robinets petit à petit — mais si peu que ça seulement?

Elle avait élevé la voix.

— Ta gueule! supplia Gerald avec un coup d'œil en direction du fauteuil. Tu vas la réveiller!

Miss Emmy fit semblant de continuer à dormir, pour éviter d'embarrasser Gerald en lui laissant voir qu'elle avait constaté la conduite inexcusable de sa cousine. N'étant pas tombée de la dernière pluie, elle avait très bien compris ce qu'essayait de faire cette malheureuse créature, et du même coup elle savait quelle était l'odeur bizarre dont l'intensification,

176

dans sa chambre, venait de la tirer du sommeil.

Cette détestable jeune personne gaspillait le gaz pour faire méchamment monter la note de la compagnie. A vrai dire, l'odeur régnait déjà dans la pièce avant que Mildred y eût pénétré, mais il y avait probablement à cela une explication scientifique qui dépassait les capacités d'Emmy.

Gerald essayait de mettre fin à l'entreprise. Satisfaite de le voir faire preuve d'autorité, elle se promit cependant de ne pas le laisser agir tout seul. Elle possédait des titres de la Compagnie du Gaz. La Compagnie ne serait pas contente que l'on gâchât sa marchandise. C'est cela : elle irait dire ce qui se passait, et ferait savoir à Mildred qu'elle n'était pas dupe de ses manigances.

En manière de prélude, elle simula un gigantesque bâillement.

— Je crois que j'irai demain en ville voir la Compagnie, dit-elle d'un ton lourd de sous-entendus. Je n'y ai pas été depuis bien longtemps. C'est loin, par là-bas, ajouta-t-elle en esquissant un geste vague. Cela me prendra peut-être toute la matinée, mais je trouverai, soyez-en sûrs.

— C'est ça, tantine, fit Gerald en s'approchant d'elle. Allez leur secouer un peu les puces !

*

Miss Perkins, qui n'était même pas née lorsque la « Consolidated Edison Company » s'appelait encore « Compagnie du Gaz », prenait très au sérieux l'emploi qu'elle y occupait. Chaque jour lui apportait de nouveaux problèmes, mais elle en avait rarement vu d'aussi excitants que celui que lui soumettait la petite vieille dame assise de l'autre côté de son bureau. Cette miss Emma T. Rice, propriétaire de dix actions de la Compagnie du Gaz, ou bien était folle comme un lapin, ou bien choisissait ses amis singulièrement à la légère, puisque l'un d'eux semblait chercher à l'assassiner par asphyxie lente. Ce n'était certes pas l'affaire de la Compagnie du Gaz, mais encore fallait-il que quelqu'un s'occupât de ça : ou la police ou le service social. Miss Perkins se sentait incapable de dormir désormais, tant qu'elle ne serait pas certaine que la chambre à coucher d'une autre femme ne s'emplissait pas de gaz, d'une façon à peine perceptible, jusqu'à ce qu'il s'en soit accumulé assez pour provoquer sa mort. Et s'il n'y avait là qu'une hallucination, eh bien, la pauvre petite vieille si gentille avait besoin d'aide d'une autre sorte.

— Je vais m'en occuper, déclara-t-elle, interrompant ainsi la troisième édition du récit de miss Emmy.

— Je vous en remercie, fit celle-ci, frissonnant dans son manteau noir « habillé », trop chaud pour le temps qu'il faisait mais pas assez confortable pour l'atmosphère « conditionnée » du bureau. Il faut mettre fin à ce vol, à ce gaspillage voulu de quelque chose qui appartient à la Compagnie et à moi. Le gaz n'est pas à Mildred, pour qu'elle le gâche de la sorte !

— Certainement pas, approuva miss Perkins en tendant la main vers son appareil téléphonique.

*

Le voyage de retour fut long, et quand miss Emmy arriva enfin à la maison elle n'aspirait plus qu'à se hisser jusque chez elle et s'étendre un moment. Mais Mrs Martin lui barra le passage, dans le hall d'entrée.

— Votre nièce est venue ce matin, dit-elle. Je lui ai prêté mon passe pour entrer chez vous.

Emmy n'était pas disposée à rester plantée là pour entendre des propos si absurdes, qui montraient l'ignorance crasse de Mrs Martin, Emmy n'avait pas de nièce. Sans se donner la peine de répondre elle s'engagea dans l'escalier. Mais la voix hargneuse de Mrs Martin la poursuivit :

— Vous avez encore oublié de payer votre loyer : vous avez sauté une semaine. Vous seriez bien aimable de me verser les deux semaines le plus tôt possible.

Emmy continua résolument à monter. Encore que son oreiller lui parût bien attirant, elle était décidée à réunir l'argent du loyer avant de prendre quelque repos.

Ce n'était jamais une opération aisée. Pour se protéger d'éventuels voleurs, elle dispersait ses petites ressources dans divers coins de la chambre, les dissimulant à l'intérieur de vieilles enveloppes ou de housses en cellophane ayant emballé du pain, à moins qu'elle n'en mît entre les pages des magazines, ou encore dans le couvercle du sucrier.

Pour procéder à des retraits de fonds sa méthode consistait à fouiller partout, récupérer tout ce qu'elle trouvait, l'étaler sur le lit, compter le total et en soustraire la somme requise pour le loyer ou tout autre paiement. Ce jour-là, elle fut surprise de constater qu'elle avait plus d'argent que d'habitude, beaucoup plus qu'elle n'en avait retrouvé la dernière

179

fois. En vérité, il y en avait tellement plus qu'elle inclina presque à croire que quelqu'un, à son insu, s'était permis d'utiliser les excellentes cachettes offertes par son logis. La dame à la casserole, peut-être, ou encore Mam'zelle Tape-sur-le-Mur, cette voisine agaçante.

Cependant, si quelque locataire du dernier étage pouvait être supposée riche, il était plus vraisemblable que ce fût miss Emmy. Elle descendait d'une bien plus vieille famille, et il se pouvait très bien qu'elle eût toujours possédé tout cet argent, l'ayant simplement oublié. Elle ne ferait assurément part de ses doutes à personne, de peur de susciter ce coup d'œil soupçonneux, cette suggestion tacite que miss Emmy, un peu toc-toc, devrait peut-être bien être admise quelque part... Mais Gerald, le cher enfant! Gerald *savait,* lui. Il lui avait bien dit qu'elle possédait une fortune. Il l'avait qualifiée de recluse, le genre de femme qui *ipso facto* habitait une chambre truffée de billets de banque. Dieu le bénisse, ils étaient bien là en effet! Quelle joie que Gerald ait eu raison, alors qu'elle aurait juré...

Au bout d'un moment, miss Emmy redescendit avec l'argent.

*

Il était si tard quand elle remonta qu'elle avait tout juste le temps de préparer le dîner de Gerald; plus question de s'étendre pour se reposer. Mais cette journée si exceptionnelle lui réservait encore une surprise. Un inconnu l'attendait sur le dernier palier.

— Où diable étiez-vous donc, Madame? demanda-t-il avec irritation.

Miss Emmy eut un remords de conscience. Ce devait être l'homme de la Compagnie du Gaz. Elle leur avait demandé de lui envoyer quelqu'un et elle n'avait pas été là pour le recevoir.

— J'ai été obligée de ressortir, dit-elle pour s'excuser. Il s'est produit quelque chose d'imprévu, et j'ai dû m'en occuper immédiatement.

Elle ouvrit sa porte et, pour apaiser le visiteur, lui désigna sa meilleure chaise. Puis comprenant qu'il devait être avant tout intéressé par le fourneau à gaz, elle le lui indiqua. Mais il ne tint compte d'aucun des deux gestes. Il alla droit à la cheminée et, les poings sur les hanches, contempla le portrait qui n'était pas celui de Gerald.

— C'est quelqu'un! s'exclama-t-il.

— Vous le connaissez? fit-elle ravie. Il ressemble à un monsieur de mes amis qui va arriver d'un instant à l'autre. Si vous êtes encore ici vous pourrez me dire si oui ou non il y a une ressemblance. Cette Mildred (elle articula le nom avec un dégoût dédaigneux) prétend le contraire.

— Le lieutenant n'y croyait pas non plus, dit mystérieusement l'homme du gaz. Ça ne vous ferait rien que j'ouvre la fenêtre? Ça empeste le gaz.

Et il n'attendit pas l'autorisation pour agir.

— Vous avez de la veine que ce carreau soit cassé, poursuivit-il. Oui, notre ami nous a bien fait chercher. Il a laissé pousser sa moustache, teint ses cheveux et fait en sorte de perdre pas mal de poids. Le patron a une sainte frousse des erreurs sur la personne en matière d'arrestation, et il n'arrivait pas à se faire une certitude. Et puis, ce qui l'épatait, c'est que… Bref, voilà un faisan qui passe un bon bout de temps à l'ombre. Enfin, il est libéré. On croit qu'il va se mettre à vivre comme un coq en pâte : pas du tout, il entre comme comptable dans une épicerie et loge dans un taudis plein de puces. Sa poule a des mailles filées à ses bas, alors qu'elle est du genre à ne pas dédaigner les bonnes choses pour peu qu'elles soient à sa portée. Nous avons eu le mec à l'œil pendant des semaines, espérant bien le pincer à dépenser plus d'argent qu'il ne pourrait raisonnablement justifier en posséder. Mais il ne fait pas un faux pas et se comporte comme le plus rangé des citoyens. Il ne crache même pas sur le trottoir. Et non seulement il aide les vieilles dames à traverser la rue, mais encore il les escorte jusque chez elles. Enfin, vous nous apportez l'occasion que nous cherchions, en vous rendant à la compagnie Edison. On envoie un employé pour contrôler vos dires. Moi je suis là dehors à battre la semelle, comme d'usage, et pour me changer un peu les idées j'aborde cet employé et lui demande ce qui se passe dans la maison. Il me l'apprend, et je file aussitôt me faire donner un mandat d'arrêt pour tentative d'homicide.

— A la bonne heure ! dit miss Emmy vaguement. Je suis certaine que vous le méritiez.

Il la regarda en fronçant les sourcils, puis hocha la tête.

— Je décide de lui mettre le grappin dessus ici-même, pour que vous soyez en mesure de l'identifier sans vous déranger pour aller au commissariat. J'ai moi-même une bonne vieille grand-mère… Nous ne vous embêterons plus, Madame, dès que nous aurons pris ses empreintes. Nous ferons en sorte de vous déranger le moins possible. D'accord?

— Quel intarissable bavard! pensa miss Emmy, tout en disant d'une voix anxieuse : Je ne vous ai pas bien écouté, j'en ai peur. Je crois que je ne pensais qu'à préparer le dîner. Mon invité sera là dans une minute. Est-ce que vous n'aviez pas quelque chose à faire au fourneau?

Il sourit très gentiment.

— J'attendrai, dit-il fort poliment. J'aurai grand plaisir à rencontrer votre invité.

Miss Emmy commença à éplucher des pommes de terre. L'homme du gaz alla se balancer avec satisfaction dans le rocking-chair.

Gerald fut très exact, à son accoutumée, Emmy alla l'accueillir sur le seuil, le cœur comme toujours bondissant, à sa vue. Il s'assombrit en apercevant l'homme du gaz et eut un mouvement comme pour s'en aller, fâché. « Serait-il jaloux? » se demandat-elle, flattée à l'extrême. Mais s'il avait envisagé de se retirer il ne l'aurait pas pu, car deux messieurs montaient, côte à côte, et lui coupaient le chemin.

— C'est votre homme? questionna le visiteur installé dans le rocking-chair. C'est bien lui que vous avez entendu parler près du fourneau hier soir, d'une petite surprise-party qu'il préparait à votre intention?

— Oui, répondit-elle avec orgueil. C'est Gerald.

L'homme du gaz jouait avec un objet métallique — quelque outil pour réparer le fourneau, pensa Emmy.

Mais elle se trompait, car l'outil se referma soudain autour du poignet de Gerald.

— Embarquez-le, les gars, dit-il aux autres.

Et alors, en dépit des circonstances si confuses, elle comprit. La Compagnie du Gaz allait punir Gerald pour une faute qui n'était absolument pas la sienne, qui était exclusivement imputable à Mildred. Et c'était elle-même qui en était la cause, parce qu'elle avait prévenu la Compagnie ! Elle souhaita de tout cœur trouver un moyen de réparer.

— Puis-je vous parler un instant ? fit-elle en attirant l'homme du gaz au fond de la chambre. Bien que les autres eussent déjà atteint le palier du dessous, elle ne voulait pas ajouter à la gêne que devait éprouver Gerald.

— J'ai constaté aujourd'hui que j'avais beaucoup plus d'argent que je ne croyais, — dit-elle avec délicatesse. Cela pourrait peut-être lui venir en aide ?

Elle ouvrit son sac à main, qui était vaste, mais tout à fait insuffisant pour ce qu'il contenait : les billets s'en échappèrent comme les plumes d'un oreiller crevé.

— Grand Dieu, que le cric me croque si j'en crois mes yeux ! s'exclama l'homme du gaz se mettant à compter fébrilement.

Miss Emmy le harcelait de questions afin de savoir s'il y avait assez d'argent pour payer la rançon de Gerald, mais il n'en avait cure. Il se bornait à secouer la tête et à siffler en comptant comme s'il n'avait jamais vu autant d'argent de sa vie.

Enfin, il retrouva sa langue, pour s'écrier :

— En gros c'est tout le fric du hold-up de l'usine,

l'affaire pour laquelle notre lascar a été en taule. C'est à peine s'il manque quelques pauvres centaines de dollars.

— Il vous faudrait quelques centaines de dollars de plus? s'enquit-elle, angoissée. Mais c'est que je ne les ai pas.

— Vous les aurez — et bien plus que cela, assura-t-il en lui tapotant doucement l'épaule. Il y a dix mille dollars de récompense pour qui fera retrouver ce butin — et ils vous reviennent de droit.

— Mon Dieu, mon Dieu! gémit-elle en s'efforçant de retenir tous ces chiffres extravagants. Mais s'il vous faut encore plus d'argent, ces dix mille dollars ne seront d'aucun secours à Gerald. Je les ai dépensés tantôt. Voyez-vous, j'ai acheté cette maison, comptant, à Mrs Martin. Et je sais bien que l'agent immobilier ne voudra rien me rembourser!

Elle tamponna ses yeux larmoyants avec son mouchoir et renifla piteusement.

— Pauvre Gerald! soupira-t-elle. Un si bon garçon, et je ne peux rien pour lui... Enfin (et son visage s'éclaira), un jour, la montre de papa lui reviendra. Et comme cela il ne m'oubliera pas.

The Gentleman Caller.
D'après la traduction d'Huguette Godin.

Rien de tel qu'un vampire

par

RICHARD MATHESON

Au début de l'automne, Mme Alexis Gheria s'éveilla un matin dans un état de torpeur extrême. Pendant plus d'une minute, elle resta étendue sur le dos, complètement inerte, les yeux fixés au plafond. Comme elle se sentait épuisée! Il lui semblait que ses membres étaient de plomb. Peut-être était-elle malade? Il faudrait que Petre l'examine. Lui le saurait.

Respirant avec peine, elle se redressa lentement sur un coude. Ce geste fit glisser sa chemise de nuit qui tomba jusqu'à sa taille dans un bruissement de soie. Comment s'était-elle défaite? se demandait Mme Gheria en regardant son corps d'un air incrédule.

Soudain, elle se mit à hurler.

Dans la salle à manger, le docteur Petre Gheria leva des yeux inquiets de sur le journal du matin. En une seconde, il avait repoussé sa chaise, jeté sa serviette sur la table et se précipitait dans le couloir. Il le franchit en deux enjambées et monta l'escalier quatre à quatre.

C'est une Mme Gheria proche de l'hystérie qu'il

187

trouva assise au bord du lit conjugal. Elle regardait ses seins d'un air horrifié. Sur leur blancheur magnifiée par cette monstruosité séchait une traînée de sang.

Le docteur Gheria renvoya la femme de chambre qui se tenait sur le seuil, pétrifiée, et regardait sa maîtresse, bouche bée. Il ferma la porte et rejoignit sa femme en toute hâte.

— Petre, souffla-t-elle.

— Doucement...

Il l'aida à appuyer sa tête sur l'oreiller maculé de sang.

— Petre, mais qu'est-ce que c'est? lui demanda-t-elle d'un ton suppliant.

— Reste tranquille, ma chérie.

Ses mains expertes palpaient rapidement ses seins. Soudain, il manqua s'étouffer. Il détourna la tête de sa femme et contempla en silence les trous d'épingle qui marquaient son cou et le ruban de sang à demi coagulé qui s'en écoulait.

— Ma gorge, dit Alexis.

— Non ce n'est que...

Le docteur Gheria n'acheva pas. Il savait parfaitement de quoi il s'agissait.

Mme Gheria se mit à trembler.

— Mon Dieu, oh, mon Dieu, gémit-elle.

Le docteur Gheria se leva et se pencha d'un air accablé au-dessus de la cuvette de toilette. Il la remplit d'eau, revint vers sa femme et nettoya le sang. La plaie était maintenant tout à fait visible : deux piqûres d'épingles près de la jugulaire. Le docteur Gheria fit la grimace et tâta les bords enflammés des plaies.

A ce contact, sa femme poussa un gémissement affreux et se détourna.

— Écoute-moi bien, dit-il d'un ton de feinte tranquillité. Il faut vaincre ces terreurs superstitieuses, tu m'entends? Il y a une foule d'expli...

— Je vais mourir, murmura sa femme.

— Alexis, tu m'entends?

Il la saisit brutalement par les épaules. Elle tourna la tête et le regarda avec des yeux inexpressifs.

— Tu sais ce que c'est, lui dit-elle.

Le docteur Gheria avala sa salive. Il sentait encore le goût du café qu'il n'avait pas eu le temps de terminer.

— Je sais à quoi cela ressemble, répondit-il, et nous ne pouvons écarter cette hypothèse. Toutefois...

— Je vais mourir, répéta sa femme.

— Alexis!

Le docteur Gheria lui prit la main et la tint fermement.

— *On ne t'arrachera pas à moi,* lui dit-il.

Situé dans les contreforts du massif de Bihor, dans les Carpates, le village de Solta comptait un millier d'habitants. De sinistres traditions s'attachaient au village. Lorsqu'ils entendaient les loups hurler au loin, les habitants se signaient en hâte. Les enfants cueillaient de l'ail en bouton comme d'autres cueillent des fleurs, et leurs parents le disposaient autour des fenêtres. Une croix peinte gardait chaque porte, une croix de métal chaque gorge. La crainte d'être souillé à jamais par le vampire y était aussi naturelle qu'ailleurs la crainte d'une quelconque épidémie, et planait en permanence.

Le docteur Gheria songeait à cela tout en calfeutrant les fenêtres de la chambre d'Alexis. Au-dehors, les montagnes baignaient dans la lueur incertaine du crépuscule. Bientôt il ferait de nouveau nuit noire. Bientôt, les habitants de Solta se barricaderaient de nouveau dans leurs maisons empuanties d'ail. Il ne doutait pas que chacun d'entre eux sût exactement ce qui était arrivé à sa femme. La cuisinière et la femme de chambre suppliaient déjà qu'on les laissât partir. Seule l'inébranlable autorité de Karel, le majordome, parvenait à les retenir à leur tâche. Bientôt, Karel lui-même n'y suffirait plus. Face à l'horreur suscitée par le vampire, tout bon sens s'évanouissait.

Il s'en était rendu compte le matin même quand il avait ordonné que la chambre de Madame fût fouillée de fond en comble et que l'on y traquât les éventuels rongeurs et insectes venimeux. Les servantes s'étaient déplacées dans la pièce comme si le sol était miné, les yeux exorbités, les doigts crispés sur leur croix. Elles savaient parfaitement qu'elles ne trouveraient ni insectes ni rongeurs. Gheria aussi le savait. Néanmoins, il leur avait vertement reproché leur pusillanimité, ne réussisant qu'à les effrayer davantage.

Quand il se détourna de la fenêtre, il souriait.

— Voilà, dit-il. Personne n'entrera ici cette nuit.

Il se reprit aussitôt en voyant un éclair de terreur passer dans les yeux de sa femme.

— Rien ni personne, corrigea-t-il.

Alexis gisait immobile sur son lit. L'une de ses mains diaphanes reposait sur sa poitrine, crispée sur la croix d'argent usée qu'elle avait tirée de sa boîte à bijoux. Elle ne l'avait pas portée depuis qu'il lui en avait offert une autre, incrustée de diamants, le jour de leur mariage. Il était tout à fait caractéristique de ses origines villageoises qu'en ce moment d'angoisse elle cherchât une protection dans la simple croix de son église. Elle était tellement enfant. Gheria lui adressa un tendre sourire.

— Tu n'en auras pas besoin, ma chérie, lui dit-il. Cette nuit tu seras en sécurité.

Les doigts d'Alexis se crispèrent sur le crucifix.

— Bon, bon, porte-la si tu veux, reprit-il. Je voulais seulement dire que je resterai près de toi toute la nuit.

— Tu vas rester avec moi?

Il s'assit au bord du lit et lui prit la main.

— Crois-tu que je m'éloignerais un seul instant?

Trente minutes plus tard, elle dormait profondément. Le docteur Gheria tira une chaise près du lit et s'assit. Il ôta ses lunettes et se massa l'arête du nez entre le pouce et l'index de la main gauche. Il soupira et se mit à contempler sa femme. Qu'elle était belle! C'était à peine croyable. Le docteur Gheria en avait le souffle coupé.

— Rien de tel qu'un vampire, murmura-t-il.

Un coup sourd retentit. Profondément endormi, le docteur Gheria marmotta quelques mots indistincts. Ses doigts se contractèrent nerveusement. Les coups redoublèrent. Une voix inquiète ébranlait les profondeurs de son sommeil. « Docteur! » appelait-elle.

Gheria sursauta. Pendant quelques instants, il fixa la porte fermée d'un air hébété.

— Docteur Gheria! insista Karel.

— Qu'y-a-t-il?

— Est-ce que tout va bien?

— Oui, tout va...

Le docteur Gheria poussa un cri aigu et bondit vers le lit. La chemise de nuit d'Alexis avait encore été arrachée. Une affreuse traînée de sang maculait son cou et sa poitrine.

Karel secoua la tête d'un air accablé.

— Aucune fermeture ne peut tenir cette créature en respect, Monsieur, dit-il.

Le grand corps maigre de Karel était appuyé contre la table de cuisine sur laquelle se trouvait l'argenterie qu'il était en train d'astiquer lorsque le docteur Gheria était entré.

— Cette créature a le pouvoir de se transformer en vapeur, ce qui lui permet de se glisser par n'importe quelle ouverture, si petite soit-elle, reprit-il.

— Mais la croix! cria Gheria. Elle était toujours à son cou. Intacte. Si ce n'est qu'elle était tachée de sang, ajouta-t-il d'une voix chavirée.

— C'est ce que je ne comprends pas, répondit

Karel d'un ton sinistre. Cette croix aurait dû la protéger.

— Et comment se fait-il que je n'aie rien vu?

— Vous étiez sous l'influence de sa présence empoisonnée, répondit Karel. Estimez-vous heureux de n'avoir par été attaqué vous aussi.

— Je ne m'estime pas heureux!

D'un air angoissé, le docteur Gheria donna un coup de poing sur la table.

— Que dois-je faire, Karel? demanda-t-il.

— Accrochez de l'ail, répondit le vieil homme. Accrochez-en aux portes, aux fenêtres, partout. Ne négligez aucune ouverture.

Gheria acquiesça machinalement.

— Jamais je n'avais vu une telle chose, dit-il d'une voix brisée. Ma propre femme...

— Moi, si, cela m'est arrivé, répondit Karel. J'ai donné de mes propres mains le repos éternel à l'un de ces monstres qui sortent de la tombe.

— Le pieu?

Gheria avait l'air indigné.

Le vieil homme acquiesça gravement.

Gheria avala sa salive.

— Prions le ciel que vous puissiez en faire autant avec celui-ci, dit-il.

— Petre?

Elle était très faible maintenant et sa voix n'était plus qu'un murmure. Gheria se pencha sur elle.

— Oui, ma chérie.

193

— Cette créature reviendra cette nuit, lui dit sa femme.

Il eut un geste de dénégation farouche.

— Non. Elle ne pourra pas revenir. L'ail l'en empêchera.

— Ma croix n'y a pas réussi, dit-elle. Toi non plus, tu n'y es pas arrivé.

— L'ail y parviendra, lui répondit Gheria. De plus, as-tu vu ceci?

Il désignait la table de nuit.

— Je me suis fait monter du café. Je ne dormirai pas cette nuit.

Elle ferma les yeux. Ses traits brouillés étaient douloureux.

— Je ne veux pas mourir, dit-elle. Je t'en supplie, ne me laisse pas mourir, Petre.

— Tu ne mourras pas, lui répondit-il. Je te le jure. Le monstre sera détruit.

Alexis frissonna faiblement.

— Et s'il n'y a aucun moyen, Petre? murmura-t-elle.

— Il y a toujours un moyen, lui assura-t-il.

Au-dehors, l'ombre froide et pesante enveloppait la maison. Le docteur Gheria se mit en faction auprès du lit. L'attente commençait. Une heure plus tard, Alexis sombrait dans un sommeil profond. Le docteur Gheria repoussa doucement sa main et se versa une tasse de café fumant. Tout en buvant le breuvage brûlant et amer, il parcourait la pièce du regard : la porte fermée, les fenêtres calfeutrées, toutes les ouvertures obturées d'ail, la croix qui pendait au cou d'Alexis. Il poussa un soupir de satisfaction. Tout ira bien, cette fois, pensa-t-il. Cette fois, le monstre devrait être mis en échec.

Et il restait assis, en attente, écoutant le bruit de sa propre respiration.

Le docteur Gheria fut à la porte avant que le second coup n'eût retenti.

— Michael! Il serra son cadet dans ses bras. Mon cher Michael j'étais sûr que vous viendriez!

Il poussa anxieusement le docteur Vares vers son bureau. Au-dehors, la nuit commençait à tomber.

— Où sont donc passés tous les villageois? demanda Vares. Je n'ai pas vu âme qui vive en arrivant.

— Ils se terrent chez eux, terrorisés, répondit Gheria, et tous mes domestiques avec, à l'exception d'un seul.

— Qui donc?

— Karel, le majordome, dit Gheria. Il ne vous a pas ouvert parce qu'il est allé dormir. Il est très âgé le pauvre, et il fait le travail de cinq personnes.

Il saisit Vares par le bras.

— Mon cher Michael, vous ne pouvez savoir à quel point je suis heureux de vous voir.

Vares lui jeta un coup d'œil inquiet.

— Je suis parti dès que j'ai reçu votre message, dit-il.

— Et je vous en sais gré. Je sais combien le voyage du Cluj est long et fatigant.

— Que se passe-t-il donc? demanda Vares. Votre lettre ne dit pas grand-chose.

Gheria lui raconta rapidement ce qui était arrivé la semaine précédente.

— Écoutez, Michael, dit-il, ma raison chancelle. Rien n'y fait! Ni l'ail, ni l'aconit, ni les croix, ni les miroirs, ni l'eau, rien! Non, ne m'interrompez pas! Ce n'est ni de la superstition ni le fruit de mon imagination! C'est un fait réel! Un vampire est en train de la tuer. Elle s'enfonce chaque jour davantage dans cette... torpeur mortelle d'où...

Gheria se tordait les mains.

— Je n'y comprends rien, murmura-t-il d'une voix brisée par le chagrin. C'est bien simple, je n'y comprends rien.

— Allons, asseyez-vous.

Le docteur Vares obligea son aîné à s'asseoir et ne put retenir une grimace en le voyant si pâle. Ses doigts cherchèrent nerveusement le pouls de Gheria.

— Ne vous occupez pas de moi, protesta celui-ci, c'est Alexis qu'il faut secourir.

Il se cacha soudain les yeux d'une main tremblante.

— Mais comment? balbutia-t-il.

Il n'opposa aucune résistance quand son cadet déboutonna son col pour examiner son cou.

— Vous aussi, dit-il, bouleversé.

— Quelle importance?

Gheria saisit les mains de son confrère.

— Mon cher, mon très cher ami, dites-moi que

196

ce n'est pas *moi!* Se peut-il que ce soit *moi* le responsable d'une telle horreur?

Vares semblait abasourdi.

— *Vous?* dit-il. Mais…

— Je sais, je sais, coupa Gheria, j'ai moi aussi été attaqué. Et pourtant, c'est sans conséquences. Michael! Quelle est cette race de cauchemar que rien ne peut arrêter? De quel lieu maudit vient-elle? J'ai examiné toute la campagne environnante, centimètre par centimètre, fouillé tous les cimetières, inspecté toutes les cryptes. Il n'y a pas une maison dans tout le village qui ait échappé à mes investigations. Je vous l'affirme, Michael, il n'y a rien. Et pourtant, il y a bien quelque chose, quelque chose qui nous assaille toutes les nuits et nous arrache à la vie. La terreur s'est abattue sur le village, — et sur moi! Je n'ai jamais vu cette créature, je ne l'ai jamais entendue. Et pourtant, tous les matins, je trouve ma femme bien-aimée…

Vares était devenu blême, ses traits s'étaient décomposés. Il regardait fixement son aîné.

— Que dois-je faire, mon ami? le suppliait Gheria. Comment la sauverai-je?

Vares ne savait que répondre.

— Depuis quand est-elle… ainsi? demanda Vares.

Stupéfait, il ne pouvait détacher son regard du visage crayeux d'Alexis.

— Depuis des jours et des jours, répondit Gheria. Elle ne cesse de s'affaiblir.

Le docteur Vares reposa la main inerte d'Alexis.

— Pourquoi ne m'avez-vous pas appelé plus tôt? demanda-t-il.

— Je pensais qu'il y avait une solution, répondit Gheria d'une voix éteinte. Je sais maintenant... qu'il n'y en a pas.

Vares frissonna.

— Mais nous pouvons certainement... commença-t-il.

— Il n'y a plus rien à faire, coupa Gheria. J'ai tout essayé, *tout*.

Il s'approcha de la fenêtre d'un pas chancelant et plongea un regard morne dans les ténèbres qui s'épaississaient.

— Maintenant, le voici qui revient, murmura-t-il, et nous sommes désarmés devant lui.

— Non, Petre, nous ne sommes pas désarmés.

Vares eut un sourire de gaieté forcée et posa une main sur l'épaule de son aîné :

— Je la veillerai cette nuit.

— Cela ne servira à rien.

— Si, mon ami, répondit Vares avec nervosité. Et maintenant, il faut que vous alliez dormir.

— Je ne veux pas la quitter, insista Gheria.

— Mais vous avez besoin de repos.

— Je ne peux pas m'en aller, répondit Gheria. On ne me séparera pas d'elle.

Vares acquiesça.

— Bien, dit-il, nous la veillerons donc à tour de rôle.

Gheria soupira.

— Nous pouvons toujours essayer, dit-il, d'un ton où ne perçait aucun espoir.

Vingt minutes plus tard environ, il revint avec un pot de café fumant, dont il était pratiquement impossible de percevoir l'odeur à travers l'épaisse exhalaison d'ail qui flottait dans la pièce. Gheria se dirigea vers le lit d'un pas traînant et posa le plateau. Le docteur Vares s'était installé au chevet d'Alexis.

— Je veillerai le premier, dit-il. Vous, vous dormirez, Petre.

— Cela ne donnerait rien de bon, répondit Gheria.

Il approcha une tasse du bec de la cafetière. Le café s'écoula avec un bruit de lave en fusion.

— Merci, murmura Vares en prenant la tasse qui lui était tendue.

Gheria fit un signe de tête et se versa à son tour une tasse de café avant de s'asseoir.

— Je ne sais ce que deviendra Solta si cette créature n'est pas détruite, dit-il. Les habitants sont paralysés de terreur.

— A-t-elle été... ailleurs dans le village? lui demanda Vares.

Gheria poussa un soupir de lassitude.

— Pourquoi irait-elle ailleurs? Elle trouve de quoi assouvir ses désirs ici même. Il regarda Alexis d'un air découragé.

— Quand nous aurons disparu elle ira ailleurs. Les gens le savent, ils l'attendent.

Vares posa sa tasse et se frotta les yeux.

— Il me paraît impensable, dit-il, que nous,

médecins, hommes de science, nous soyons incapables de...

— Que peut la science contre ce monstre, coupa Gheria, la science qui ne reconnaît même pas son existence? Nous pourrions réunir ici même les plus grands savants. Savez-vous ce qu'ils diraient? Ils nous diraient : « Mes amis, on vous a abusés. Il n'y a pas de vampire. Tout cela n'est qu'une supercherie. »

Gheria se tut et regarda attentivement le jeune médecin.

— Michael? appela-t-il.

Vares respirait lentement et profondément. Posant le café dont il n'avait pas bu une gorgée, Gheria se leva et s'approcha de Vares qui s'était affaissé sur sa chaise. Il souleva une paupière de son confrère, jeta un coup d'œil rapide à la pupille aveugle et retira sa main. La drogue a été rapide, pensa-t-il. Et d'une efficacité parfaite. Vares resterait inconscient plus longtemps qu'il n'était nécessaire. Gheria se dirigea vers l'armoire, en tira son sac et le porta près du lit. Il arracha la chemise de nuit d'Alexis, et quelques instants plus tard, il avait rempli une autre seringue de sang. Fort heureusement, ce devait être la dernière. Il étancha la blessure, approcha la seringue de Vares et la vida dans la bouche du jeune homme en maculant soigneusement ses lèvres et ses dents.

Cela fait il gagna la porte en deux enjambées et la déverrouilla. Il revint vers Vares, le souleva et le transporta dans le couloir. Karel ne se réveillerait pas. Une petite dose de narcotique versée dans sa nourriture y pourvoirait. Gêné par le poids de Vares, Gheria peina pour descendre l'escalier. Dans le coin le plus sombre de la cave, un cercueil de bois attendait. C'était là que Vares demeurerait jusqu'au matin, jusqu'à ce qu'un docteur Petre Gheria éperdu, pris d'une inspiration subite, ordonnât à Karel de fouiller le grenier et la cave au cas très improbable, pour tout dire fantastique, où...

Dix minutes plus tard, Gheria était de retour dans la chambre et prenait le pouls d'Alexis. Il battait mieux; elle survivrait. La souffrance et l'horreur torturante qu'elle avait subies seraient un châtiment suffisant. Quant à Vares...

Pour la première fois depuis qu'Alexis et lui étaient revenus de Cluj à la fin de l'été, le docteur Gheria eut un sourire heureux. Dieu du Ciel, ne serait-ce pas un pur enchantement que de voir le vieux Karel enfoncer un pieu dans le cœur de Michael Vares, ce damné cœur auquel le docteur Gheria devait ses cornes.

No Such Thing as a Vampire.
Traduction de Nathalie Dudon.

Un bout de monde

par

STEVE O'CONNELL

MALHEUREUSEMENT, l'élastique cassa. C'était un loup noir très ordinaire, qui couvrait le haut du visage. Je l'avais acheté la veille dans un bazar, qui probablement devait l'avoir depuis longtemps en rayon. Lorsqu'il tomba par terre, je pinçai les lévres mais continuai à tenir fermement le revolver.

Le patron du bistro et les quatre clients me regardaient. Mon oncle Eldridge, lui, avait fermé les yeux.

Bon, tant pis, pensai-je, je continue quand même.

— Vide le contenu de la caisse dans ce sac en papier, dis-je au patron. Et n'essaye pas de faire le malin, car je te descendrai sans hésiter.

Il appuya sur la touche qui permettait l'ouverture du tiroir-caisse sans qu'il y eût de vente enregistrée, et fit ce que je lui avais commandé. Mon oncle et les autres clients avaient les bras en l'air. Deux d'entre eux étaient en chemise de sport, les deux autres en veston et ils ne me quittaient pas des yeux. J'avais le sentiment qu'ils guettaient le moindre moment d'inattention de ma part. Je tournai le revolver dans leur direction :

— Sortez vos portefeuilles et posez-les sur le comptoir. Mais pas de blague, hein? Faites bien attention!

Ils s'exécutèrent, mon oncle y compris. Je fis tomber les portefeuilles dans le sac en papier.

— Maintenant, tournez-vous tous face au mur et gardez les bras en l'air.

Le patron sortit de derrière le comptoir et rejoignit les autres.

Je pris le sac en papier et marchai à reculons vers la porte de derrière. Au passage, je raflai la serviette de cuir que mon oncle avait posée sur un des tabourets. Elle contenait des milliers de dollars.

Une fois dehors, je refermai vivement la porte et me mis à courir. Mon intention était de zigzaguer en direction du sud par le canal de quelques rues, avant de me perdre dans la foule du soir. Lorsque j'atteignis la première rue, je soufflais déjà. Je n'étais pas habitué à faire autant d'exercice.

Une voiture de police était rangée le long du trottoir.

Je m'immobilisai aussitôt.

Les deux flics bavardaient en fumant une cigarette. Ils ne m'avaient apparemment pas remarqué.

Je me préparais à passer près d'eux d'un air aussi dégagé que possible, lorsque j'entendis derrière moi un bruit de course mêlé à des sifflets de police. Les deux flics tournèrent la tête et me virent.

Alors, je fus pris de panique. Je traversai la chaussée en courant et me précipitai dans une ruelle transversale. Je ne saurais dire combien de barrières de jardins j'escaladai, ni dans combien de passages obscurs je m'engloutis au cours des dix minutes qui suivirent. En chemin, je me débarrassai du sac en papier, mais me cramponnai à la poignée de la serviette. D'après les coups de sifflet et les hurlements de sirène, toute la police devait être alertée et converger dans ma direction.

Je finis par me tapir dans un recoin obscur, complètement hors d'haleine et ne sachant vraiment plus que faire.

A vingt mètres en avant de moi, un énorme semi-remorque était rangé contre le quai de déchargement situé derrière un supermarché. Le chauffeur et deux hommes en blouse blanche sortirent de l'immeuble. Ils semblèrent prêter l'oreille aux sirènes, puis décidèrent d'aller voir ce qui se passait. Ils coururent vers l'autre bout de la ruelle où ils s'immobilisèrent pour regarder à droite et à gauche, afin de repérer de quel côté se situait l'agitation.

La porte éclairée me fit l'effet d'un havre. Après avoir respiré bien à fond, je me ruai derrière le semi-remorque, escaladai les marches menant au quai de déchargement, et disparus à l'intérieur du supermarché.

L'endroit où je pénétrai servait apparemment d'entrepôt, car un mur le séparait du magasin proprement dit et les marchandises y étaient entassées dans des centaines de carton.

Je jetai un coup d'œil dans le magasin. Bien que fermé depuis plus d'une heure, il était éclairé. De toute évidence, les hommes que j'avais vus étaient des employés chargés de regarnir les rayons pendant la nuit.

Où me cacher? Sûrement pas dans le magasin. Mon regard tomba sur un tas de cartons contenant des kilos de sucre et qui atteignait presque le plafond. Là-haut, il me parut y avoir une sorte de trappe. Je grimpai sur les cartons jusqu'à hauteur de la trappe. On ne l'avait apparemment pas ouverte depuis des années, car il me fallut faire un effort considérable pour arriver à la soulever. Je me hissai vivement dans ces ténèbres qui s'offraient à moi, refermai la trappe et restai étendu de tout mon long, pantelant.

Au bout d'un moment, je remarquai un trait lumineux sur un des côtés de la trappe. J'y appuyai un œil et regardai en bas.

Le chauffeur et les deux magasiniers étaient de retour. Du sous-sol, quelqu'un leur cria :

— Qu'est-ce que c'était, tout ce boucan?

Le chauffeur eut un haussement d'épaules :

— J'en sais rien. On verra sans doute ça demain dans le journal.

Vers onze heures, les hommes eurent fini de décharger le camion, qui partit aussitôt. Je rampai jusqu'à une autre fissure lumineuse, quelque trois mètres plus loin, d'où je pus observer les magasiniers véhiculant des cartons sur des chariots vers différents rayons. Ils éventraient ces cartons, collaient sur chaque élément de leur contenu une étiquette, à l'aide d'un marqueur spécialement conçu à cet effet, puis rangeaient ça sur les étagères.

Il était quatre heures du matin quand ils eurent terminé. Ils rapportèrent les cartons vides, puis balayèrent le magasin. Avant de s'en aller, ils éteignirent, ne laissant subsister que la clarté de quelques ampoules stratégiquement disséminées dans le magasin.

J'attendis encore une demi-heure avant de me risquer à ouvrir la trappe et redescendre. Une lampe brûlait dans l'entrepôt et je repérai un téléphone fixé au mur. Je me hâtai d'y composer un numéro.

Mon oncle reconnut immédiatement ma voix et s'exclama :

— Quel imbécile tu fais!

— Désolé, dis-je, c'est l'élastique qui a lâché. Mais ne te bile pas; j'ai lu quelque part qu'on ne pouvait jamais se fier aux déclarations des témoins et les cinq gonzes du bar vont probablement donner de moi cinq signalements différents. Avec le tien, ça fera six.

— Idiot! me dit l'oncle Eldridge. Je vais être obligé de t'identifier!

— Obligé de m'identifier? Je ne comprends pas...

— Écoute... Parmi les clients du bar, y avaient deux flics qui n'étaient pas de service. A la seconde même, où ton masque est tombé, ils ont eu ta gueule gravée dans leur mémoire. Du coup, que faire? Étant donné toute la flicaille que tu avais aux trousses, j'ai pensé qu'ils allaient sûrement te harponner. Alors que pouvais-je dire? Que je n'avais pas reconnu mon propre neveu? Il me fallait penser d'abord à me couvrir; ensuite, j'aviserai pour toi.

Je me sentis extrêmement déçu :

— Alors, qu'est-ce que je vais faire maintenant?

— Où es-tu?

— Dans un supermarché.

Je l'entendis émettre un juron.

— Mais c'est O.K., lui dis-je. Il est fermé et personne ne sait que je suis là. Je pourrais probablement y rester caché pendant des jours.

— As-tu la serviette?

— Oui.

— Alors, reste planqué. Je vais réfléchir. Il faut que je trouve un moyen pour te faire quitter la ville dès demain. Et peut-être même l'État, voire le pays...

— Mais, mon oncle, je n'aime pas voyager. Je déteste ça!

— Je me fous que tu détestes ça ou non. Ce qui me tracasse, c'est ce que je vais bien pouvoir raconter maintenant à Big Mac.

A l'autre bout du fil, j'entendis la sonnette de l'appartement et je me demandai qui venait le voir ainsi aux petites heures. Il me dit, d'une voix devenue rauque :

— Reste planqué! Ne me rappelle pas avant deux ou trois jours!

Sur quoi, il raccrocha. Je fis de même, puis gagnai les lavabos du personnel où je me lavai les mains et le visage, qui en avaient bien besoin.

J'allais devoir rester là au moins quarante-huit heures et il me fallait donc assurer ma subsistance. J'enfilai une des blouses blanches accrochées aux patères et pris un carton vide. Si quelque passant matinal me voyait à travers les vitrines, il penserait probablement que j'étais un magasinier.

De nos jours, un supermarché est tout à la fois une

épicerie, une boucherie, un drugstore, un magasin d'habillement et que sais-je encore. Je me promenai à travers les rayons, un peu dans l'état d'esprit d'un gamin qu'on aurait lâché chez un marchand de bonbons. Je pris du lait, du pain, du jambon et différentes autres choses, y compris un fromage de Hollande. Je n'oubliai pas non plus une torche électrique et des piles de rechange. Quand j'entrepris l'escalade des cartons de sucre, j'étais passablement chargé. Enfin, je rabattis la trappe et allumai la torche électrique.

L'endroit où je me trouvais me parut avoir deux mètres cinquante de haut, six mètres de large et s'étendre au-dessus de tout le magasin. Je supposai que, avant le supermarché, un autre commerce avait dû occuper ce bâtiment et que ce grenier servait alors d'entrepôt. Mais il était maintenant complètement vide et une épaisse couche de poussière en recouvrait le plancher.

Le rayon de ma torche électrique me fit repérer plusieurs douilles vides pendant du plafond et je me dis que je ferais bien de me procurer aussi quelques ampoules. J'étais sur le point de rouvrir la trappe, lorsque j'entendis du bruit au-dessous de moi. J'éteignis aussitôt ma lampe et collai l'œil à la fissure.

La porte de l'entrepôt s'ouvrait lentement et un homme assez maigre passa le buste dans l'entrebaillement. Puis il empocha la clef et referma la porte derrière lui. Il prit la précaution de s'assurer qu'il était bien seul dans le bâtiment, avant de vider contre un des murs plusieurs poubelles pleines d'emballages et de papiers. Sortant ensuite de sa poche une bougie, il l'alluma et la posa au milieu d'un papier, à la base du tas de détritus. Reculant alors d'un pas, il considéra l'ensemble et eut un sourire satisfait.

Seigneur! pensai-je. Un incendiaire! Dans une demi-heure environ, la bougie achèverait de se consumer et communiquerait le feu au tas d'emballages, après quoi tout le magasin serait vite en flammes.

L'homme admira de nouveau son travail, puis s'en alla sans bruit par la porte de l'entrepôt.

J'attendis cinq minutes avant de descendre. Là, j'éteignis la bougie et la jetai de côté en pensant « C'est pas croyable les gens bizarres qu'il peut y avoir en ce bas monde! ».

J'en profitai pour aller dans le magasin chercher des ampoules et un balai. Après avoir mangé, je fis un peu de ménage, puis j'éteignis et m'étendis par terre, en utilisant la serviette de cuir comme oreiller. Je fermai les yeux, cherchai le sommeil.

Oncle Eldridge est encaisseur et travaille pour Big Mac. Je ne sais pas au juste de quoi il s'agit, mais mon oncle va la nuit dans différents endroits de la ville, où on lui remet de l'argent.

Pourquoi m'a-t-il choisi pour l'aider dans le projet qu'il avait en tête? Moi, j'aurais jugé que je n'étais pas du tout le gars qu'il lui fallait. Je suppose que c'est parce que nous sommes parents; je ne vois pas d'autre explication.

— Il y aura au moins trente mille dollars dans la serviette, m'avait dit Oncle Eldridge. Et il t'en reviendra cinq mille. Je suppose que tu auras l'emploi de cinq mille dollars? Tu voyageras peut-être un peu?

Mais je ne tiens pas à voyager. Durant mon congé

annuel, je ne vais nulle part. Mon temps se partage alors entre la bibliothèque municipale et le studio que j'habite.

— Non, mon oncle, lui avais-je répondu, je ne veux rien pour moi.

Il avait battu des paupières :

— Eh bien alors, merci, Fred... Il se trouve justement que c'est trente mille dollars et pas seulement vingt-cinq que je dois au Syndicat. Alors comme ça, je pourrai tout rembourser.

— Mais comment es-tu arrivé à devoir autant d'argent?

— Les chevaux, mon petit, les chevaux. Aussi, maintenant, faut que je règle les comptes ou c'est le mien qu'on va me régler, si tu vois ce que je veux dire.

— Mais je suis certain que, à l'un de ses employés, Big Mac accorderait sûrement des délais pour le rembourser. Lui as-tu seulement demandé?

Oncle Eldridge s'était éclairci la gorge :

— La vérité, Fred, c'est que je n'ai pas joué par l'intermédiaire de Big Mac. Je suis allé à Saint-Louis pendant les week-ends et c'est là-bas que je dois le fric.

Il m'avait donné une tape sur l'épaule :

— Toi et moi n'avons personne au monde que nous deux. Tu ne peux pas me laisser tomber, Fred. Pour moi, c'est une question de vie ou de mort, et ne crois pas que j'exagère.

— Bon, soit, avais-je soupiré. Mais t'as pas idée comme j'appréhende de devoir faire un truc comme ça.

Moi, ma profession, c'est comptable. Je me lève le matin à sept heures, je prends ma douche, je me rase, je m'habille, et je prépare mon petit déjeuner. A huit heures, je pars pour le boulot. J'ai quatre changements et ça me prend près d'une heure. Le soir, à six heures, je suis de retour dans mon studio. Là, faut encore compter une heure pour préparer le dîner et manger.

Ensuite, de sept heures à onze heures du soir, je lis, j'écoute de la musique, et je réfléchis. Quatre heures sur vingt-quatre, je vis.

— Ce sera facile, m'avait assuré Oncle Eldridge. T'as qu'à entrer, braquer le revolver et prendre le portefeuille de tous ceux qui seront là. Ainsi que ma serviette.

— Mais tu n'as pas l'intention de dire à la police qu'il y avait près de trente mille dollars dans la serviette?

— Bien sûr que non. Ils se mettraient à me demander comment ça se faisait que je transportais une telle somme, et ça pourrait m'attirer des ennuis. Tout ce qu'ils ont besoin de savoir, c'est qu'il y a eu un hold-up dans ce bar et qu'on m'a raflé ma serviette en même temps que mon portefeuille.

— Et qu'est-ce que tu raconteras à Big Mac?

— Le même truc. Que la malchance a voulu que je me trouve là lorsqu'il y a eu un braquage. Et s'il ne gobe pas la chose, je lui rappellerai que pas mal de mecs du milieu savent que je suis encaisseur, et que l'un d'eux a pu décider de faire le coup.

— Et tu penses qu'il croira ça?

— Vois-tu, m'avait expliqué Oncle Eldridge, dans

212

son boulot, faut toujours être soupçonneux. C'est là-dessus que je compte. Il va se demander trois choses. Une : S'agissait-il simplement d'un quelconque hold-up? Deux : était-ce un coup monté par un mec du milieu qui savait à quoi s'en tenir? Trois : est-ce l'encaisseur qui a essayé de lui faire un turbin?

— Et quand il en arrivera au troisièmement?

— Là, c'est possible, qu'il y ait une dérouillade à la clef. Mais pour trente sacs, je veux bien recevoir quelques coups dans la gueule et je continuerai à jouer les innocents. Alors, il se souviendra que ça fait trois ans que je travaille pour lui et que j'ai toujours été réglo. Et finalement il se dira : « Bon... Pour cette fois, je laisse tomber. Mais si jamais ça se reproduit, le sang coulera! »

— Tu crois qu'il se dira ça après avoir été refait de trente mille dollars?

— Pour lui, trente mille dollars, c'est de la petite bière. La seule chose qui puisse le tracasser sérieusement, c'est une question de principe : savoir si quelqu'un relevant de son organisation a eu le culot de le refaire.

Comme je repensais à tout cela étendu dans les ténèbres, je pris conscience de bruits de voix et j'allai regarder dans une des fissures qui m'offrait une vue panoramique de tout le magasin. Il allait être huit heures et le personnel arrivait pour prendre le travail.

Les heures qui suivirent me parurent longues, bien que je fisse un petit somme de temps à autre. A neuf heures du soir, le supermarché ferma et, comme la veille, ce fut au tour des magasiniers de boulonner jusqu'à quatre heures du matin.

Après leur départ, je descendis au rez-de-chaussée. Je me lavai et enfilai une blouse blanche. Je fis plusieurs voyages entre le magasin et mon refuge, au cours desquels je transportai de nouveau des vivres, ainsi qu'une rallonge électrique, une petite lampe portative, une table de bridge et une chaise pliante. Regardant un peu ce qu'avait à m'offrir le rayon librairie, je sélectionnai une demi-douzaine de livres de poche. A proximité, se trouvait le stand des journaux et soudain je vis ma photo en première page.

L'article portait sur deux colonnes en bas de page, avec pour titre *Il vole son oncle et deux policiers!* On y racontait tout ce qui s'était passé et j'appris que les deux flics avaient été suspendus, en attendant les conclusions de l'enquête.

Interrogé, Oncle Eldridge avait dit : « Comprends pas ce qu'il lui a pris! Depuis le début du mois, il cherchait à m'emprunter deux cents dollars mais je lui avais dit que je ne les avais pas. Ça l'avait mis en rogne et peut-être a-t-il eu l'idée de se procurer ainsi l'argent dont il avait besoin... Je n'avais qu'une vingtaine de dollars, mais je les lui aurais donnés de bon cœur si j'avais pensé qu'il était vraiment au bout du rouleau!

J'étais en train d'arranger la rallonge électrique et la lampe portative, lorsque j'entendis du bruit en bas. J'éteignis aussitôt et m'approchai en tapinois de la trappe.

Par la fente, je vis que c'était l'incendiaire. Il regarda autour de lui d'un air furieux et vida de nouveau les poubelles contre le mur. Cette fois, ce fut deux bougies qu'il alluma et plaça au milieu du papier. Il se livra à une rapide inspection, cherchant apparemment s'il y avait des courants d'air, puis s'en fut satisfait.

Je soupirai, descendis et soufflai les bougies. Je fouillai dans le bureau du directeur, jusqu'à ce que je trouve ses nom, adresse et numéro de téléphone. Je l'appelai aussitôt.

— Monsieur Nelson?

Il me répondit d'une voix encore engluée dans le sommeil.

— Monsieur, je crains que quelqu'un soit en train d'essayer de mettre le feu à votre magasin. Vous devriez aller voir.

— C'est une plaisanterie ou quoi? Vous savez l'heure qu'il est?

— Je suis désolé, Monsieur, dis-je. Mais c'est à peu près le seul moment de la journée où je peux téléphoner. Et il ne s'agit aucunement d'une plaisanterie.

Cette fois, ce fut d'une voix parfaitement réveillée qu'il me demanda :

— Qui êtes-vous?

— Disons que je suis un ami du supermarché. Cet individu a déjà tenté par deux fois d'incendier votre magasin. Ces tentatives ont échoué, mais j'ai le sentiment qu'il recommencera demain. Sans doute vers les cinq heures du matin. Alors, j'ai tenu à vous prévenir.

Sur quoi, je raccrochai et regagnai mon grenier.

Durant la journée et la soirée, je lus deux livres.

Vers dix heures du soir, je m'étendis pour dormir et me réveillai aux alentours de trois heures du matin, plutôt courbatu. Un plancher nu n'est pas très confortable pour y dormir. Je gagnai mon poste d'observation.

Les magasiniers étaient particulièrement actifs, sans doute parce que le directeur se trouvait là. Dans un coin, il conférait avec deux policiers en uniforme et deux autres types, qui étaient peut-être des flics en civil.

A quatre heures, les magasiniers eurent fini leur boulot et ils s'en allèrent. Alors le directeur et les policiers se cherchèrent des cachettes. Un des flics en civil grimpa sur les cartons de sucre et, l'espace d'une seconde, j'eus l'impression que nos regards se rencontraient. Mais il tourna le dos à la trappe et disposa plusieurs cartons de façon à former une sorte de barricade derrière laquelle il se tapit.

Après quoi, nous attendîmes. Il était cinq heures cinq à ma montre, lorsqu'une clef tourna dans la serrure de la porte de derrière.

Ponctuel, l'incendiaire avait apparemment perdu toute confiance dans les bougies car il était porteur d'un bidon d'essence. Une fois de plus, avec une sorte de rage, il déversa le contenu des poubelles contre le mur, puis arrosa le tout avec l'essence du bidon. Plongeant alors la main dans sa poche, il en sortit une boîte d'allumettes.

Juste au-dessous de moi, le flic en civil se dressa :

— Haut les mains! Police! Vous êtes en état d'arrestation!

Les autres convergèrent aussitôt vers l'infortuné

qui se retrouva avec les menottes aux poignets. Un des policiers remarqua la stupeur du directeur :

— Vous le connaissez?

L'autre acquiesça :

— J'ai dû le congédier pour paresse invétérée.

Le temps que tout se calme et que chacun rentre chez soi, il faisait déjà presque jour. Je descendis et composai le numéro d'Oncle Eldridge.

— Pourquoi n'as-tu pas appelé? me demanda-t-il.

— Tu m'avais dit de ne pas le faire.

— Enfin, peu importe maintenant... Où es-tu?

— Toujours au supermarché.

— Lequel? Où est-il?

Je me grattai le crâne.

— Je ne sais pas quelle est l'adresse... Je suis rentré là en courant et...

— Tu ne peux pas être bien loin du carrefour de la Huitième avec Hadley Street. C'est là que se trouve le bar. Alors, écoute : tu vas aller dans la Neuvième Avenue, entre Hadley et Atkinson. Attends dans la rue transversale qui est du côté des numéros pairs. Et n'oublie pas la serviette.

Il me sembla entendre quelqu'un tousser pendant que mon oncle parlait.

— Tu es seul? J'ai entendu tousser.

— C'est la télé, me répondit-il. Un de leurs programmes pour les lève-tôt.

Je regardai l'imposte au-dessus de la porte.

— Il va faire jour, mon oncle. Tu ne crois pas que je risque de me faire pincer par la police si je sors maintenant? La Neuvième et Hadley, ça doit être au moins à douze cents mètres d'ici... ·

Il ne répondit pas tout de suite et il me sembla entendre de nouveau la télé à l'arrière-plan. Puis il me dit :

— Bon, d'accord, mieux vaut ne pas courir de risques. Tu iras là-bas demain quand il fera encore nuit. A quelle heure penses-tu pouvoir y être?

— Vers cinq heures, ça me semble possible. Les magasiniers ne s'en vont jamais avant quatre heures, parfois un peu plus tard...

— D'accord, approuva mon oncle avant de raccrocher.

Le lendemain matin, les magasiniers s'éclipsèrent à l'heure habituelle. J'attendis une dizaine de minutes et je pris la serviette.

En bas, le téléphone se mit à sonner. Je regardai autour de moi si je n'avais rien oublié, puis j'éteignis et levai la trappe.

Lorsque je fus en bas, le téléphone sonnait toujours. Au fond, puisque je m'en allais de toute façon, pourquoi pas? Je saisis le combiné.

— Allo?

Il y eut un court silence, puis :

— C'est toi, Fred?

— Oui, dis-je. Comment as-tu su que j'étais ici?

— Je n'en savais rien. J'ai simplement pris l'annuaire et appelé tous les supermarchés se trouvant dans les parages d'Hadley Street. La chance a voulu que je t'aie à temps.

— J'allais partir.

— Plus question! Y a des gars de Big Mac qui t'intercepteraient et ton compte serait définitivement réglé.

— Mais, mon oncle, c'est toi même qui m'as dit de...

— Écoute, Fred... Quand t'es aux prises avec deux mecs qui passent leur temps à frotter des allumettes mais pas pour allumer des cigarettes, tu finis par être contraint de leur dire la vérité.

— Et tu leur as raconté ce que nous avions combiné?

— Pas exactement, non. Je leur ai dit que j'ignorais que tu voulais faire un coup dans ce bar, que j'allais te convaincre de rendre l'argent.

— Et Big Mac t'a cru?

— Je ne voudrais pas avoir à parier là-dessus mais, enfin, il me met en sommeil jusqu'à ce qu'il t'ait coincé. (Mon oncle parlait de plus en plus vite.) Ils m'ont laissé avec Bronson pour être sûrs que je ne bronche pas. Mais Bronson a eu un moment de distraction et maintenant il est étendu par terre, ligoté avec le rouleau de fil que les électriciens ont oublié l'année dernière. A présent que je sais où tu es, je vais passer te prendre dans cinq minutes. Attends-moi à la porte de derrière.

Je m'assis sur un des cartons. Un moment plus tard, j'entendis une voiture s'arrêter dans la rue, dont le moteur continuait à tourner. Je pressai le bouton qui, de l'intérieur, commandait l'ouverture de la porte. Je mis une cale pour qu'elle ne se referme pas.

Oncle Eldridge avait rangé sa voiture le long du quai de déchargement et il était seul. Je m'accroupis au bord du quai et lui passai la serviette par-dessus la vitre baissée.

219

— Où allons-nous aller?

Il haussa les épaules :

— Comment veux-tu que je le sache? Le monde est grand, heureusement.

Comme je restais le regard perdu dans l'obscurité, mon oncle me lança :

— Grouille-toi! Nous n'avons pas de temps à perdre.

Je me demandais ce qui nous attendait. A deux mille kilomètres ou Dieu sait où, trouverais-je une autre place de comptable avec quatre heures de bon temps par jour?

Je secouai la tête :

— Non. Pars tout seul.

— Tu es fou? fit-il avec ahurissement.

— Peut-être. En tout cas, je ne vais pas avec toi.

Il demeura quelques secondes à me dévisager, puis dit :

— D'accord. A ta guise. Je n'ai pas le temps de discuter. Mais j'ai toujours pensé que tu devais avoir quelque chose qui ne tournait pas rond!

L'instant d'après, il démarra et disparut au bout de la ruelle.

Je rentrai dans l'entrepôt et refermai la porte, après avoir ôté la cale. De retour en haut, j'allumai la lampe et pris un livre.

Oui, le monde était grand, beaucoup trop grand pour moi. Mais là, j'avais découvert un petit bout de monde bien confortable et juste à ma taille.

A Piece of the World.
Traduction de Maurice Bernard Endrèbe.

Une proie facile

par

TALMAGE POWELL

LES deux jeunes clients assis à la table du coin, près de l'entrée, me repérèrent dès que je pénétrai d'un pas nonchalant dans le monde souterrain, psychédélique des « Lunes de Jupiter ».

Je devais avoir l'air déplacé dans ce genre d'endroit avec mes allures de « bourgeois », d'homme d'affaires respectable, d'intrus franchissant le fossé des générations. La quarantaine, les tempes poivre-et-sel, mince, maintenu en forme par une gymnastique régulière, j'étais rasé de frais, vêtu d'un costume de coupe anglaise à deux cents dollars avec chemise et cravate assorties.

Après avoir décidé que je n'étais pas un mirage, une jeune hôtesse blonde à la poitrine nue et à l'air flegmatique me souhaita la bienvenue d'un sourire. Me prenant en remorque, elle se faufila à travers le champ de bataille faiblement éclairé, jonché de tables au-dessus desquelles des visages livides flottaient dans un brouillard de fumée de H. Au passage, les habitués me gratifièrent d'un éventail de réactions allant du regard amusé à la moue renfrognée. Des yeux vides et mornes se posèrent sur l'intrus, contemplant un instant un monde et un mode de vie qu'ils avaient rejetés. Je ne suscitais guère plus d'intérêt qu'un jeu d'ombres au plafond... hormis pour les deux jeunes de la table du coin qui m'observaient attentivement tandis que je m'asseyais et commandais une consommation.

Le groupe pop installé sur la scène — quatre jeunots hirsutes, poussiéreux et mangés aux mites comme des gorilles empaillés — nous agonit soudain de sons électroniques. S'éteignant, se rallumant, comme un feu de géhenne, la lumière faisait tourbillonner des visages qui passaient d'un vert cadavérique à un violet paranoïaque, à un jaune d'ictère, tournant et tournant jusqu'à vous faire exploser le cerveau, à le noyer sous un déluge de sons fracassants et de couleurs.

J'eus l'impression, pendant tout le morceau de « hard rock », que les deux jeunes gens de la table du coin parlaient de moi. Sous les lueurs cauchemardesques, leurs têtes se tournaient dans ma direction, se détournaient, se rapprochaient pour échanger des mots couverts par la musique.

Le rock flamboyant s'étirait sur un fond rythmique dément en une longue plainte qui finit par mourir, faisant place à un silence étrange. La lumière baissa, se stabilisa; rompant leur immobilité, les spectateurs se mirent à applaudir.

Je sirotais mon verre en observant à la dérobée les deux types de la table du coin. Apparemment, ils avaient pris une décision, car je les vis se lever et se diriger vers moi. Leurs ombres défilèrent sur ma table, puis s'y arrêtèrent et je sentis mes paumes devenir moites.

— Salut, papa.

C'était le plus grand qui avait parlé, d'une voix de rogomme. Je découvris en levant les yeux un solide gaillard dont le visage lourd, encadré par deux tresses pendant sur un cou épais, disparaissait à moitié sous une barbe noire touffue. Il portait un pantalon de popeline sale, chiffonnée, d'une couleur incertaine, et une veste de cuir qui couvrait partiellement sa poitrine massive et velue. Les muscles de ses bras nus basanés saillaient comme ceux d'un haltérophile.

Son compagnon, de haute taille lui aussi, était beaucoup plus mince et d'une ossature délicate. Des mèches blondes crasseuses et mal peignées barraient son front haut; une barbe clairsemée mangeait son visage étroit, aux traits presque fins. Ses yeux de poète décadent, où couvait une flamme, m'observaient sous leurs paupières lourdes. Sa bouche aux lèvres minces avait un pli sardonique, comme s'il considérait habituellement la vie avec une condescendance amusée.

— Nous avons senti une solitude, fit le poète, et nous vous offrons une oreille amicale si vous voulez lâcher la bonde. Paix.

Il avait une voix fluette, nasillarde. Son débit saccadé et les cendres rougeoyant dans ses yeux trahissaient le drogué. Sa chemise de gaucho froissée pendait au-dessus d'un pantalon de toile graisseux.

— Je m'appelle Cleef, déclara-t-il en se glissant à

ma table d'un mouvement souple. Et mon gai compagnon répond au nom de Willis.

Willis essuya sa main droite à sa veste de cuir avant de me la tendre.

— Dans le pudding, mec.

Je n'avais d'autre solution que de serrer la main offerte, dont la pression se révéla modérément puissante. Les présentations étant faites, Willis s'installa à son tour à ma table.

— Le pudding? fis-je.

— Bienvenue au club, comme on dirait dans votre monde, traduisit Cleef-le-poète.

— Je vois. Eh bien, merci. Je vous offre un verre, les gars? proposai-je.

Les lèvres épaisses de Willis firent la moue.

— Tu déconnes papa : on s'esquinte pas les tripes avec de la gnôle. Mais tu peux te fendre d'un joint, si tu veux.

Levant un bras musclé, il appela la serveuse qui s'éloignait de la table voisine. La fille s'approcha, prit la commande et extirpa deux cigarettes d'un paquet d'aspect innocent portant le nom d'une marque célèbre. Pendant que Willis et Cleef allumaient leur joint, je commandai un deuxième double scotch : j'avais besoin de boire un coup.

Cleef aspira une profonde bouffée en fermant les yeux à demi et garda la fumée dans ses poumons le plus longtemps possible. Moins avide de drogue, Willis se contentait d'inhaler et de rejeter la fumée presque aussitôt.

— Qu'est-ce qui t'amène dans une crèche pareille, papa? me demanda-t-il sur un ton désinvolte.

Je parcourus des yeux la salle au décor irréel puis revins au visage bronzé de Willis.

— Je n'en sais trop rien, dis-je en haussant les épaules.

— Type à préjugés, type à crème glacée, récita le poète.

— Crème glacée?

— Le recours occasionnel à la came, expliqua Willis.

Je hochai la tête en souriant.

— Merci pour la traduction mais je n'aime pas la « crème glacée ». Un scotch de temps à autre me suffit.

— Traduction, extrapolation, improvisait Cleef. Sapin au-dessus du ravin.

— On va tâcher de parler ton jargon, papa, promit Willis en me tapotant le dos de la main.

— Merci. Ce sera plus facile.

La serveuse apporta mon whisky et Willis promena les yeux sur son visage mince, son buste gracile et nu. De toute évidence, il faisait des efforts pathétiques pour ne pas remarquer l'épais portefeuille que j'avais sorti de ma poche afin de régler l'addition.

— Santé, dis-je en levant mon verre.

Je fis rouler l'alcool sur ma langue pour en apprécier le goût et il insuffla en moi un peu de son humidité glacée. Les yeux baissés sur mon whisky, j'ajoutai :

— Je crois que c'est à cause de Camilla.

— Répète voir? fit Willis.

— Que je suis venu ici, repris-je. Camilla... Elle avait le même âge que la plupart des filles qui sont ici ce soir, la vingtaine... et elle était très belle.

Willis gloussa, les yeux brillants.

— Voyez-vous ça! Pépère s'était décroché une minette!

— L'homme à principes achète tout ce que son petit cœur désire, chantonna Cleef d'une voix paresseuse.

Je ne pus m'empêcher de le foudroyer du regard par-dessus la table.

— Du calme, papa, murmura Willis.

Empoignant mon verre, je bus d'un trait le reste de mon scotch.

— Il n'y avait pas de question d'argent entre nous, répliquai-je.

— D'accord, d'accord.

— Je veux que vous compreniez.

— Bien sûr, papa. T'affole pas.

A l'aide d'un mouchoir de lin immaculé, j'essuyai les aiguilles froides perlant à mon front.

— M'affoler... C'est justement ce que j'ai fait avec Camilla. Je ne mangeais plus, je ne dormais plus, je ne pouvais plus vivre sans elle et je devenais fou quand elle regardait un autre homme. Je n'acceptais pas qu'elle soit un seul instant loin de moi.

— Clac! fit le poète. Pris dans la souricière géante.

— Cette fois, vous énoncez une vérité. Je devins un homme totalement différent, étranger à moi-même.

— Comment t'as pu rencontrer une nana pareille? s'enquit Willis avec une curiosité non feinte.

— Dans un endroit très semblable à celui-ci, répondis-je. Je... ma femme venait de mourir, quelques mois plus tôt, je me retrouvais célibataire en quelque sorte, avec de longues soirées à tuer. Un jour, j'emmenai un client et son épouse dans une boîte comme celle-ci.

— Mortellement assommant, laissa tomber Cleef.

— Elle en avait entendu parler — la femme du client, je veux dire, poursuivis-je, ignorant l'interruption du poète. Elle insistait pour y aller, histoire de s'amuser et de voir comment c'était.

— Mais l'insecte sous le microscope, ce fut vous, pas la faune du lieu, psalmodia Cleef.

— Ta gueule, grogna Willis avec un regard menaçant à l'adresse de son compagnon. Laisse parler le mec. Continue, papa.

— Continuer? fis-je, d'un ton amer. On n'a plus nulle part où aller après Camilla. Avec elle, on va jusqu'au bout du chemin.

Une lueur de respect s'alluma dans le regard de Willis.

— C'est dur, papa.

— Ce fut un véritable rêve, corrigeai-je. Du moins jusqu'à ce que je me réveille… En tout cas, je fis sa connaissance ce soir-là et, comme vous diriez, ça planait pour nous deux.

Je m'interrompis, cherchant à rattacher ce que j'avais vécu au « bourgeois » attablé avec Cleef et Willis.

— Et puis elle me quitta, repris-je. Quand je l'implorai, elle me couvrit d'injures, mes supplications la firent rire…

— Elle s'est tirée? demanda Willis.

— Oui, répondis-je.

Fermant les yeux, je revis le visage de Camilla, ce joli masque qui pouvait devenir si cruel.

— Oui, elle s'est tirée, murmurai-je.

Willis hocha la tête en se grattant la barbe.

— Qui aurait cru ça? fit-il en parcourant des yeux les murs des Lunes de Jupiter. Alors c'est en souvenir de Camilla que t'es venu ici ce soir?

— D'une certaine façon, acquiesçai-je. Après son départ, j'ai déménagé car je ne pouvais plus supporter la ville où je vivais. J'ai longtemps erré…

— En quête d'une autre Camilla, acheva le poète. Ton histoire m'inspirerait si elle sentait moins l'eau de rose.

Se levant à demi, Cleef tourna la tête en tous sens.

— Elle est là ce soir, l'autre Camilla? fit-il d'une voix plaintive. Y a-t-il une autre Camilla dans la salle?

— Il n'y aura jamais d'autre Camilla, assurai-je. Une seule m'a suffi.

— Alors tu vas continuer à errer, papa? demanda Willis.

— Peut-être.

— Pourquoi qu'on errerait pas ensemble? Cette ville nous sort par les trous de nez, à Cleef et à moi. On a envie de voir la Californie, La Nouvelle-Orléans, Miami, quand par ici le vent froid vous caille les miches.

— La poussière des chemins pour apaiser le prurit de nos pieds, ajouta le poète.

— Exactement, papa. On brûle de décamper. Toi, t'as la bagnole, le fric…

228

— Désolé, fis-je, soudain distant, mais je ne crois pas...

— Pense à Camilla, insista Willis.

L'expression de ses traits lourds avait radicalement changé. Il leva la main droite jusqu'au bord de la table pour me montrer la lame de six pouces d'un cran d'arrêt luisant faiblement dans la pénombre. Je me figeai. Les deux jeunes types en venaient à la décision qu'ils avaient prise lorsqu'ils m'avaient vu entrer et m'avaient repéré comme une proie facile.

— Allons-y, papa.

J'avalai péniblement ma salive.

— Très bien, bredouillai-je. Je ne résisterai pas, vous n'aurez pas à me faire du mal.

— Bravo, papa, on veut juste la tire et la monnaie, c'est tout.

Nous nous levâmes tous les trois, sortîmes des Lunes de Jupiter et gagnâmes le parking. Pendant tout le trajet, la pointe du couteau de Willis s'enfonçait dans mon dos.

— C'est le petit modèle sport, là-bas, dis-je. S'il-vous-plaît... faites attention avec votre couteau.

Je sortis de mon portefeuille tout l'argent qu'il contenait — plusieurs centaines de dollars — et le tendis à Willis.

— Merci, papa, ricana-t-il en s'en emparant. Un bon conseil : tu devrais faire un peu plus gaffe quand tu fous les pieds dans une turne comme les Lunes de Jupiter.

— Il cherchait l'aventure, il la trouva, renchérit Cleef.

Je remis les clefs de ma voiture à Willis en geignant :

— Voilà. Vous m'avez tout pris.

— Salut, papa.

Je vis l'énorme poing monter vers mon visage. Avec la forme physique que j'avais — même après Camilla — j'aurais pu, en quelques coups vicieux, venir à bout de Willis, Cleef ne posant pas de problème.

J'encaissai le punch sur le menton, l'accompagnai juste assez pour ne pas perdre complètement conscience. Mes genoux fléchirent, je m'écroulai sur l'asphalte, sonné mais pas inconscient, et j'entendis Willis grommeler :

— Ça le tiendra tranquille pendant qu'on se casse.

— Salut à toi, route libre! entonna le poète.

J'entendis ensuite leurs pas précipités, la plainte du démarreur et le soupir du moteur lorsque la voiture sortit du parking.

Je me relevai, époussetai mes vêtements et tournai la tête à temps pour voir disparaître les feux arrière de la voiture de Camilla. Certes, elle l'avait payée avec mon argent mais c'était elle qui avait choisi le modèle et qui l'avait acheté. Rien dans cette voiture ne permettait de remonter jusqu'à moi... Pas même mes empreintes digitales puisque je les avais soigneusement effacées avant d'entrer aux Lunes de Jupiter.

Je parcourus un ou deux kilomètres puis me mis en quête d'un taxis.

Adieu Camilla...

J'avais encore la gorge un peu serrée en songeant

à sa mort. Je n'avais pas voulu la tuer lorsque je l'avais frappée, dans un accès de rage démente.

Bon voyage, Camilla... J'ai eu du mal à effacer les traces et à me débarrasser de toi, le « corps du délit ». Je me demande quand ils te découvriront dans le coffre de la voiture. En Californie? A la Nouvelle-Orléans? A une station service de l'Alabama, quand un pompiste sentira les premiers relents de décomposition?

Et bon voyage à vous aussi, proies faciles, qui ne savez ni d'où je viens, ni ou je vais, ni même mon nom...

Easy Mark.
Traduction de Jacques Martinache.

L'opérateur

par

JACK RITCHIE

A l'intérieur du poste de police, je trouvai la Section Automobile et je m'approchai du sergent.

Il prit son temps pour consulter un tas de papiers sur son bureau, mais finalement il leva les yeux vers moi.

— Oui?

Je m'éclaircis la gorge.

— Je voudrais déclarer un vol.

Il bâilla, ouvrit un tiroir, et prit quelques formulaires.

— Une Buick 1963, dis-je. Quatre portes. La carrosserie est vert foncé avec le haut crème.

Il me regarda.

— Une Buick?

— Oui. Je l'avais garée sur l'esplanade au-dessus du lac, Lincoln Avenue. Je suis juste descendu une minute ou deux pour aller faire un tour. Quand je suis revenu, elle n'y était plus.

— Le numéro?

Je me grattai la nuque pendant un moment.

— Oh! oui. E 20-256.

Il regarda l'employé qui était à l'autre bout du bureau.

— Dès que j'ai vu que ma voiture avait disparu, dis-je, j'ai arrêté un taxi et je suis venu ici. C'est bien l'endroit pour déclarer ce genre de choses, n'est-ce pas?

— Ouais. C'est le bon endroit. Le sergent se tourna vers l'employé : Fred.

Fred se leva de son bureau et s'approcha. Il avait une feuille de papier à la main.

Le sergent y jeta un coup d'œil et me regarda de nouveau.

— Voyons vos clefs de contact.

— Clefs de contact?

Je fouillai dans ma poche droite de pantalon. Puis j'essayai la gauche. Je palpai ensuite mes autres poches. Finalement, je souris d'un air penaud.

— Je crois que j'ai dû les perdre.

— Non, monsieur. Vous ne les avez pas perdues. Le sourire quitta son visage. Ne savez-vous pas que c'est contraire à la loi de laisser ses clefs de contact dans une voiture non fermée à clef?

Je m'agitai, mal à l'aise.

— Mais j'étais juste parti pour une minute…

— Vous étiez parti pour beaucoup plus longtemps que ça, monsieur. Les gars de la brigade ont même pris la peine de vous chercher. Ils n'ont pas pu vous trouver dans les parages.

Je fronçai les sourcils.

— Les gars de la brigade?

— Oui. Ils ont attendu un quart d'heure, après quoi l'un d'eux a dû ramener la voiture.

— C'est un agent de police qui a pris ma voiture?

— Il ne l'a pas volée, si c'est ce que vous voulez dire. Il l'a seulement ramenée au garage du poste dans votre propre intérêt. Son regard se glaça. Monsieur, savez-vous que dans quatre-vingts pour cent des vols d'automobiles, le propriétaire laisse ses clefs sur le contact?

— Eh bien... je crois que j'ai lu quelque chose à ce sujet mais...

— Il n'y a pas de mais! aboya-t-il. C'est à cause de gens comme vous que les jeunes voyous volent les voitures.

Je me rebiffai.

— Est-ce qu'il n'aurait pas été plus simple de seulement fermer la portière à clef et de prendre les clefs de contact? En laissant peut-être un papier sous l'essuie-glace?

— Bien sûr, ç'aurait été plus simple, mais ça n'apprendrait rien à des gens comme vous. Tandis que ça, vous vous en souviendrez.

Il eut l'air de se calmer un peu.

— Vous avez vraiment de la chance, monsieur. Nous avons reçu des ordres pour prendre des mesures sévères cette semaine et ramener toutes les voitures dont on ne retrouvait pas le propriétaire. Vous auriez dû le lire dans les journaux.

Il chercha dans un autre tiroir et sortit un petit formulaire.

— Comme je disais, c'est contraire à la loi de laisser ses clefs sur le contact. L'amende est de vingt-cinq dollars.

— Vingt-cinq dollars?

— Vous pouvez payer ici tout de suite ou aller devant le tribunal. Jusqu'à présent, ça n'a jamais réussi à personne. Sinon à ajouter douze dollars dix cents au tarif. C'est le prix.

Je poussai un long soupir. « Je vais payer ici. » Je sortis mon portefeuille et mis deux billets de dix et un de cinq sur le bureau.

— Votre permis de conduire.

Je posai le portefeuille sur le bureau devant lui.

Il remplit le formulaire, le poussa vers moi, et indiqua du doigt.

— Signez là.

Je signai.

— Où puis-je reprendre la voiture?

Il détacha la feuille de la souche suivant le pointillé et me la tendit.

— Votre reçu. Donnez ça au sergent du garage en bas. Il vous rendra votre voiture avec les clefs.

Sept minutes plus tard je ressortais du garage.

C'était une belle voiture bien entretenue.

Je me demandai à qui elle appartenait.

Plus tôt ce matin-là, j'avais garé ma voiture à l'endroit où Lincoln Avenue décrivait une courbe vers le lac.

Il faisait frais et seules quelques voitures éparses étaient garées le long de l'Avenue. J'allumai une cigarette et marchai tranquillement, jetant un coup d'œil à l'intérieur des voitures devant lesquelles je passais. Dans quelques-unes d'entre elles, il y avait quelqu'un, et celles qui étaient vides semblaient fermées à clef.

Et puis j'arrivai à la Buick 1963. Elle était garée à

236

deux cents mètres de la plus proche voiture et les clefs étaient sur le contact.

J'inspectai les allées aux alentours de la voiture et ne vis personne. J'allai au bord de l'esplanade et regardai en bas.

Un homme et une femme se promenaient sur la plage loin en dessous et il y avait fort à parier que c'étaient les propriétaires de la Buick. Même s'ils commençaient à remonter maintenant, il leur faudrait un quart d'heure pour arriver jusqu'en haut par le chemin en lacets.

Je revins vers la Buick et je l'avais presque atteinte quand je vis la voiture de police garée derrière elle.

Les deux flics en étaient descendus. Le plus grand jeta un coup d'œil vers moi.

— C'est votre voiture, Monsieur?

— Non. Mais j'aimerais bien.

Je poursuivis mon chemin et revins à ma voiture dix minutes plus tard.

Je regardai au bout de l'Avenue. L'un des flics était toujours près de la Buick, mais l'autre avait disparu.

Je surveillai. Cinq minutes plus tard, le grand flic réapparut. Je devinai qu'il était parti à la recherche du propriétaire de la Buick et ne l'avait pas trouvé en bas sur la plage.

Il monta dans la Buick et démarra. La voiture de police le suivit.

Je mis le contact et restai à deux cents mètres environ derrière eux. Ils ramenèrent la voiture en ville, au commissariat où elle disparut dans le garage du sous-sol.

Je garai ma voiture et, lentement, fumai une cigarette. Le grand flic ressortit finalement du sous-sol et remonta dans la voiture-patrouille qui s'éloigna.

Je réfléchis à tout ça et puis souris. J'ouvris ma boîte à gants et en tirai le portefeuille qui avait naguère appartenu à un dénommé Charles Janik.

Je sortis de la voiture et pénétrai dans le poste de police.

Je parcourus dans la Buick les sept cents mètres qui me séparaient du garage de Joe et il ouvrit les portes dès que je klaxonnai. J'amenai la voiture jusqu'aux deux portes derrière l'atelier et dans le local qu'aucun client officiel n'avait jamais vu.

En vingt-quatre heures, la Buick aurait une nouvelle couleur, le numéro du moteur serait changé, et elle recevrait ici un nouveau jeu de plaques d'immatriculation. Demain après-midi elle aurait changé d'identité dans un marché de voitures d'occasion de l'État voisin.

Joe referma les portes derrière nous et examina la voiture.

— Jolie petite chose.

J'acquiesçai de la tête.

— Elle m'a coûté vingt-cinq dollars.

Il ne broncha pas.

— Où est-ce que tu l'as prise?

Je souris.

— Tu l'apprendras sans doute par les journaux de cet après-midi.

Nous entrâmes dans son bureau.

— Je vais téléphoner, dit Joe. Tu devrais avoir ton argent au courrier de demain.

— Fais-le envoyer à l'hôtel Meredith à Saint-Louis.

— Tu prends des vacances?

— En quelque sorte, oui.

Mais c'était bien plus que des vacances. Après le coup que j'avais réussi, tous les flics de la ville auraient de moi une description complète jusqu'au dernier bouton.

J'appelai un taxi par téléphone et me fis ramener à l'endroit où j'avais laissé ma voiture.

Chez moi, je remplis une valise et pris la route de Saint-Louis. Le trajet dura trois heures. Je m'inscrivis à l'hôtel Meredith à deux heures et demie de l'après-midi.

L'employé fit pivoter le registre et lut mon nom.

— Combien de temps restez-vous, monsieur Hagen?

— Je ne sais pas. Ça va dépendre.

Peut-être que je resterais trois ou quatre semaines avant d'être à peu près sûr que ça se soit tassé suffisamment pour que je puisse rentrer. Ou peut-être que je n'aurais pas à rentrer du tout — si je recevais le coup de téléphone que j'espérais.

L'affaire parut dans les journaux du soir de Saint-Louis, avec tout sur l'homme qui était venu au poste de police et qui avait volé une voiture. Les journaux avaient l'air de trouver ça désopilant, mais pas la police, et particulièrement le sergent à qui j'avais parlé. Il avait été suspendu.

Je gardai la chambre et le coup de téléphone vint le

239

lendemain après-midi. C'était une voix que je n'avais jamais entendue auparavant.

— Hagen?

— C'est moi.

Il voulait être un peu plus que sûr qu'il avait affaire au bon individu.

— Joe dit que nous vous devons de l'argent pour la dernière course.

— Envoyez-le ici.

Il sembla se détendre.

— Je vois qu'on parle de vous dans les journaux.

— Il n'y a pas ma photo.

Il rit doucement.

— J'en connais qui donneraient beaucoup pour l'avoir.

J'attendis, pensant bien qu'il n'avait pas téléphoné uniquement pour me féliciter.

— L'homme de Trevor Park veut vous parler, dit-il. Vous voyez ce que je veux dire?

— Je vois.

— Huit heures ce soir.

Il raccrocha.

J'arrivai aux portes de Trevor Park vers sept heures et demie.

On ne peut pas vraiment appeler Trevor Park une ville. Il n'y a pas de magasins ni de stations d'essence; les grosses maisons sont très espacées et n'ont même pas de numéro. Mais c'est un lieu d'arbres, de grands terrains et d'argent. Il a ses gardiens pour empêcher les gens d'entrer et une police privée pour les seconder.

Le flic à la grille se pencha à ma portière.

— Hagen, dis-je.

Il vérifia sur le carnet qu'il portait et fit un signe d'assentiment de la tête.

— Mr Magnus vous attend.

— Quelle maison?

— La quatrième sur votre droite.

La quatrième sur ma droite ne se présenta pas avant sept cents mètres. Il y avait une autre grille à l'entrée, mais elle était ouverte. Deux autres centaines de mètres m'amenèrent à une allée circulaire devant une maison à trois étages style normand.

Finalement je me retrouvais dans un grand bureau en face de deux hommes.

Mac Magnus était gros avec les tempes grisonnantes. En le regardant, on aurait pu penser qu'il était fait pour les vêtements qu'il portait. Il avait couvert pas mal de chemin depuis ses débuts.

L'autre homme était grand et maigre, avec des yeux gris pénétrants et, quand il parla, je reconnus sa voix comme étant celle que j'avais entendue au téléphone. Il s'appelait Tyler.

On nous servit des boissons sur un plateau et Magnus m'examina en long et en large.

— Vous avez lu votre histoire?

— A Saint-Louis. Page trois.

Il montra quelques journaux sur le bureau.

— Vous avez fait mieux que ça ici.

Je me levai et allai jeter un coup d'œil. La une, en bas. Il y avait aussi une photo de l'infortuné sergent, mais je ne pensais pas qu'il la garderait pour son album de souvenir.

Quand je relevai les yeux, Magnus était toujours en train de m'étudier.

— Vous savez, je suppose, que c'est comme si vous vous suicidiez? dit-il.

Je haussai les épaules.

— Vous ne pourrez jamais revenir. Du moins, pas avant longtemps. Pour le moment, si vous passez même à côté d'un flic débutant, il vous examinera sous toutes les coutures et se demandera s'il n'a pas deux mots à vous dire.

Je sirotai mon verre.

— Il y a d'autres villes.

Alors Tyler parla.

— Hagen, pourquoi avez-vous pris un tel risque pour le premier coup?

— Je me demandais simplement si ça pouvait être fait. Alors, j'ai essayé.

Mais ça n'était pas la vraie raison. J'avais volé la Buick de cette façon parce que je voulais que quelqu'un en haut lieu me remarquât. Je ne voulais pas que le reste de ma vie se passât à voler des voitures.

Magnus jeta un coup d'œil vers Tyler.

— Je continue à penser que c'était une folie.

— Peut-être, fis-je.

Mes yeux inspectèrent la pièce, inventoriant les meubles de prix.

— Le trafic de voitures doit bien marcher, si vous pouvez vous payer tout ça.

Magnus rit doucement.

— Pas si bien que ça, Hagen. Seulement je suis une espèce de supermarché. J'ai tous les rayons. Les

conserves, les légumes frais, la boucherie, les pro-
duits surgelés. Les voitures volées ne sont qu'un
petit département quelque part au fond du magasin.

Mais je savais ça aussi. Magnus avait le doigt sur
tout ce qui payait. Il était tout. Il se trouvait au
sommet, et en sécurité.

Magnus regarda Tyler.

— Il a votre assentiment?

Tyler fit oui de la tête.

Magnus alla vers la carte sur le mur et posa le doigt
à un endroit.

— Vous n'avez jamais été là?

Je regardai l'endroit.

— Non.

— C'est une ville moyenne d'environ deux cent
mille habitants. Je n'ai pas là-bas une grosse affaire,
mais je veux que vous vous mettiez en rapport avec
Sam Binardi.

— Je vais travailler avec lui?

— Non. Vous allez le remplacer.

— Vous ne l'aimez plus?

Magnus choisit un cigare dans l'humidificateur.

— Pas d'idées romanesques, Hagen. Sam a
soixante-cinq ans et il se fait du souci à propos de son
ulcère. Il veut se retirer dans une de ces résidences
de Floride et jouer au golf toute la journée.

Il alluma le cigare.

— Comme je disais, Hagen, ça n'est pas une
grosse affaire, alors ne vous excitez pas trop. Et vous
pouvez remercier Tyler pour la promotion. Il a l'air
de penser que vous avez quelque chose, du nerf

peut-être, mais en ce qui me concerne, vous n'êtes encore qu'un second, et c'est le premier degré de l'échelle.

Je décidai de découvrir le rôle exact que tenait Tyler dans l'organisation.

— Tyler est le directeur-adjoint?

Magnus se mit à rire.

— Il n'y a pas de directeur-adjoint. On pourrait dire que Tyler est mon Chef du Personnel ou mon officier de recrutement. Et c'est seulement pour mon personnel opérant. Pas les comptables. Il a son travail et je ne veux pas qu'il s'occupe d'autre chose que ça.

Je me présentai à Sam Binardi le lendemain.

Sam était un petit homme rubicond avec des gestes nerveux, et son bureau était au deuxième étage d'une fabrique de jouets.

Il me serra la main.

— Tyler a téléphoné. Il m'a dit que tu prenais la suite.

Il me montra un meuble-bar.

— Si tu veux un verre, sers-toi. Moi, je ne bois pas. C'est mauvais pour l'estomac.

— Tout à l'heure, peut-être.

Il m'examina à fond.

— Ils les prennent jeunes maintenant. Ça fait quarante ans que je travaille là-dedans — trente avant de m'asseoir derrière ce bureau. Il soupira et consulta quelques papiers.

— Bon, voyons tout ça... Nous avons quatre-vingt-six employés, et ce sont tous des gens sur qui on peut compter.

— Y compris la fabrique de jouets?

— Non. Ça c'est légal. Trente-trois employés. Mr Swenson supervise.

Il posa de nouveau les yeux sur les papiers.

— La véritable affaire est organisée en quatre divisions. D-1, c'est tous les jeux, y compris les paris. D-2. Les stupéfiants. C'est Riordan qui s'en occupe. Lui n'est pas drogué, donc tu peux compter sur lui. D-3. Mable Turley. Les filles comme elle. Et D-4. Les voitures.

— Qu'est-ce que je dois faire? Rester assis, simplement?

— La plupart du temps oui. Il y a aussi la fabrique de jouets qui entre en ligne de compte. Ça t'occupera deux heures par jour. (Il eut un large sourire de satisfaction.) Nous avons fait vingt-huit mille de bénéfice l'année dernière. Surtout grâce aux Dottie Dee Dolls. Tu en as déjà vu?

— Non.

— Je te ferai visiter l'usine tout à l'heure.

Il se leva et alla vers le plan de la ville sur le mur.

— Voici notre territoire. Tout au nord du fleuve, y compris la banlieue.

Je regardai le plan. Le fleuve séparait la ville en deux parties à peu près égales.

— Et la partie sud de la ville?

Binardi secoua la tête.

— Nous laissons ça tranquille. C'est le territoire d'Ed Willkie. Nous nous occupons de nos affaires et lui s'occupe des siennes. Comme ça nous n'avons pas d'ennuis.

Il revint à son bureau.

— Nous avons conclu un pacte, en quelque sorte. Il n'y a aucune raison de se battre. Je joue au golf avec Ed deux fois par semaine.

Il s'assit.

— Je viendrai tous les jours pendant un mois environ pour te mettre au courant.

Je téléphonai au capitaine Parker et nous convînmes d'un rendez-vous au Motel Lyson juste en dehors de Reedville.

Walt Parker écouta ce que j'avais à dire et puis sourit.

— Ainsi c'est vous qui avez volé la voiture?

— Il fallait que j'attire l'attention de certaines personnes d'une certaine façon. Ça s'est présenté comme ça.

Parker acquiesça.

— Vous pouviez voler des voitures pendant vingt ans et ne jamais être remarqué par Magnus. Vous êtes parti avec cinq voitures jusqu'à présent?

— Y compris la Buick.

Il acquiesça de la tête. « Ils les expédient à une entreprise d'Hainsford appelée *Karl et ses voitures d'occasion*. Juste de l'autre côté de cet État. Nous pourrions leur serrer la vis, mais ça n'est pas le plus important pour l'instant. Nous avons d'autres chats à fouetter. Aussi nous puisons dans le fonds, nous achetons des voitures pour de vrai, et nous les gardons dans le garage jusqu'à nouvel ordre. Quand tout sera terminé, nous nous arrangerons avec leurs compagnies d'assurances. »

246

— Plutôt rude pour le fonds.

— Si tout marche bien, personne ne nous fera de reproche.

— Et le sergent?

— En un sens il ne l'a pas volé, si l'on considère la façon dont il vous a laissé filer avec votre butin. Mais nous demanderons au chef de ne pas être trop dur avec lui.

Parker s'assit sur l'un des lits.

— Ainsi vous êtes un lieutenant en second dans l'affaire.

— Il y a encore pas mal de chemin à parcourir avant d'arriver au sommet. Magnus ne me livrera pas de secrets avant longtemps.

— Au moins, c'est une affaire sûre. Magnus s'est monté une belle organisation. Je ne serais pas surpris si elle couvrait les cinquante États et Porto-Rico. Et ça n'est pas le genre d'opération où l'on peut avoir la comptabilité dans sa tête ou sur un petit carnet noir. Il doit y avoir un bureau de comptabilité central et nous essayons de le trouver. C'est la seule façon de pincer vraiment Magnus.

Parker alluma un cigare.

— Nous savons comment Magnus fait marcher l'affaire. Prenez Binardi, par exemple — c'est exactement comme un des cent autres leviers de commande de Magnus. Une fois par mois Magnus fait venir une équipe pour prendre un microfilm des comptes de Binardi. Le film est envoyé à une boîte postale. Quelqu'un l'y retire et le poste ailleurs. Peut-être passe-t-il par cinq ou six mains avant d'arriver à la comptabilité centrale. Mais Magnus a tellement de protections que nous n'avons jamais pu suivre le courrier jusqu'au bout.

— Et quand le film arrive aux quartiers généraux, une demi-douzaine de comptables à la solde de l'affaire se mettent à travailler dessus et Magnus apprend combien il a amassé, où, quand et par qui.

— L'empire de Magnus est comme une chevelure. On peut en couper un peu par-ci par-là — et même faire une coupe au double zéro — les racines subsistent toujours. Il nous faut arriver à ces racines, et notre meilleure tactique est de découvrir où, dans tous ces sacrés États-Unis, il a caché cette comptabilité centrale.

Au bout d'un mois, Sam Binardi partit pour la Floride, et je restai jouer au golf avec Ed Willkie les mardis et jeudis après-midi.

Wilkie avait la cinquantaine, le teint hâlé, et jouait dans les quatre-vingts. Sa femme était morte, mais il avait un fils de douze ans nommé Ted.

J'appris que l'organisation de Willkie était très ancienne et conservatrice. Chacun attendait sa promotion avec patience. Il n'y avait aucune idée de mutinerie. Tout le monde allait chercher les ordres du patron Willkie et ne se sentait frustré en aucune façon.

Un mardi après-midi, deux mois plus tard, alors que je venais de m'arrêter devant la maison de Willkie, je remarquai le dos de Ted derrière le garage.

J'étais sur le point de sonner à la porte de Willkie, mais je changeai alors d'avis. Je me dirigeai vers le garage et trouvai Ted qui se cachait derrière le bâtiment.

— Est-ce que tu n'es pas censé être à l'école?

Il jeta un coup d'œil vers la maison, mal à l'aise.

— Il n'y a pas d'école aujourd'hui.

— Un mardi?

Son regard fuit le mien.

— Ben... Je ne me sentais pas bien. Alors je suis resté à la maison.

— Mais ton père ne le sait pas?

Ted ne répondit rien.

— Tu fais souvent l'école buissonnière?

— Vous n'allez pas le dire à mon père?

— Non. L'étude ne m'a jamais beaucoup intéressé moi non plus. Comment t'arranges-tu pour manquer l'école?

Il sourit.

— J'écris les excuses et je signe du nom de Papa.

— Qu'est-ce que tu fais quand tu manques l'école? Tu vas quelque part de spécial?

Ses yeux brillèrent.

— La plupart du temps je descends au lac et je regarde les bateaux. Ils font des courses presque tous les jours maintenant. Il y en a une grande jeudi après-midi.

— Et je parie que tu vas y aller.

Il sourit.

— Je crois, oui.

Je retournai à la porte d'entrée et appuyai sur le bouton. Willkie et moi nous rendîmes au terrain de Wilwood. Il fit un 82 et moi je m'en revins avec un 76.

Le lendemain matin je quittai le bureau pour une tournée d'inspection de mon territoire. Je trouvai les deux gros hommes que je pensais pouvoir utiliser et les convoquai à mon bureau dans l'après-midi.

J'allai droit au but. « J'ai un petit travail pour vous. »

Ils se regardèrent tous les deux d'un air un peu décontenancé. « Travail? »

— C'est sans doute la chose la plus simple que vous ayez jamais eu à faire dans votre vie. Je veux simplement que vous vous asseyiez sur la banquette arrière de ma voiture. Je vais prendre Ed Willkie demain après-midi. Je vous conduirai tous les trois à deux cents mètres, et puis je vous demanderai de descendre. Vous retournerez travailler et vous oublierez tout.

Ils se regardèrent une nouvelle fois et le plus gros demanda :

— Juste ça? Rien d'autre?

— Rien d'autre.

— Je ne comprends pas.

— Vous n'êtes pas censé comprendre. Faites seulement ce qu'on vous dit.

Il posa une autre question.

— Vous ne nous demanderez pas de commettre des brutalités? Je veux dire... enfin... c'est fini maintenant. J'ai une femme et...

— Pas de brutalités. Rien que ce que je vous ai dit. Je vous prendrai tous les deux au coin de la Sixième et de Wells.

Le jeudi à midi, je fourrai mon sac de golf dans le coffre de la voiture avant de me rendre au coin de la

Sixième et de Wells. Nous continuâmes jusqu'à la grande maison d'Ed Willkie et j'appuyai sur l'avertisseur. Willkie descendit l'allée avec ses clubs de golf. Il ouvrit la portière de la voiture.

— Une partie à quatre aujourd'hui?

— Non, dis-je. Je les ai simplement pris en passant.

Je parcourus deux cents mètres et puis m'arrêtai contre le trottoir. Les deux hommes descendirent de la banquette arrière.

Quand j'eus regagné le trafic, Willkie demanda :

— Qui était-ce?

— Juste deux amis de Chicago.

Après le dix-huitième trou, Willkie et moi nous rendîmes au club. Nous prîmes des cocas et des sandwiches au comptoir, puis choisîmes une table surplombant le premier parcours.

Je jetai un coup d'œil à ma montre.

— Dès que vous aurez fini de manger, Ed, vous feriez bien de réunir tous vos chefs de division.

Willkie prit une bouchée de son sandwich.

— Pourquoi?

— Je veux que vous leur annonciez que vous allez vous retirer pour raison de santé. Et que vous allez me nommer à votre place.

Ses yeux s'étrécirent.

— Vous êtes fou.

— Non. Vous allez annoncer ça si vous tenez à revoir votre fils vivant.

Il me regarda sans arriver à y croire.

Je souris.

— Rappelez-vous ces deux braves types qui

étaient dans la voiture quand je vous ai pris. Votre fils est entre leurs mains à l'heure actuelle.

Je goûtai mon sandwich.

— Il est en parfaite sécurité, Willkie. Et il ne risquera rien tant que vous ferez ce que je vous dis.

Il me foudroya du regard l'espace de quelques secondes et puis se leva d'un seul coup. Il se dirigea rapidement vers la cabine téléphonique. Je le suivis et l'empêchai de fermer la porte.

— Je vais écouter. Je ne voudrais pas que vous racontiez des bêtises.

Je le regardai faire son numéro sur le cadran. Il eut la gardienne, Mrs Porter, au bout du fil.

— Amy, demanda-t-il. Est-ce que Ted est là?

— Mais non, monsieur Willkie. Il est rentré pour le déjeuner et il est reparti à l'école.

Willkie raccrocha et commença à feuilleter l'annuaire. Je regardais ses doigts courir le long de la liste des écoles. Il fit le numéro du Stevenson Grade et obtint le Directeur.

— Edward Willkie à l'appareil. Mon fils Ted est-il dans sa classe?

Il fallut dix minutes au directeur pour avoir le renseignement.

— Non, il n'est pas là, monsieur Willkie. Et j'avais l'intention de vous parler du nombre de fois...

J'appuyai sur la fourche du téléphone et coupai.

— Satisfait, Wilkie?

Son visage était gris.

— Je veux parler à Ted. Je veux être sûr qu'il va bien.

— Je ne peux vous donner satisfaction, Ed. J'ignore où ils l'ont emmené.

Il ne comprenait pas.

— Auto-protection, expliquai-je. Si je le savais, vous pourriez être capable de me forcer à le dire. Mais de cette façon, ça ne servirait à rien.

Je lui donnai une autre minute pour réfléchir et puis brusquai les choses.

— Bon. Commencez à téléphoner à vos chefs de division. Faites-les venir dans votre bureau.

Quand nous arrivâmes à son bureau, au troisième étage d'une fabrique de meubles, ses lieutenants nous attendaient.

Willkie respira un bon coup et annonça la nouvelle, ainsi que les raisons de sa décision. Ils semblaient le croire, car il n'avait pas l'air en tellement bonne santé.

Je guettai sur leur visage des signes de dépit à cause du fait qu'un type de l'extérieur avait été promu par-dessus leur tête. Je n'en vis aucun. S'il y en eut, ils n'en laissèrent rien paraître. Peut-être étaient-ils seulement des spécialistes dans leur domaine et aucun d'entre eux ne s'attendait-il vraiment à devenir numéro un.

Quand ils furent partis, Willkie se tourna vers moi.

— A présent, est-ce que je peux récupérer mon fils?

— Pas avant une semaine. Vous allez vous-même vous absenter pendant ce laps de temps.

Je le conduisis à l'aéroport et lui expliquai en route ce qu'il avait à faire.

— Vous allez prendre le premier avion pour Los

Angeles. Vous resterez là-bas une semaine. Au bout de ce délai vous pourrez revenir; vous retrouverez alors votre fils sain et sauf. Une semaine me laissera assez de temps pour tout consolider ici. Quand vous reviendrez, vous ne pourrez plus rien faire dans aucun domaine.

Le sourire disparut de mon visage.

— Mais si j'étais vous, je m'arrangerais pour ne pas revenir du tout. Ça pourrait ne pas être bon ni pour vous ni pour votre fils. Pourquoi ne pas simplement l'envoyer chercher? Je crois qu'il aimera la Californie.

A l'aérogare, je lui pris un billet direct pour Los Angeles et nous nous rendîmes à la rampe 202. Je regardai rapidement les passagers qui attendaient. Ils m'étaient tous inconnus, mais je fis un signe de tête à l'adresse d'un homme de forte corpulence dont les bagages semblaient indiquer qu'il collectionnait les hôtels. Il me rendit mon signe de tête, en se demandant probablement qui diable je pouvais bien être.

Je lui tournai le dos et m'adressai à Willkie.

— Vous voyez ce gros type tout enveloppé dans le pardessus beige?

Ses yeux clignèrent dans la direction.

— Celui à qui vous avez fait un signe?

— Oui. Quand vous arriverez à Los Angeles, vous allez le suivre.

— Le suivre?

J'acquiesçai.

— Descendez au même hôtel que lui. Restez-y une semaine entière. Il sera toujours quelque part dans les parages pour voir que vous le faites.

254

— C'est un de vos...?

— Ne lui adressez pas la parole et n'essayez pas de l'acheter. Il ne sait rien de plus que sa part de travail. Et rappelez-vous : pas de coups de téléphone, à personne. Je ne veux pas que vous manigancez quoi que ce soit derrière mon dos. Rappelez-vous, nous avons votre fils. N'essayez même pas de téléphoner chez vous. Si vous le faites, je le saurai. Mrs Porter a reçu des ordres pour... Je m'arrêtai et haussai les épaules d'un air agacé comme si je venais de révéler quelque chose.

Willkie devait se sentir cerné. Ça se voyait à sa gueule.

Dix minutes plus tard, je le regardai monter la passerelle et disparaître dans l'avion, il portait toujours sa casquette de golf et sa chemisette sport. Il paraissait petit.

Quand l'avion eut décollé, je téléphonai à Mrs Porter pour lui dire que Willkie serait absent pendant une semaine et qu'elle ne s'en fasse pas; c'était un voyage d'affaires.

J'attendis un coup de téléphone cette nuit-là, mais il ne vint qu'au bout de huit jours. Tyler me dit d'aller voir tout de suite Magnus.

Quand j'arrivai dans l'allée circulaire devant la maison de Magnus, je remarquai une jeune fille brune sur la pelouse près du lac. Elle avait dressé un chevalet et peignait. Elle me jeta un regard sans plus et poursuivit son travail.

Sa photo était dans le dossier Mac Magnus. Valerie Magnus. Vingt-trois ans. Son unique enfant.

Tyler et Magnus m'attendaient dans le bureau.

Magnus resta un moment sans parler, puis il dit :

— J'ai entendu raconter que vous aviez pris le contrôle du territoire sud?

J'acquiesçai.

— Ça s'est passé il y a huit jours, continua Magnus. Pourquoi ne m'avez-vous rien fait savoir?

— Je voulais être sûr que la fusion se passait bien.

— Et alors?

— Aujourd'hui, Willkie ne pourrait pas revenir et je ne crois pas que quelqu'un accepterait de l'écouter.

Magnus s'approcha de l'humidificateur. Il prit un cigare, le contempla, et finalement l'alluma. Il se dirigea vers le poste de télévision et le tapota du bout d'un doigt.

— Si j'allume ce truc j'aurai sûrement quelqu'un en train de débiter des boniments sur un savon. Tout consistera à dire qu'il n'y a qu'une seule chose que vous puissiez employer quand vous faites votre lessive. N'utilisez surtout pas de détergents!

Il tapota de nouveau le poste.

— Et si je passe sur une autre chaîne, j'aurai probablement quelqu'un faisant de la réclame pour les détergents. Les détergents c'est le procédé nouveau et moderne. N'utilisez surtout plus les vieux savons inefficaces.

Je remarquai que Tyler souriait.

Magnus poursuivit.

— Ce que la plupart des gens ne savent pas c'est que c'est la même firme... le même consortium... qui fabrique le savon et les détergents. Ils ne vous disent absolument pas lequel acheter... du moment que vous en achetez un. L'argent va de toute façon dans la même poche.

Il attendit que cela fasse de l'effet puis continua.

— Willkie travaille aussi pour moi.

Je fis la grimace.

— Binardi ne m'en avait rien dit.

— Binardi ne le savait pas. Et Willkie ne sait pas non plus que Binardi travaille pour moi. C'est ce que j'ai voulu.

Tyler prit la parole!

— Diviser pour mieux régner. Les empires sont bâtis sur ce principe.

Magnus éleva la main.

— Je ne veux pas qu'un seul de mes doigts sache ce que les autres font, mais je veux contrôler toute la main. Il tira un bon coup sur son cigare. Tyler, je commence à croire que vous vous êtes trompé sur Hagen.

Tyler se caressa le menton.

— Hagen, combien de gens vous ont aidé à faire ce coup?

— Personne.

Et je leur racontai comment cela s'était passé.

Magnus était impressionné malgré lui.

— Bon sang! Vous avez rendu Willkie fou de peur! Il est vraiment resté à cet hôtel de Los Angeles pendant une semaine. Quand il a retrouvé suffisamment d'énergie pour téléphoner chez lui, il s'est rendu compte que son fils n'avait pas été kidnappé. Il m'a téléphoné aussitôt après. Magnus me foudroya du regard.

— J'ai dit à Willkie de rentrer immédiatement. Et

quant à vous, Hagen, je veux que vous retourniez sur le territoire Nord et que vous y restiez.

— J'ai pensé à quelque chose, Mac, dit Tyler. Si Willkie s'est affolé aussi facilement, peut-être qu'il n'est pas vraiment l'homme qu'il faut pour le job.

— Il s'est affolé à cause de son fils, rétorqua Magnus.

— Bien sûr. Mais, de toute façon, il n'aurait pas dû attendre huit jours avant de nous raconter ce qui était arrivé à son organisation. Ça vous plaît que quelqu'un comme ça travaille pour vous?

Magnus pesa la question l'espace d'une minute.

— Dites à Willkie qu'il est congédié. Il aurait dû faire son rapport.

Tyler acquiesça de la tête.

— Et du moment que le District est consolidé, pourquoi ne pas laisser les choses en l'état?

Magnus découvrit ses dents.

— Je suppose que vous voulez dire : laisser la responsabilité à Hagen?

— Pourquoi pas? J'ai déjà dit qu'il peut très bien mener l'affaire. Il a fait ses preuves et ça réduirait les frais.

Ce fut comme si l'on avait tordu le bras à Magnus, mais il dit :

— D'accord, Hagen, vous avez gagné.

Puis se renfrognant :

— Mais si vous vous mettez encore ce genre d'idées dans la tête, vous aurez intérêt à faire le tri avec moi avant de prendre une décision.

Dehors, je restai un moment à regarder la fille de Magnus. Elle me tournait le dos et travaillait toujours devant son chevalet. Elle était mince, mais d'après la photo dans les dossiers, on ne pouvait pas vraiment dire qu'elle était jolie. Je la soupçonnai de peindre beaucoup, surtout parce qu'elle n'avait rien d'autre à faire pour occuper son temps.

Je me demandais quel genre de rôle elle jouait en tant que fille de Magnus. S'efforçait-il de la laisser dans l'ignorance de ce qu'il était? Il semblait à peu près impossible qu'elle ne sût rien de lui. Peut-être était-elle beaucoup mieux informée qu'il ne le croyait.

Je fus tenté de m'approcher pour admirer son tableau et me présenter. Mais d'un autre côté, je pensai que si j'agissais aussi directement, et que Magnus vienne à l'apprendre, je pourrais être réduit à pas grand-chose.

Pourtant, cela devait être intéressant de la connaître. Je me rendis à la hauteur de la roue arrière de ma voiture et dégonflai le pneu. Le vent soufflait du lac et je ne pense pas qu'elle ait pu entendre le sifflement.

J'allai chercher le cric et la manivelle dans la malle en faisant volontairement du bruit.

Tout en soulevant la voiture à l'aide du cric, j'observais du coin de l'œil la jeune fille. Elle s'était retournée et regardait.

Quand je fis sauter le chapeau de roue, la manivelle dérapa et j'en pris un bon coup sur les doigts. Me relevant d'un bond, je me mis à sautiller lourdement en rond. Je m'étais fait encore plus mal que je ne l'avais voulu.

L'incident la fit s'approcher.

— Vous vous êtes fait mal?

— Non. Je danse toujours comme ça.

Elle baissa les yeux vers la roue décollée du sol.

— Je peux aller chercher quelqu'un pour vous aider...

— Merci. Mais je crois que je pourrai me débrouiller dès que la douleur sera passée. (Je pliai la main.) Rien de cassé, apparemment.

Je m'agenouillai et commençai à retirer les boulons de la roue.

— Vous travaillez ici?

— Resterais-je assise sur la pelouse à faire de mauvais tableaux si je travaillais ici?

— Pourquoi pas? J'imagine que vous arriveriez à avoir assez de temps libre et tous les paysages que vous voulez. Il n'y a aucune raison qu'une domestique ne puisse pas peindre.

— Je suis la fille de Magnus.

— Oh! fis-je.

J'enlevai un boulon de la roue. Et puis un autre, et un autre encore.

— La permission de me parler ne vous a pas été retirée, dit-elle avec acidité.

Je haussai les épaules, mais restai silencieux. J'enlevai le quatrième boulon. Elle poussa un soupir d'exaspération.

— Je suppose que vous travaillez pour mon père?

Je fis oui de la tête. Le cinquième boulon sauta et j'enlevai la roue. J'allai chercher la roue de secours dans le coffre. Elle me suivit.

— Vous ne parlez vraiment à personne? C'est ça?

Je sortis la roue de secours du coffre arrière et

quand je me redressai nous nous trouvâmes face à face. Nous restâmes ainsi quelques secondes, puis j'esquissai un sourire.

— Voilà comment je vois les choses : vous fréquentez les clubs à la mode et moi les tavernes. Inch Allah!

— Je ne fréquente pas du tout les clubs à la mode. D'ailleurs, nous n'avons jamais été invités à celui de Trevor Park.

Je souris.

— Pourquoi ne pas acheter carrément l'établissement? Votre père pourrait se le permettre.

— Bien sûr qu'il le pourrait mais les choses ne se font pas comme ça : il faut qu'on nous le demande. C'est ce qui fait toute la différence dans la vie.

— Pour vous?

Ça m'amusait de savoir.

— Non. Moi, ça m'est égal, mais Papa y attache de l'importance.

Je fis rouler la roue le long de la voiture.

— Pourquoi n'envoie-t-il pas simplement au club un don de 5 000 dollars de façon anonyme?

— Anonyme? A quoi cela l'avancerait-il?

— Les membres du Conseil d'administration ou quiconque fait marcher la boîte ne pourront pas renvoyer l'argent parce qu'ils ne sauront pas qui leur en a fait cadeau. Alors ils penseront : Eh bien maintenant, c'est parfait, nous avons besoin d'un nouveau bar, et ils dépenseront l'argent.

Je commençai à serrer les boulons.

— Ça, c'est la première étape. Un mois plus tard, votre père devrait envoyer encore 5 000 dollars.

Anonymes également. Vous pourriez faire ça pendant quatre ou cinq mois.

Elle semblait intéressée.

— Et ensuite?

— Ensuite vous cesseriez d'envoyer de l'argent. Mais entre-temps, ils se seraient habitués à recevoir cet argent et ne sauraient plus comment faire pour s'en passer. Et ils n'auraient jamais pris l'initiative de faire construire une nouvelle piscine s'ils ne s'étaient pas attendus à ce que cette pluie de dollars continue.

Je remis le chapeau de roue en place.

— Alors, vous faites courir le bruit que c'est votre père qui envoie tout ce bel argent par générosité et dans un esprit de bon voisinage.

Je levai les yeux vers elle.

— Du coup, il y aurait une réunion du Conseil d'administration. Personne ne ferait d'allusion directe à l'argent, mais quelqu'un s'éclaircirait la gorge pour dire : Tout le monde à Trevor Park fait partie du club, sauf Mr Magnus. N'est-ce pas contraire aux lois de l'hospitalité?

« Et quelqu'un d'autre dirait : Après tout, il n'a jamais été accusé de quoi que ce soit. Il ne s'agit que de rumeurs. Nous ne devrions pas accuser un homme sur de simples ouï-dire.

« Et ils se sentiraient tous très bien, américains et vertueux, outre qu'ils avaient encore besoin de 5 000 dollars pour terminer cette piscine. En fin de compte, une délégation serait envoyée chez votre père et, en l'espace de six mois, il deviendrait président du comité Memorial Day Dance.

262

Elle sourit quand j'eus terminé.

— J'en parlerai sûrement à Papa.

Je pensai en moi-même : *Et n'oubliez pas de dire qui vous en a donné l'idée.*

Je mis la roue dans la malle et m'essuyai les mains à un chiffon. Cette fois, je regardai la fille de Magnus plus longuement, plus hardiment et j'esquissai un sourire.

— J'aurais quand même préféré que vous soyez simplement employée ici.

Ensuite, je remontai dans ma voiture et m'en allai, sans un regard en arrière.

J'estimais avoir mené les opérations à peu près comme il fallait. Je n'avais pas brusqué les événements, et pourtant, je savais que j'allais occuper pas mal de place dans les pensées de Valerie.

Quand j'eus dit au capitaine Parker comment j'avais pris le contrôle du territoire de Willkie, il fronça les sourcils.

— Mais nous savions parfaitement que Binardi et Willkie travaillaient tous les deux pour Magnus. C'est dans les dossiers que nous vous avons donnés à étudier. Vous auriez dû vous en souvenir.

— Je m'en suis souvenu, déclarai-je en souriant.

— Mais alors pourquoi...?

— Parce que c'était le moment pour moi de me faire remarquer une nouvelle fois. Afin de passer à un échelon supérieur. Et c'est exactement ce qui s'est produit.

Parker se frotta le menton.

— Qu'est-ce que Magnus pense de tout ça?

— De prime abord ça n'a pas eu l'air de l'enchanter, et peut-être que maintenant il n'est pas encore très enthousiaste. Mais l'important est qu'il ait été impressionné.

Parker soupira.

— Vous avez quand même pas mal de chance.

— Sans doute. Tyler a l'air de croire que j'ai des possibilités. D'ailleurs, je n'aurais pas été capable de réussir dans mes entreprises si je n'avais eu Tyler de mon côté.

— Pourquoi ne nous faites-vous part de rien avant d'entreprendre toutes ces choses?

— Parce que je ne sais jamais vraiment ce que je vais faire. J'échafaude des plans et j'attends de voir la tournure que prennent les événements. Si rien ne se passe, je laisse tomber ces plans. Dans le cas contraire, il me faut agir très vite.

Autre chose tourmentait Parker :

— Nous pouvons vous utiliser à voler des voitures parce que nous travaillons sur une plus grosse affaire. Mais ce kidnapping...

— Il n'y a jamais eu de kidnapping.

— Pas réellement, je sais. N'empêche que si Willkie avait une autre activité et le droit de se plaindre, vous auriez vous-même des ennuis d'où il nous serait difficile de vous tirer.

Il sortit une enveloppe de sa poche.

— Votre chèque. Si vous voulez l'endosser, je le toucherai pour vous.

Je regardai le chèque. Un mois de salaire. Dans vingt ans, les chiffres n'auraient probablement pas beaucoup changé.

Je le retournai et signai de mon vrai nom.

Quand je revins en ville, je me fis apporter la comptabilité par un employé de Willkie. Je la parcourus, espérant y trouver quelque chose d'irrégulier, quelque chose dont je pourrais aller parler en toute hâte à Magnus pour décrocher un nouveau galon. Mais la comptabilité était en règle.

Je remarquai toutefois quelque chose. Ses livres étaient en règle, mais l'écriture avait changé brusquement dix-huit mois auparavant.

Je rappelai l'employé dans mon bureau et lui demandai des éclaircissements.

— C'est quand Fielding a pris sa retraite, Monsieur. C'est moi qui lui ai succédé. Quelque chose ne va pas dans la comptabilité?

— Non, non...

— Fielding était en très mauvaise santé, monsieur. Les reins. Il n'a pas exactement pris sa retraite : il voulait simplement finir ses jours dans une région plus clémente. La Californie, Monsieur.

— Comment va-t-il maintenant?

L'employé soupira.

— J'ai reçu une lettre de sa femme la semaine dernière. Il est mort.

Quand l'employé fut sorti, j'allumai une cigarette et ruminai tout ça pour arriver à la conclusion qu'on ne risque pas de causer du tort à un mort.

J'étudiai l'écriture de Fielding et, pendant un moment, m'efforçai de l'imiter. Mais de toute façon, je ne pensais pas que quelqu'un irait comparer les écritures.

Je pris du papier blanc et copiai deux pages du livre de comptes que Fielding avait remplies. Je reproduisis les mêmes articles, mais modifiai les chiffres.

Je pliai le papier et le frottai sur le sol à plusieurs reprises. Je voulais qu'il semble vieux d'au moins dix-huit mois, mais de toute façon il ne subirait pas un test de laboratoire.

Au début de l'après-midi, j'appelai Magnus, à Trevor Park.

J'entendis une voix solennelle.

— Ici la résidence Magnus.

— Pourrais-je parler à Mr. Magnus?

— Il n'est pas là, monsieur. Il ne sera pas de retour avant cinq heures. Désirez-vous laisser un message?

— Non.

Je raccrochai. Peut-être, au fond, valait-il mieux que Magnus ne soit pas là. Pendant que je travaillais sur cette dernière affaire, je pouvais aussi bien en amorcer une autre et la faire paraître toute fortuite.

Je retéléphonai chez Magnus.

— La résidence Magnus, dit de nouveau le majordome.

Je raccrochai sans dire un mot. Cinq minutes plus tard, j'appelai de nouveau et fis la même chose.

Finalement, le majordome se lasserait de décrocher l'appareil et de n'avoir personne au bout du fil. Je pensais qu'il irait s'en plaindre à quelqu'un. Et puisque Magnus n'était pas là, ce serait Valerie.

Ce majordome était d'un naturel patient, car ce ne

fut pas avant le douzième appel que je finis par entendre la voix de Valerie.

— Qui êtes-vous? demanda-t-elle.

— J'aimerais parler à Mr Magnus.

— Est-ce vous qui avez téléphoné toutes les cinq minutes pour raccrocher immédiatement?

— Mais non! Je viens juste d'arriver à mon bureau et...

Je m'interrompis.

— Votre voix m'est familière. N'êtes-vous pas la jeune fille qui peint?

— Hagen? Peter Hagen?

— Je ne pensais pas avoir dit mon nom.

— Vous ne me l'aviez pas dit, mais je l'ai demandé à Papa. (Elle eut un rire léger). Il a envoyé les premiers 5 000 dollars au club. L'idée lui a plu.

— Parfait. Puis-je lui parler?

— Il n'est pas encore de retour.

— Dites-lui que je passerai le voir vers cinq heures.

— Non, Pete... Hagen. Personne ne doit venir ici de lui-même. C'est tout ce que je sais. Attendez que...

Je raccrochai.

Peu après cinq heures, le patient majordome m'introduisit une nouvelle fois dans le bureau. Tyler était avec Magnus et ils revenaient manifestement d'une partie de golf.

Magnus avait l'air sombre, mais il se contint jusqu'à ce que le majordome eût refermé la porte.

— Bon Dieu, Hagen, personne, personne ne doit téléphoner pour s'annoncer comme vous l'avez fait!

Moi seul décide si je veux ou non recevoir quelqu'un.

— J'estimais avoir besoin de vous voir personnellement. J'ignore jusqu'à quel point votre ligne n'est pas surveillée.

Il sembla admettre l'utilité de cette précaution, mais demeura mécontent.

— Bon. Qu'est-ce qu'il y a?

Je sortis les papiers de ma poche.

— En vérifiant les comptes, j'ai trouvé ceci. Ça a dû glisser derrière une des étagères.

Magnus jeta un rapide coup d'œil.

— Et alors?

— J'ai contrôlé avec les grands livres et j'ai retrouvé les bonnes feuilles. Les postes sont identiques, mais les chiffres différents. On dirait qu'on vous a roulé, Magnus. D'environ cinq cents dollars par semaine.

Il ne voulut pas le croire :

— Je fais vérifier ces comptes chaque mois!

— Il n'y a aucune irrégularité dans les livres. Le tour de passe-passe se place avant que les écritures soient faites.

Il fronça les sourcils.

— Willkie?

— Non. Un employé que Willkie avait autrefois. Fielding. J'ai comparé les écritures et ça colle.

Le nom de Fielding ne signifiait rien pour Magnus ni Tyler. Il ne s'agissait que d'un employé parmi des centaines d'autres.

— J'ai estimé devoir vous en faire part avant d'entreprendre quoi que ce soit, déclarai-je. Vous m'aviez dit vouloir que je procède ainsi.

Il m'étudia.

— Parce que vous avez l'intention d'entreprendre quelque chose à cet égard?

Je fis oui de la tête.

— Fielding a pris sa retraite il y a dix-huit mois. En Californie. Mais ça n'est pas suffisant pour nous. Je crois que je vais aller faire un tour là-bas.

Magnus attendit.

— A défaut de l'argent, nous aurons sa peau. Nous ne pouvons laisser personne s'en tirer à si bon compte.

— Et vous vous occuperiez de cela vous-même?

— Bien sûr. Mais je voulais vous en parler d'abord.

Tyler avait l'air ennuyé et je pensais qu'il allait dire quelque chose.

Mais Magnus se mit à rire doucement.

— Merci de vous porter volontaire, mais tout ce dont j'ai besoin, c'est l'adresse de Fielding. J'ai un service qui est spécialisé dans ce genre d'opération.

Et Magnus s'arrangerait pour que Fielding ait des visiteurs et ces visiteurs découvriraient qu'il était malheureusement mort avant qu'ils aient pu le voir.

Mais j'avais marqué deux points. Le premier, parce qu'on pouvait se fier à moi pour avoir les livres de comptes exacts. Le second, parce que, pour autant que Magnus le sût, j'étais capable de commettre un meurtre pour le compte de l'organisation.

Le téléphone sonna sur le bureau. Magnus décrocha. Il écouta pendant une minute, puis raccrocha. Il avait l'air pensif.

— Benson est mort, dit-il.

Tyler et moi nous regardâmes. Le nom ne nous disait rien ni à l'un ni à l'autre.

— Crise cardiaque, précisa Magnus.

Il tira une bouffée de son cigare et regarda Tyler.

— Vous m'avez signalé une fois que vous aviez quelque connaissance en comptabilité?

Tyler acquiesça d'un signe de tête.

Magnus garda le silence pendant quelques secondes. Puis il énonça :

— Tyler, vous prenez l'affaire.

— L'affaire?

— L'affaire de Benson. C'est une promotion, Tyler. En dehors de moi vous serez le seul à savoir où est la comptabilité centrale...

Il s'arrêta et regarda dans ma direction. Évidemment, il avait oublié que j'étais toujours là.

— Vous pouvez partir maintenant, Hagen.

A l'extérieur de la pièce, je passai devant des portes jusqu'à la sortie. Aucune ne s'ouvrit.

Je commençai à m'interroger sur le compte de Valerie. J'avais téléphoné exprès pour qu'elle sache que je venais ici, et à quel moment.

Arrivé près de ma voiture, j'attendis. Toujours rien.

Je m'étais déjà trompé dans ma vie et la chose semblait se reproduire.

Je montai dans ma voiture et roulai dans l'allée sinueuse.

Valerie attendait à la grille... Elle fit le signe de l'auto-stoppeur et je m'arrêtai.

Elle sourit :

— Hello.

— Hello.

— Je peux monter?

Je passai ma main sur le volant et essayai de paraître mal à l'aise.

— Vous avez eu une panne?

— Non. (Nouveau sourire.) Vous avez peur de
quelque chose?

Je respirai à fond.

— Non. Montez!

J'attendis d'être sorti de Trevor Park avant de dire
quoi que ce soit.

— Comment allez-vous rentrer?

— Je prendrai un taxi.

— Est-ce que ça n'aurait pas été beaucoup plus
simple si vous aviez pris votre voiture?

— J'étais allée chercher le courrier en me promenant. Il n'y avait rien, alors j'ai décidé d'aller en ville.
J'ai donc guetté une occasion favorable.

— Le courrier passe donc si tard dans la journée?

Elle me regarda.

— Vous avez cru que je vous avais attendu de
propos délibéré pour partir avec vous?

Je ne répondis pas.

Elle se raidit.

— Vous pouvez très bien vous arrêter ici, vous
savez. Je ferai le reste du chemin à pied.

Je ralentis jusqu'à vingt à l'heure, et puis appuyai
de nouveau sur l'accélérateur en soupirant.

— Une cigarette? Sortant le paquet et le briquet
de ma poche, je les luis tendis.

Elle alluma deux cigarettes et m'en passa une.

— Et si je n'étais pas la fille de Magnus?

— Alors peut-être vous demanderais-je un rendez-vous. Peut-être.

— Pourquoi?

— Qu'est-ce que vous voulez dire par *pourquoi?*

Ses yeux étaient clairs.

— J'ai un miroir. Les gens ne me demandent jamais de rendez-vous.

Je la regardai comme si je n'avais pas la moindre idée de ce dont elle parlait.

— Regardez la route, dit Valerie. Mais elle avait rougi, et elle était contente.

Je ramenai la voiture dans mon avenue.

— Sauriez-vous par hasard s'il y a un bon restaurant en ville? Je n'ai rien mangé depuis le petit déjeuner, ajoutai-je.

— Il y a chez Henrich.

Au bout d'un moment je demandai :

— Vous avez dîné?

— Non.

Cette fois-ci, quand je la regardai, je souris. Elle aussi.

Au restaurant, nous parlâmes peu, mais quand vint le café, elle dit :

— Je voudrais que vous ne travailliez pas pour mon père.

— Il distribue du bel argent.

— Non, ça n'est pas vrai. Comme père, je l'aime. Et il m'aime. Mais je sais ce qu'il fait. Ce qu'il est. Je ne suis pas une petite fille qui croit que son père est dans l'industrie.

Après avoir payé l'addition, je reconduisis Valerie. A l'entrée du domaine de Magnus, elle effleura mon bras.

— Je vais descendre ici et faire le reste du chemin à pied.

J'avais l'intention de m'arrêter là de toute façon. Je ne voulais pas que Magnus me vît avec sa fille. Mais je fis les gestes traditionnels de protestation.

— Je vous remonte jusqu'à la maison!

— Non, je crois que ce serait mieux si nous...

— Oui, bien sûr... Je crois que vous avez raison. Il vaut mieux nous quitter.

— Ce n'est pas ce que je voulais dire, protesta-t-elle, mais seulement pour aujourd'hui!

J'arrêtai la voiture, descendis, et lui ouvris la portière. Elle me parut petite et seule.

C'était le soir et une pleine lune pâle était accrochée dans le ciel. Je baissai les yeux vers Valerie.

— Ça m'a plu, chez Henrich. Alors disons demain soir à huit heures.

Son sourire fut spontané.

— Je serai là. Vous pouvez y compter.

En m'éloignant, je regardai en arrière. Elle se tenait toujours sur le bord de la route et me regardait.

Je regagnai mon appartement vers neuf heures. Je pris un bon verre et marchai vers le miroir. Je paraissais à peu près comme je me sentais. Plutôt sale.

J'allai à la fenêtre et contemplai au-dehors les lumières de la cité. Combien me faudrait-il de temps avant que je découvre où Magnus gardait cette sacrée comptabilité? Un an? Deux?

Et quoi ensuite? Une autre mission et un chèque mensuel à trois chiffres?

Je sortis mon portefeuille, comptai l'argent. Dix-neuf cents dollars. Et c'était juste pour les faux frais. De quoi ne pas se sentir trop gêné, c'est tout. Juste de la broutille.

Mais auparavant jamais je n'en avais eu autant dans mon portefeuille. Je ne l'avais même jamais espéré.

Les affaires ne se présentaient pas trop mal. Et si je laissais les choses comme ça? Si je disais au capitaine Parker d'aller au diable?

Je bus la moitié de mon verre.

Il y avait un tas d'argent à se faire avec Magnus. Un tas. Et en outre... Travailler simplement pour lui était une chose, mais à supposer que...

Je me dis que je devais pouvoir y arriver. Arriver à ce que Magnus me voie plus souvent. A ce qu'il m'invite chez lui. Comme Tyler. A ce que Magnus me fasse totalement confiance. Compte entièrement sur moi.

Faire en sorte que lorsqu'il verrait ce qui se passait entre Valerie et moi, ça ne le tourmente pas du tout. Peut-être arriverais-je même à ce qu'il croie que c'était son idée.

Oui. Cela prendrait du temps. Mais je pouvais faire quelques sacrifices.

Et Parker, dans tout ça?

Il ne pouvait pas faire grand-chose si ce n'est avertir Magnus que j'étais entré dans l'organisation, mais ça n'était pas rien.

Comment convaincre Magnus que j'avais joué le double jeu? Comment le lui faire croire?

Mon téléphone sonna.

C'était Tyler.

— Hagen? Je suis à l'hôtel Carson à Bellington. Environ à une heure de voiture d'où vous vous trouvez. J'aimerais vous voir tout de suite. Chambre 408.

Quand j'arrivai là-bas et frappai, Tyler ouvrit la porte. Je remarquai une bouteille et deux verres sur la table.

Tyler me donna une tape sur l'épaule.

— Entrez donc et célébrez avec moi.

Il referma la porte derrière moi.

— Bien sûr, dis-je, votre promotion.

Il sourit.

— Je viens de finir d'inspecter la comptabilité centrale de Magnus. Ici, à Bellington. Officiellement, il s'agit de la Compagnie d'assurance Spencer. Mais c'est là que se trouve la comptabilité, Hagen. Toute la comptabilité. Tout.

Je fronçai les sourcils.

— Je croyais que ce genre d'information était quelque chose que vous étiez censé tenir secret?

Tyler rit de nouveau.

— Il n'y a aucune raison que je ne vous le dise pas, Hagen. Nous travaillons tous les deux pour la même organisation.

— Je sais, mais...

Le visage de Tyler redevint sérieux.

— Hagen, croyez-vous que pour une affaire de cette importance le capitaine Parker aurait mis un seul homme sur le chantier?

Je le regardai, ahuri.

— Il y en a au moins une demi-douzaine en dehors

de vous et moi, Hagen. J'ignore qui sont les autres, mais on m'avait parlé de vous.

Il me fallut un petit moment pour assimiler ce qu'il venait de me dire. Je secouai la tête.

— Pourquoi Parker ne m'a-t-il pas parlé de vous? Ou des autres?

— Parce que, au cas où quelque chose tournerait mal, il ne voulait pas qu'un seul homme entraîne tout le reste.

— Pourtant, à vous, il a parlé de moi.

— Parce que j'étais en mesure de vous aider. Pensiez-vous ne devoir votre chance qu'à vous seul? Vous seriez peut-être encore en train de voler des voitures si je n'avais pas été là pour attirer l'attention de Magnus sur vous.

Il versa du whisky dans deux verres.

— Cela fait cinq ans que je suis sur cette mission, Hagen, ce qui est vraiment long, très long. Et j'avais l'impression que je débouchais sur une impasse. Alors mes instructions étaient de vous aider chaque fois que je le pourrais — d'essayer de vous faire arriver au sommet. Peut-être alors pourriez-vous faire ce que je n'avais pas réussi. Ensuite les choses ont tourné favorablement. Benson est mort. Chance? Sans doute. Mais ce n'était pas par hasard que j'étais là-bas pour que Magnus vous tape sur l'épaule.

Je pris l'un des verres et le vidai aux trois quarts.

— Avez-vous parlé de livres de compte au capitaine Parker?

— Pas encore. J'ai téléphoné à son bureau, puis chez lui. Mais sa fille m'a dit que sa femme et lui étaient sortis pour la soirée. Elle ne savait pas quand ils rentreraient. J'ai laissé un message pour qu'il me rappelle dès qu'il rentrera.

Tyler porta un toast.

— Parker va avoir sa brigade très occupée et nous devrions faire empaqueter tout ça avant demain matin.

Je restai à regarder l'alcool dans mon verre. Personne ne savait rien encore au sujet des livres de comptes, sauf Tyler.

Il fronça imperceptiblement les sourcils.

— Au sujet de cet employé, Fielding, il faut arrêter les frais. Nous ne tenons pas à ce qu'il lui arrive quelque chose.

— Fielding est mort voici deux semaines.

Tyler sourit lentement.

— Vous êtes vraiment un drôle de type, Hagen. Pendant un temps, vous m'avez fait peur. Un crime ça va vraiment trop loin.

Vraiment? Je me souris doucement à moi-même.

Je tuerais Tyler. Je le tuerais et je dirais à Magnus qui il était. Ce qu'il avait été.

Puis je lui dirais qui j'étais — et que j'avais changé de bord.

Même à ce moment-là, il pourrait ne pas me croire — jusqu'à ce que je lui dise où était la comptabilité centrale et que je n'avais pas filé avec ce renseignement.

Je pris la bouteille et emplis mon verre.

— Doucement avec l'alcool, Hagen, dit Tyler. Vous voulez être d'attaque pour la rafle, n'est-ce pas?

— Bien sûr.

Mais je bus encore un verre bien tassé.

Le téléphone sonna sur la table. Quand Tyler décrocha, il me tournait le dos.

Je fis glisser le 6.35 hors de son étui, l'élevai à la hauteur du dos de Tyler.

Tyler dit dans l'appareil.

— Parker?

Je transpirais. Juste un coup et tout serait fini. Ça pouvait être aussi simple que ça. Mon doigt effleura la détente.

Et alors je fermai les yeux.

Non. Je ne pouvais pas faire ça.

Je pestai en moi-même contre ma bêtise. J'étais une poire. Mais je replaçai le 6.35 dans son étui.

Un jour je comprendrais pourquoi un insigne était plus important qu'un million de dollars, mais je ne voulais pas m'appesantir là-dessus pour l'instant.

Quand Tyler eut terminé, il se retourna.

— Tout est fixé. Parker entre en action. Il va même pincer Magnus dès ce soir.

Un temps de réflexion fit passer un léger voile sur les yeux de Tyler et il eut un sourire en coin.

— Il y a un tas d'argent à ramasser avec Magnus et parfois j'ai été... Enfin... bref... tenté de changer de bord.

Je tirai lentement une cigarette de mon paquet.

— Ouais... Je vois ce que vous voulez dire.

*

Je me garai et attendis près de la voiture. Devant, la route était blanche sous la lune.

Je n'avais aucune raison d'être là, pensais-je. Plus maintenant.

Je jetai un coup d'œil à ma montre. Huit heures un quart.

Alors, j'entendis des pas, et bientôt Valerie fut là, près des grilles.

Elle est sans importance à présent, me dis-je à moi-même méchamment. Elle ne représente pas des millions. Elle ne représente plus le renseignement que je voulais.

Et pourtant, j'étais là.

Elle marcha lentement vers la voiture.

— Pourquoi êtes-vous venu?

— Je ne sais pas.

— Était-ce par pitié? Tout était combiné, n'est-ce pas? Me rencontrer? Parler avec moi?

— Oui. J'avais tout préparé.

— A présent, vous n'aviez plus besoin de venir. Tout est fini.

— Je sais.

— Avez-vous fait tout ce chemin uniquement pour me dire au revoir?

Je posai doucement mes doigts sur son visage, et elle se mit à pleurer.

Je la serrai contre moi et je sus pourquoi j'étais revenu.

The Operator.
D'après la traduction de Maxime Didier.

L'autre Celia

par

THEODORE STURGEON

SI vous vivez dans une maison suffisamment modeste, dont les portes sont faites d'un bois de qualité
assez médiocre, si les serrures sont antiques avec un
pêne à simple effet, si les gonds ont du jeu, si vous
possédez quatre-vingts kilos de muscles et d'os vous
permettant d'exercer une poussée adéquate, vous
pouvez fort bien, en empoignant le bouton de porte,
opérer une pesée latérale sur les gonds et dégager le
pêne. Plus tard vous pourrez refermer l'huis en utilisant le même procédé.

Slim Walsh habitait une telle maison, et comme il
possédait toutes les qualités requises, il se livrait à
cette occupation, notamment parce qu'il n'avait rien
d'autre à faire. Les médecins de la société qui em-
ployaient ses services lui avaient octroyé un arrêt de
travail de trois semaines (après que son aide l'eut
heurté avec une clé anglaise de trente-cinq centimètres juste dans la région située immédiatement au-
dessus de sa tempe) et il devait passer une nouvelle
radiographie. S'il ne touchait que l'indemnité de ma-

ladie, il se proposait à tout le moins de faire durer le plaisir. Mais si, par contre, il se voyait allouer une indemnité plus confortable — ce serait formidable ! Ce qu'il économisait en vivant dans ce trou à rats rendait cette perspective encore plus alléchante. En attendant, il se portait comme un charme et n'avait rien à faire de ses dix doigts pendant toute la journée.

— Slim n'est pas foncièrement malhonnête, avait coutume de répéter sa mère, quelques années auparavant, aux commères de Children's Court. Il est simplement curieux !

Elle avait tout à fait raison.

Mettiez-vous votre salle de bains à sa disposition, il était totalement incapable d'en sortir avant d'avoir fait l'inventaire de votre armoire à pharmacie. Si vous lui demandiez d'aller prendre une soucoupe dans la cuisine, il en revenait une minute plus tard, connaissant sur le bout du doigt le contenu de votre réfrigérateur, de votre caisse à légumes et (comme il mesurait un mètre quatre-vingt-sept) il avait découvert, sur la plus haute étagère, une terrine de confiture de cerises moisissante dont vous aviez oublié jusqu'à l'existence.

Peut-être Slim, qui ne voyait rien d'extraordinaire à sa taille et à sa carrure impressionnantes, n'éprouvait-il aucun sentiment de supériorité à savoir que vous aviez secrètement recours à des lotions capillaires ou que vous étiez de ces personnes bizarres qui empilent de petites montagnes de chaussettes dépareillées dans le second tiroir de leur commode. Sécurité serait un terme plus juste. Peut-être ne s'agissait-il là que d'une sorte de compensation à sa prodigieuse timidité qui se doublait d'une curiosité tyrannique.

Quoi qu'il en fût, Slim éprouvait à votre endroit infiniment plus de sympathie si, en vous parlant, il connaissait le nombre exact de vestons pendus dans votre garde-robe, depuis combien de temps cette facture de téléphone impayée traînait dans votre tiroir et l'endroit exact où vous aviez dissimulé ces photographies un peu spéciales. D'un autre côté, Slim ne tenait pas tellement à connaître ceux de vos faits et gestes qui n'étaient pas à votre honneur ou dont la mention eût fait monter à votre front le rouge de la honte. Il désirait seulement posséder quelques renseignements vous concernant, point à la ligne.

Sa présente situation avait, par conséquent, quelque chose de quasi paradisiaque. A portée de sa main se trouvaient des portes alignées sur deux rangs, réceptacles attirants de connaissances potentielles; l'un après l'autre, ils ouvraient l'accès de leurs trésors à son insatiable curiosité. Il ne touchait à rien (ou s'il lui arrivait de déplacer un objet, il le remettait scrupuleusement en place). Il n'emportait rien, si bien qu'au bout d'une semaine il connaissait les locataires de Mrs Koyper beaucoup mieux qu'elle-même, à supposer qu'elle s'en souciât. Chaque nouvelle visite discrète aux chambres des locataires lui procurait un point de départ; les suivantes enrichissaient sa documentation. Il savait non seulement ce que possédaient ces gens, mais il n'ignorait rien de leurs occupations, du lieu où ils les exerçaient, de leur importance, du bénéfice qu'ils en tiraient ni, dans la plupart des cas, du pourquoi de leurs activités.

Dans la plupart des cas. Vint Celia Sarton.

Il faut dire qu'à des époques variées, en maints endroits différents, Slim avait fait de surprenantes découvertes dans les appartements d'autrui. Il y avait cette vieille dame, locataire d'un immeuble particulièrement décrépit, sous le lit de laquelle il avait découvert un train électrique, qu'elle faisait d'ailleurs fonctionner régulièrement. Il y avait dans la maison qu'il habitait actuellement, une vieille fille qui faisait collection de bouteilles grandes et petites, de toutes valeurs et de toutes contenances, pourvu qu'elles fussent rondes et trapues, et nanties d'un long goulot. Il y avait un particulier au second étage qui, pour défendre ses trésors personnels, dissimulait dans le tiroir supérieur de son bureau un pistolet automatique de calibre 6,35, avec, en guise de munitions, une boîte de cartouches de 9 millimètres.

Il y avait une... (soyons galants) jeune fille dans l'une des chambres, qui entretenait en permanence sur sa table de nuit un vase de fleurs fraîchement coupées, devant un cadre contenant huit photographies empilées les unes sur les autres. Chacune de ces photos était exposée un jour entier. Sept jours, huit photographies : Slim s'émerveillait du procédé. Pour chaque jour, un nouvel amour et une passion nouvelle à chaque mercredi. Et tous des vedettes de l'écran.

Des dizaines de chambres, des dizaines d'empreintes, de marques, d'impressions, d'atmosphères caractéristiques de personnalités différentes. Ne parlons pas de personnalités excentriques. Une femme s'installe dans une chambre, aussi banale, aussi anonyme soit-elle : dès l'instant où elle a placé sa boîte à poudre sur l'étagère du lavabo, la pièce lui appartient. Un petit rien glissé dans le cadre mal ajusté d'un miroir, le moindre chiffon pendu à l'antique bec de gaz depuis longtemps désaffecté, et la plus commune de toutes les chambres se resserre autour de l'occupant, comme si elle désirait devenir un jour pour lui une enveloppe individuelle épousant les formes de son corps avec l'intime fidélité d'une peau.

Dans la chambre de Celia Sarton, rien de pareil.

Slim Walsh l'avait entrevue alors qu'elle suivait Mrs Koyper jusqu'au troisième étage. Mrs Koyper boitait, donnant à cette procession rituelle une allure tellement ralentie que le plus distrait des témoins ne pouvait faire autrement que d'en garder une vision clairement détaillée, et Slim était tout sauf distrait. Et pourtant, des jours durant, il n'arriva pas à se rappeler clairement son image. C'était comme si Celia Sarton avait été, non pas invisible, car cette particularité eût été mémorable en soi, mais plutôt translucide, ou encore comme si, tel un caméléon, elle avait eu la faculté de se fondre avec la couleur crasseuse du mur, celle du tapis et de la boiserie.

Elle avait... quel âge? Sans doute était-elle assez vieille pour payer des impôts. Grande? Suffisamment. Habillée?... comme les milliers d'autres femmes dont font mention les statistiques. Souliers, bas, jupe, jaquette, chapeau.

Elle portait un sac. Lorsque, dans une gare importante, vous jetez un coup d'œil à la consigne des bagages vous remarquez ici une valise, là, une malle-cabine; et partout ailleurs où se portent vos regards s'empilent, étagère après étagère, une multitude de bagages anonymes et sans individualité, mais qui n'en existent pas moins, pour autant. Ce sac, le sac de Celia Sarton, était de ceux-là.

Et elle dit à Mrs Koyper... elle dit... elle dit tout ce qui est nécessaire lorsqu'on désire louer une chambre des plus modestes; pour définir sa voix, il suffit de prendre la rumeur produite par une foule et de la diviser par le nombre d'individus dont elle se compose.

Elle était à ce point anonyme, elle attirait si peu l'attention que Slim — lequel savait pourtant qu'elle partait le matin pour ne rentrer que le soir venu — laissa passer deux jours avant de se décider à pénétrer dans la chambre de Celia, et ce pour une raison bien simple; il n'arrivait pas à se souvenir d'elle. Ce fut seulement quand il eut inspecté la pièce tout son soûl et que, la main sur le bouton de porte, il s'apprêtait à quitter les lieux, qu'il se rappela que la pièce avait une locataire. Jusqu'à cette seconde, il avait eu l'impression d'effectuer une ronde dans une chambre inoccupée. (Il accomplissait régulièrement cette formalité, afin d'avoir un lieu de référence.)

Il émit un grognement, rentra dans la pièce et l'inspecta du regard. Il dut d'abord s'assurer qu'il ne se trompait pas, ce qui, pour un homme comme lui, doué du sens inné de l'orientation, constituait un phénomène extraordinaire. Puis il connut un moment d'incrédulité devant le témoignage que lui apportaient ses propres yeux ce qui pour lui passait l'imaginable. Après quoi, il demeura pétrifié d'étonnement, contemplant la réfutation palpable de tout ce que son... violon d'Ingres... lui avait appris sur les gens et leur habitat.

Les tiroirs de la commode étaient vides. Le cendrier était net. Ni brosse à dents, ni pâte dentifrice, ni savon. Dans le placard, deux cintres métalliques, un cintre de bois, un autre recouvert d'une soierie crasseuse et rien de plus. Sous le rideau poussiéreux de la table de toilette, rien. Dans la cabine de douches, dans l'armoire à pharmacie, rien en dehors des rares choses que Mrs Koyper y avait chichement déposées.

Slim s'approcha du lit et en releva avec précaution la couverture fanée. Peut-être Celia y avait-elle dormi, mais le contraire était également possible; Mrs Koyper avait la spécialité des draps non repassés et leur teinte isabelle ne permettait pas de se faire une opinion décisive. Fronçant les sourcils, Slim remit la couverture soigneusement en place.

Soudain il se frappa le front, ce qui lui procura une douleur fulgurante dont était responsable sa blessure. Il n'en tint aucun compte. « Le sac! »

Il se trouvait sous le lit, repoussé d'un pied négligent, mais non pas caché. Il le considéra un moment sans y toucher, de façon à pouvoir le remettre exactement à sa place. Puis il le tira à lui.

C'était un sac ni neuf ni coûteux, de cette couleur indéfinissable qu'acquiert avec le temps une basane non entretenue. Il était pourvu d'une fermeture à glissière et la serrure n'en était pas fermée. Slim l'ouvrit. Il découvrit à l'intérieur une boîte de carton toute neuve contenant mille feuilles de papier blanc, bon marché, pour machine à écrire. Un ruban d'un bleu brillant l'entourait qui portait un diamant blanc avec la légende : *Nonpareil, l'ami de l'écrivain — 15 % de fibre de coton — Marque déposée.*

Slim tira de la boîte la rame de papier, inspecta le dessous, feuilleta de la largeur du pouce, au sommet, fit de même à la base, secoua la tête, remit le papier dans la boîte et la boîte dans le sac qu'il replaça à l'endroit exact où il l'avait découvert. Il s'immobilisa une fois encore au milieu de la pièce, se retourna lentement, mais il n'y avait décidément plus rien à voir. Il sortit, referma la porte et regagna silencieusement sa chambre. Il s'assit sur le bord de son lit puis émit une protestation : « Personne ne vit de la sorte ! »

Sa chambre se trouvait au quatrième et dernier étage de la maison. Tout autre que lui l'aurait appelée la plus mauvaise chambre de l'immeuble. Elle était petite, sombre, décrépite, à l'écart, mais lui convenait à merveille. Sa porte était munie d'une vitre qui avait été peinte et repeinte à maintes reprises.

En se tenant debout sur le pied du lit, Slim pouvait appliquer un œil au judas qu'il s'était ménagé en grattant la peinture et plonger ainsi son regard dans la cage de l'escalier jusqu'au palier du troisième étage. Sur ce palier, accroché au tronçon de l'un des anciens becs de gaz, se trouvait un miroir fumeux surmonté d'un aigle doré couvert de poussière et entouré d'une multitude de fioritures rococo. Grâce à un calage astucieux opéré à l'aide de nombreuses enveloppes de paquets de cigarettes, d'innombrables essais en sus d'un kilométrage impressionnant accompli en allées et venues dans l'escalier, Slim était parvenu à donner au miroir l'inclinaison exacte qui lui permettait d'avoir du haut de son observatoire, le reflet du palier du second étage.

Et de même qu'un opérateur de radar apprend à interpréter en avions et en phénomènes atmosphériques, les points lumineux et les masses apparaissant sur son écran, il devint expert dans le déchiffrage des images lointaines et brumeuses qui venaient frapper sa rétine. Il pouvait ainsi surveiller les allées et venues de la moitié des locataires, sans être contraint de quitter sa chambre.

C'est dans ce miroir que, à midi six, il aperçut Celia Sarton pour la seconde fois, et ce fut les yeux brillants qu'il la regarda gravir l'escalier.

Elle avait perdu son caractère anonyme. Elle montait les marches deux par deux, d'une allure bondissante. Elle atteignit le palier, tourna dans le couloir et disparut, tandis qu'une partie de Slim tendait l'oreille, analysant la façon dont elle ouvrait sa porte (fébrilement, la clé dérapant contre la plaque de serrure, poussant le battant d'une secousse, le claquant derrière elle), une autre partie étudiait la photographie mentale de son visage.

Ce qui élevait son masque au-dessus des multitudes dont fait état la statistique, c'était son air décidé.

Ses yeux ne s'intéressaient que superficiellement aux voitures, aux trottoirs, escaliers ou portes. Tout se passait comme si elle avait projeté par avance toutes les parties importantes de son être dans cette chambre vide où elle attendait impatiemment que son corps matériel vînt la rejoindre. Il y avait dans cette pièce quelque chose qui ne pouvait attendre, un mystérieux rendez-vous qu'elle ne pouvait manquer. C'est ainsi que l'on revient vers un être cher après une longue absence, ou vers le lit de mort d'un parent bien-aimé, au tout dernier moment. Ce n'était pas l'irruption d'une femme désirant quelque chose, mais celle d'une femme poussée par une impérieuse nécessité.

Slim boutonna sa chemise, ouvrit sa porte silencieusement et se faufila dans le couloir. Il s'immobilisa un instant sur le palier comme un grand élan flairant le vent avant d'aller s'abreuver au trou d'eau, puis il descendit l'escalier.

La seule voisine de Celia Sarton — la vieille fille aux bouteilles — s'était installée pour la soirée. Elle avait des habitudes parfaitement régulières, que Slim connaissait bien.

Assuré de n'être pas surpris, il s'approcha de la porte de la jeune fille et s'arrêta.

Elle se trouvait dans sa chambre. La lumière filtrait le long de la porte mal ajustée, et notre curieux savait parfaitement faire la différence entre une chambre vide et une chambre où il y avait quelqu'un, même si l'occupant observait un total silence, ce qui était le cas de Celia. Quelle que fût la hâte qui l'avait jetée tête baissée dans cette chambre, quelles que fussent ses occupations présentes, nul bruit, nul mouvement ne filtraient à l'extérieur que Slim pût détecter.

Pendant un temps interminable — six minutes, sept, peut-être — il demeura devant la porte, dilatant son gosier pour dissimuler le bruit de son souffle. A la fin, il se retira en secouant la tête, regagna sa chambre et s'étendit sur son lit, en proie à la plus grande perplexité.

Il ne pouvait rien faire d'autre qu'attendre. Mais il *pouvait* attendre. Nul ne peut se concentrer bien longtemps sur une simple occupation. Surtout lorsqu'elle ne comporte pas le moindre mouvement. Dans une heure... ou deux...

Cela dura cinq heures. A onze heures et demie, un léger bruit provenant de l'étage inférieur attira l'attention d'un Slim somnolent, qui reprit aussitôt son poste de guet au sommet de la porte. Il vit la jeune Sarton sortir lentement du couloir, s'immobiliser pour jeter un vague coup d'œil autour d'elle, tel un passager trop longtemps confiné dans sa cabine et qui monte sur le pont, non pas tant pour respirer que pour rassasier ses yeux de nouvelles images. Et lorsqu'elle descendit l'escalier, ce fut avec aisance, sans aucune hâte, comme si la partie la plus importante de son être était restée dans la chambre. Mais la mystérieuse opération était terminée pour l'instant, et désormais rien ne la pressait.

La main sur le bouton de la porte de sa propre chambre, Slim décida que lui non plus n'était pas pressé. Il éprouvait une grande tentation de se précipiter tout droit vers l'autre chambre, bien entendu, mais mieux valait être prudent. Le premier schéma qu'il avait esquissé des habitudes de Celia ne comportait pas de sorties nocturnes.

Comme il lui était impossible de connaître l'heure de son retour, il n'était pas assez fou pour risquer de se faire prendre en flagrant délit et de se priver ainsi de toutes les jouissances délectables que lui procurait son « violon d'Ingres ». Exhalant un soupir où l'anticipation du plaisir se mêlait à la résignation, il se coucha.

Moins de quinze minutes plus tard, dans un demi-sommeil, il se félicita d'avoir agi ainsi, car il entendit le pas de Celia gravissant lentement l'escalier. Puis il sombra dans le sommeil.

Il n'y avait rien dans le placard, rien dans le cendrier, rien dans l'armoire à pharmacie, rien sous la table de toilette. Le lit était fait, les tiroirs de la coiffeuse étaient vides, et sous le lit se trouvait le sac noir. A l'intérieur du sac, il y avait une boîte contenant mille feuilles de papier à machine, entourées d'un ruban bleu. Sans rien déranger, Slim feuilleta le paquet d'abord au sommet, ensuite à la base. Il émit un grognement, secoua la tête, puis entreprit automatiquement mais méticuleusement de tout remettre en place dans l'état exact où il l'avait trouvé.

— Je me demande à quoi cette fille peut bien passer ses soirées, dit-il avec dépit. Elle ne laisse pas plus de traces qu'elle ne fait de bruit.

Il quitta la chambre.

Le reste de la journée s'écoula pour Slim dans une

activité intense. Au cours de la matinée, il se rendit chez le médecin et, dans l'après-midi, son médecin passa des heures en compagnie du juriste de la société qui paraissait déterminé à (*a*) nier l'existence de toute blessure à la tête et (*b*) prouver à la face du monde en général et celle de Slim en particulier que ladite blessure remontait à plusieurs années. Sans aucun résultat. Slim possédait une seconde caractéristique aussi absorbante et aussi impérative que sa curiosité : sa timidité. Mais on aurait pu les empiler l'une sur l'autre sans parvenir pour autant à la hauteur de son obstination. Celle-ci s'avéra payante. Mais l'opération prit des heures, et il était sept heures passé lorsqu'il rentra chez lui.

Il fit halte sur le troisième palier et jeta un coup d'œil dans le couloir. La chambre de Celia Sarton était occupée, mais silencieuse. S'il la voyait sortir aux alentours de minuit, aussi épuisée que soulagée, il saurait qu'elle avait de nouveau gravi l'escalier quatre à quatre pour cette tâche urgente qui s'accomplissait dans une totale immobilité... Parvenu à ce point, il se morigéna intérieurement. Il avait depuis longtemps appris à ne pas s'encombrer le cerveau d'inutiles conjectures. Mille choses pouvaient advenir dont une seule se produirait effectivement. Il n'avait qu'à attendre et cela, il pouvait le faire.

Quelques heures plus tard, il la vit de nouveau émerger dans le couloir. Elle regarda autour d'elle, mais sans voir grand-chose, il le savait. Elle avait une expression renfermée, les yeux largement ouverts et sans méfiance. Puis, au lieu de sortir, elle rentra dans sa chambre.

Il dégringola l'escalier une demi-heure plus tard et tendit l'oreille à la porte de Celia. Il sourit : elle lavait son linge dans la cuvette. Le renseignement était maigre, mais constituait un progrès. Cela n'expliquait pas sa façon de vivre, bien entendu, mais il comprenait maintenant comment elle faisait pour se débrouiller sans même disposer d'un mouchoir de rechange.

Peut-être que le lendemain matin...

Le matin venu, il n'y avait plus de « peut-être ». Il avait trouvé, sans toutefois savoir ce qu'il avait trouvé.

Tout d'abord, il rit de sa découverte, mais d'un rire qui n'avait rien de triomphal et ressemblait plutôt à un rictus, puis il se traita de « gourde ». Ensuite, il s'accroupit au milieu du parquet (pas question de s'asseoir sur le lit, il risquait d'ajouter des plis de son cru à ceux que Mrs Koyper fournissait) et retira soigneusement la boîte de papier hors du sac qu'il posa sur le plancher devant lui.

Jusqu'alors, il s'était contenté de feuilleter rapidement la rame de papier, un peu au sommet, puis un peu à la base. Cette fois encore, il avait répété l'opération, sans même retirer la boîte du sac, en soulevant simplement le couvercle et passant le doigt sur la tranche de la rame. Et presque malgré lui, son œil avait saisi au vol un bref éclair bleu pâle.

Doucement, il avait retiré la bande bleue en prenant bien soin de ne pas rayer la surface brillante. Maintenant il pouvait feuilleter librement les pages, et, ce faisant, il découvrit que toutes, à l'exception d'une centaine au sommet et autant à la base, étaient découpées intérieurement, pour ne laisser qu'une marge étroite sur tout le pourtour. Dans l'espace creux ainsi ménagé, quelque chose était plié.

Il ne pouvait deviner en quoi consistait ce « quelque chose » sauf qu'il avait une couleur de tan pâle avec un soupçon de rose et présentait au toucher la texture d'un cuir lisse, à peine tanné. Il y en avait beaucoup, soigneusement plié de manière à s'adapter exactement à la cavité rectangulaire ménagée dans la rame de papier.

Intrigué, il contempla sa trouvaille pendant quelques minutes sans la toucher, puis, se frottant le bout des doigts contre sa chemise pour en retirer jusqu'à la moindre trace d'humidité ou de gras, il souleva doucement un coin de la substance et défit un pli. Ce qu'il découvrit était identique.

Il reposa de nouveau le pli pour s'assurer qu'il pouvait mener l'opération à bien, puis poussa plus avant le dépliage. Il s'aperçut bientôt que la chose affectait une forme irrégulière et qu'elle était probablement d'une seule pièce. L'opération consistant à lui donner la forme d'un rectangle demandait donc beaucoup de soin et d'habileté. C'est pourquoi il procédait avec une lenteur extrême, s'interrompant de temps à autre pour la replier. Au bout du compte, il lui fallut plus d'une heure pour déployer un fragment qui lui permît d'identifier la nature de l'objet.

L'identifier? C'était totalement différent de tout ce qui lui avait été donné de voir auparavant.

Il s'agissait d'une « peau » humaine, réalisée à l'aide d'une substance très semblable à celle d'un épiderme véritable. Le premier pli qui s'était offert à ses yeux intéressait la région du dos; c'est pourquoi il ne comportait aucun trait révélateur. On aurait pu le comparer à une baudruche dégonflée, si l'on excepte que cette dernière se rétracte considérablement à l'état de repos. Pour autant que Slim pût en juger, le spécimen qu'il avait sous les yeux était réalisé grandeur nature, mesurant un peu plus d'un mètre cinquante de long et le reste à l'avenant. Les cheveux avaient ceci de particulier qu'ils donnaient exactement l'aspect de la réalité, mais en les manipulant on s'apercevait tout de suite qu'ils étaient faits d'une seule pièce.

Quant au visage, il reproduisait fidèlement les traits de Celia Sarton.

Slim ferma les yeux et les rouvrit : non, il ne rêvait pas. Retenant son souffle, il avança un doigt prudent et souleva doucement la paupière gauche. Elle dissimulait bien un œil véritable, bleu pâle et apparemment humide, mais plat.

Slim respira plus librement et s'accroupit sur ses talons. Il se sentait des fourmillements dans les pieds pour être trop longtemps demeuré à genoux sur le plancher.

Il promena son regard sur les objets familiers l'entourant pour bien s'assurer qu'il n'était pas le jouet d'un cauchemar, puis il entreprit de replier la « chose ». L'opération prit un temps considérable, mais lorsqu'il eut terminé, il sut qu'il l'avait effectuée correctement. Il replaça le papier à machine dans la

296

boîte et la boîte dans le sac, déposa celui-ci à l'endroit exact où il l'avait trouvé, puis demeura immobile au milieu de la pièce dans cette sorte d'inconscience qui s'emparait de lui lorsqu'il était plongé dans ses pensées.

Au bout d'un moment, il entreprit d'inspecter le plafond. Celui-ci était fait de feuilles d'étain repoussé, semblables à celles qu'on trouve encore dans nombre de maisons à l'ancienne mode. Il était crasseux, écaillé et taché. Il était rongé de place en place, et, en un ou deux endroits, les feuilles d'étain s'étaient partiellement décollées. Slim hocha la tête avec une satisfaction évidente, tendit l'oreille près de la porte pendant quelques instants, se faufila au-dehors, referma derrière lui et remonta à l'étage supérieur.

Il s'attarda une minute dans son propre couloir, pour vérifier l'emplacement des portes, de la fenêtre du corridor, et son sens aigu de l'orientation lui confirma que la configuration générale était identique aux deux étages. Puis il rentra chez lui.

Sa chambre, plus petite que la plupart de celles de l'immeuble, possédait un placard véritable et non une de ces armoires plus ou moins branlantes, qui faisaient partie de l'ameublement des autres chambres. Il pénétra dans le réduit et s'agenouilla sur le parquet, lequel était composé de planches disjointes qui se prêtaient merveilleusement à son dessein, aussi poussa-t-il un grognement de satisfaction. En démontant le linteau latéral, il dégagea l'espace compris entre le plancher du quatrième étage et le plafond du troisième.

Il dégagea une surface d'environ trente-cinq centimètres puis, dans un silence à peu près total, se mit à débarrasser le fond de la cavité de la poussière antique et des débris de plâtre qui s'y trouvaient. Il travaillait avec un soin méticuleux. En effet, lorsque viendrait le moment de percer les plaques d'étain, il ne voulait pas que le moindre grain de poussière tombant dans la chambre inférieure vînt trahir son labeur de termite. Il prenait tout son temps, aussi l'après-midi était-il déjà fort avancé lorsque Slim se déclara satisfait et entreprit d'attaquer avec la pointe de son couteau le revêtement d'étain, lequel se révéla encore plus mince et plus friable qu'il n'aurait osé l'espérer. Dès la première pesée, la lame s'enfonça plus qu'il n'aurait souhaité. Avec d'infinies précautions, il fit pénétrer la lame acérée dans la petite fente qu'il avait pratiquée et l'agrandit. Lorsque l'ouverture atteignit deux centimètres et demi de longueur, Slim opéra une torsion de l'extrême pointe de la lame, la déplaça de cinq millimètres, réitéra la manœuvre et procéda de la même façon sur toute la longueur de la fente.

Il vérifia l'heure, puis redescendit dans la chambre de Celia Sarton, afin d'examiner l'aspect de son travail, vu de l'étage inférieur. Il en fut pleinement satisfait. La rainure se situait à une trentaine de centimètres du mur et surplombait le lit. Elle apparaissait comme un trait insignifiant de crayon qui se perdait dans les dessins baroques imprimés sur les feuilles d'étain, dont la complexité s'aggravait encore de taches et d'écailles innombrables.

Il retourna dans sa chambre et s'assit en attendant les événements.

Il entendit la maison retrouver son sursaut d'activité vespérale, des pas résonner sur les marches de l'escalier, une porte claquer ici et là. Dédaignant toutes ces rumeurs, il demeurait assis sur le bord de son lit, les mains serrées entre les genoux, les yeux mi-clos, immobile comme une machine dont les réservoirs de combustible sont pleins, les rouages graissés et qui, minutieusement réglée, est prête à réagir au premier mouvement de la main qui actionnera le levier de mise en route. Ce fut le pas léger de Celia Sarton qui déclencha le processus.

Pour amener son œil en face du nouveau trou d'observation, il devait s'étendre sur le plancher, le buste dans le placard, les jambes débordant dans la chambre, cependant que sa tête devait s'abaisser au-dessous du niveau du plancher. L'inconfort de cette position était largement compensé par la satisfaction qu'elle lui procurait, car il partageait le stoïcisme passionné de maints alpinistes, spéléologues, chasseurs de canards et autres amateurs d'aventures.

Lorsque Celia tourna le commutateur électrique, elle apparut magnifiquement dans son champ de vision, de même que la plus grande partie du plancher, le tiers inférieur de la porte et une partie du lavabo, dans la salle d'eau.

Elle était rentrée avec la même hâte désespérée qu'il avait précédemment observée. A la seconde même où elle avait allumé l'ampoule électrique, elle avait dû lancer son sac à main en direction du lit, car il se trouvait à mi-course lorsque la lumière l'avait frappé. Sans même lui accorder un regard, elle se précipita vers le vieux sac noir, le tira de dessous le lit, l'ouvrit, en retira la boîte, en extirpa la rame de papier, fit glisser la bande...

Elle saisit l'espèce de baudruche, la secoua tel un épicier dépliant un sac de papier, et la longue enveloppe se déploya de toute sa longueur. Celia la disposa soigneusement sur le linoléum usagé, les bras le long du corps, les jambes légèrement écartées, le visage tourné vers le plafond, le cou droit. Puis elle s'étendit à son tour sur le sol, sa tête touchant celle du ballon dégonflé. Elle tendit la main par-dessus sa tête, saisit au niveau des oreilles ce double aplati d'elle-même et se livra à une mystérieuse manipulation qui intéressait également sa propre tête.

Slim perçut un faible bruit chitineux, comparable à celui que l'on produit en faisant claquer deux ongles l'un contre l'autre. La main de Celia erra sur le visage dégonflé et opéra une traction en sens inverse, comme pour s'assurer de la solidité de la connexion.

La tête membraneuse semblait maintenant adhérer à la sienne.

Ensuite elle adopta la même pose que le mannequin aplati, laissa ses bras retomber avec lassitude le long de son corps, et ferma les yeux.

Pendant un certain temps, rien ne parut se passer, si ce n'est qu'elle respirait d'une manière étrange, très profondément et avec une lenteur extrême. On eût dit la projection d'une séquence de film au ralenti représentant un coureur haletant à l'arrivée d'une longue et pénible épreuve. Après environ dix minu-

tes de cet exercice, la respiration devint moins profonde, mais plus lente encore, si possible, de telle
sorte que, au bout d'une trentaine de minutes, il
n'entendit plus aucun bruit.

Slim demeura immobile à son poste pendant plus
d'une demi-heure, ses membres engourdis émettant
de douloureuses protestations, le front serré dans un
étau par le surmenage qu'il imposait à son œil. Il
aurait voulu demeurer à son poste, mais dut s'avouer
vaincu. Silencieusement, il s'extirpa du placard, se
remit péniblement sur ses pieds et s'étira. Il en
éprouva un intense soulagement qu'il savoura profondément. Il eut la tentation de réfléchir sur ce qu'il
venait de voir, mais la repoussa délibérément : ce
n'était pas encore le moment.

Lorsque ses membres eurent recouvré leur souplesse, il reprit son poste d'observation dans le placard, introduisit sa tête dans le trou et approcha son
œil de la fente.

Rien n'avait changé. La jeune femme était toujours allongée, à ce point détendue que ses paumes
s'étaient tournées vers le plafond.

Slim observait, observait sans trêve. Il était sur le
point de conclure que la jeune fille allait passer désormais la nuit entière dans cette posture et qu'il ne
verrait rien de plus, lorsqu'il détecta chez Celia une
contraction légère et soudaine dans la région du
pluxus solaire, puis une autre. Pendant un certain
temps, ce fut tout, puis la peau vide attachée au
sommet de sa tête commença de se remplir.

Et Celia Sarton de se vider.

Slim retint sa respiration au point de s'asphyxier et

contempla l'extraordinaire phénomène dans un état d'ahurissement total.

Une fois commencé, le processus s'accéléra rapidement. C'était comme si une substance se transvasait du corps vêtu de la jeune femme à l'enveloppe nue. Cette substance devait certainement posséder une certaine fluidité, car rien d'autre qu'un fluide n'aurait pu gonfler progressivement une souple enveloppe, cependant que la première se vidait symétriquement. Slim voyait les doigts de la pseudo-baudruche qui, au début, se trouvaient repliés à plat, s'enfler peu à peu jusqu'à prendre la courbe d'une main vivante. Les coudes se déplaçaient légèrement pour adopter une posture normale le long du corps. Car c'était bien un corps qu'il avait maintenant sous les yeux.

C'était l'autre qui avait pris l'aspect d'une baudruche dégonflée. Il gisait grotesquement aplati dans ses vêtements, le visage creusé, déformé par le vide intérieur. Sous leur propre poids, les doigts se replièrent contre la paume. Les souliers s'affalèrent de part et d'autre avec un léger bruit, les pointes tournées vers l'extérieur.

Le transfert s'était opéré en moins de dix minutes. Au bout de ce temps, le corps nouvellement rempli s'anima.

Il remua les doigts comme pour s'assurer de leur souplesse, leva les genoux, étendit de nouveau les jambes, cambra le dos contre le plancher. Les paupières se soulevèrent. Les bras se levèrent et opérèrent une rapide manipulation au sommet du crâne. Slim perçut une seconde version du bruit chitineux, et l'ancienne tête, réduite à l'état d'outre vide, retomba à plat sur le sol.

La nouvelle Celia Sarton se dressa sur son séant, se frictionna légèrement le corps, comme si elle voulait rétablir la circulation ou combattre le froid. Elle s'étira aussi voluptueusement que Slim l'avait fait quelques minutes auparavant. Elle semblait reposée et revigorée.

Au sommet de son crâne, Slim entrevit une fente dont la blancheur semblait humide, mais qui paraissait se refermer. Au bout de quelques instants, il ne resta plus dans ses cheveux qu'un étroit sillon semblable à une raie normale.

Elle poussa un soupir et se leva. Saisissant par le cou le pantin habillé étendu sur le sol, Celia le souleva et le secoua à deux reprises pour faire tomber sur le sol les vêtements, puis elle les ramassa pour aller mettre la lingerie dans le lavabo, la robe et le corsage sur un cintre dans l'armoire.

Elle se dirigea vers la salle d'eau d'un pas lent mais délibéré; bientôt Slim n'aperçut plus que ses mollets et ses pieds. Il entendit ensuite le même bruit de lessive qu'il avait détecté en tenant l'oreille à l'extérieur de la porte. Elle ressortit au bout d'un moment, se dirigea vers l'armoire où elle décrocha quelques cintres métalliques pour les emporter dans la salle d'eau. Quand elle reparut, elle tenait à la main les cintres sur lesquels étaient suspendus les articles de lingerie qu'elle accrocha en haut de la porte de l'armoire. Puis elle saisit la peau vide qui gisait en tas sur le lit, la secoua de nouveau, la roula en boule et l'emporta dans la salle d'eau. Slim entendit couler l'eau, de nouveaux bruits de lessive, et, de l'oreille, suivit l'opération de savonnage puis le double rinçage. Celia émergea une fois de plus, secouant l'étrange objet qu'elle venait apparemment de tordre, le passa sur la barre sous-tendant un cintre de bois, le disposa en supprimant tous les plis, s'arrangeant pour le faire pendre symétriquement de part et d'autre du support, avant de l'accrocher avec les autres en haut de la porte de l'armoire.

Puis Celia s'étendit sur le lit, non pas pour dormir, lire ou simplement se reposer — elle paraissait entièrement remise de sa lassitude — mais simplement en attendant le moment de se livrer à une nouvelle activité.

Les os de Slim ayant de nouveau commencé à protester, il profita de ce répit pour quitter son poste d'observation à reculons, en veillant à ne faire aucun bruit, mit ses chaussures, un veston et sortit chercher de quoi manger. Lorsqu'il rentra une heure plus tard, la jeune personne avait éteint sa lumière et il ne distinguait plus rien. Il étendit soigneusement son pardessus sur le trou qu'il avait pratiqué dans le plancher, pour éviter qu'un rayon de lumière provenant de sa chambre n'apparût dans la fente du plafond de la chambre au-dessous, ferma la porte, se plongea pendant quelque temps dans la lecture d'une bande dessinée et s'en fut se coucher.

Le jour suivant, il prit la jeune fille en filature.

Il ne se livra à aucune conjecture sur les étranges occupations qu'elle pouvait avoir, n'émit aucune hypothèse quant à la nature vampirique de ses activités éventuelles. Il avait pour principe d'accumuler d'abord des observations. Les déductions venaient ensuite.

Ce qu'il découvrit sur la manière dont elle occupait quotidiennement son temps dépassait les suppositions les plus échevelées. Celia était employée dans un petit Prisunic de l'East Side. A midi, elle prenait son repas au bar du magasin — une salade verte et une quantité surprenante de lait — le soir, elle s'arrêtait devant un éventaire de marchand de saucisses chaudes et buvait le contenu d'une petite bouteille de lait, mais ne mangeait rien de solide.

A cette heure-là son pas était infiniment moins alerte et elle marchait avec lassitude, n'accélérant son allure qu'aux abords de la maison meublée. Elle semblait alors transformée par la perspective de rentrer dans sa chambre et... de changer de peau.

Un indiscret assistait à l'opération et Slim, qui avait douté la première fois du témoignage de ses yeux, devait maintenant se rendre à l'évidence.

La chose se répéta pendant des semaines, dont Slim passait trois soirées à surveiller cette étrange toilette. Toutes les vingt-quatre heures, Celia changeait de peau, après quoi elle lavait, séchait et rangeait soigneusement son enveloppe de rechange.

Deux fois durant la semaine, elle sortait aux alentours de minuit mais pour effectuer une simple promenade hygiénique — en effet, il lui arrivait de se borner à faire les cent pas devant la maison meublée, sans même entreprendre le tour du pâté d'immeubles.

Et lorsque enfin Slim s'offrit le luxe de réfléchir sur la situation de cette femme, il lui apparut que, dans cette fourmilière où chacun de nous mène son éphémère existence, l'individu possède néanmoins un domaine secret où il peut mener à loisir les activités les plus étranges, à condition, bien entendu, que rien n'en transparaisse à l'extérieur. Si tel individu préfère dormir la tête en bas, à la manière des chauves-souris, et s'arrange pour que nul jamais ne le voie pendant son sommeil, il pourra, jusqu'à la fin de ses jours, satisfaire cette fantaisie.

Il n'était même pas nécessaire d'appartenir à l'espèce humaine. Du moins, tant que les apparences étaient sauves. Il faut rendre cette justice à la curieuse personnalité de Slim qu'il n'éprouvait aucune frayeur devant le comportement bizarre de Celia Sarton. Au contraire, ce comportement le troublait moins à présent qu'à l'époque où il n'avait pas encore établi son poste d'observation. Il savait ce qui se perpétrait dans sa chambre et quels étaient les moyens d'existence de Celia. Autrefois, il l'ignorait. Maintenant qu'il s'en trouvait informé, sa curiosité était pleinement satisfaite.

Pour satisfaite qu'elle fût, cette curiosité n'en demeurait pas moins en éveil. Mais jamais elle n'aurait conduit Slim à prendre une initiative qui eût été normale chez un autre individu : par exemple, adresser la parole à Celia dans l'escalier, lier connaissance avec elle afin de se documenter sur son compte. Il n'éprouvait pas davantage le besoin de rapporter à quiconque le spectacle auquel il assistait plusieurs soirées par semaine. Il ne lui appartenait pas de divulguer les faits et gestes de sa voisine. Autant qu'il pouvait en juger, elle ne faisait de tort à personne. Dans son microcosme, chacun a le droit de mener l'existence qui lui plaît et d'en tirer le parti qu'il souhaite.

Mais, étant satisfaite, sa curiosité se trouva, de ce fait même, quelque peu modifiée. Slim n'était pas homme à se demander à quel genre d'être il avait affaire, si ses ancêtres avaient évolué au milieu des humains, s'ils avaient vécu en leur compagnie dans les cavernes ou sous la tente, poursuivant un développement parallèle à celui de l'*homo sapiens* jusqu'à prendre l'apparence extérieure du plus infirme et du plus anonyme des travailleurs salariés. Jamais il ne lui serait venu à l'esprit de conclure que, dans la lutte pour l'existence, certaines espèces pouvaient avoir découvert que, le meilleur moyen de survivre consistait non pas à se battre contre les hommes, mais à se perdre dans leur masse.

Non, la curiosité de Slim était d'une forme infiniment plus élémentaire et ne laissait aucune place à des spéculations plus ou moins scientifiques. Simplement, l'interrogation positive *que se passe-t-il?* se mua en *que se passerait-il si...?*

C'est ainsi que le huitième jour de sa surveillance, un mardi, il pénétra de nouveau dans la chambre de la jeune fille, s'empara du sac noir, l'ouvrit, en retira la boîte de carton d'où il extirpa la rame de papier, fit glisser le ruban bleu, sortit la seconde Celia Sarton de la cavité, la jeta sur le lit, puis remit en place papier, ruban bleu, boîte et sac dans l'état exact où il les avait trouvés. Il glissa la peau pliée sous sa chemise, re-

307

ferma soigneusement la porte derrière lui selon sa méthode spéciale, et retourna dans sa chambre à l'étage supérieur. Il déposa sa prise sous ses quatre chemises propres, dans le dernier tiroir de sa commode, et s'assit pour attendre le retour quotidien de Celia Sarton.

Ce soir-là, elle était un peu en retard d'une vingtaine de minutes, peut-être. Ce délai supplémentaire parut avoir augmenté à la fois sa lassitude et son empressement; elle fit irruption dans sa chambre avec une hâte confinant à la panique. Elle avait le visage pâle, les traits fatigués, les mains tremblantes. Elle tira précipitamment le sac, en sortit la boîte et, contrairement à son habitude, l'ouvrit avec des gestes tellement fébriles qu'elle se trompa de côté et que le contenu se répandit sur le lit.

Lorsqu'elle s'aperçut qu'il n'y avait rien d'autre à l'intérieur que des feuilles de papier, certaines découpées, d'autres intactes, elle en fut pétrifiée. Elle demeura plusieurs minutes penchée au-dessus du lit sans faire un mouvement. Puis elle se redressa lentement et promena son regard autour de la pièce. Elle fouilla une seule fois parmi les papiers, mais avec résignation, sans espoir. Elle émit une sorte de gémissement aigu, exprimant la désolation, puis garda un total silence.

Elle se dirigea lentement vers la fenêtre, traînant les pieds, les épaules affaissées. Longtemps, elle demeura plongée dans la contemplation de la cité que l'obscurité envahissait peu à peu, regardant les lumières s'allumer les unes après les autres, comme autant de symboles de la vie et de ses humbles tâches quotidiennes. Puis elle tira le rideau et retourna vers le lit.

Elle ramassa les papiers en vrac avec des gestes machinaux et les déposa en tas sur la commode. Elle retira ses chaussures et les rangea soigneusement côte à côte près du lit. Elle adopta ensuite cette pose détendue à l'extrême qui était la sienne lorsqu'elle procédait à l'échange de peaux, les paumes ouvertes, les jambes légèrement écartées.

Son visage ressemblait à un masque mortuaire, dont les tissus avaient pris l'aspect flasque et creusé. Elle était rouge et paraissait malade. Sa respiration avait repris son rythme régulier et profond, mais moins accentué. Les contractions du plexus solaire subsistaient encore mais extrêmement atténuées. Ensuite, plus rien.

Slim quitta son poste d'observation et s'assit. Il était pris de violents remords. Il n'avait été que curieux; il n'avait pas voulu qu'elle souffrît, encore moins qu'elle mourût. Car elle était morte, il en était persuadé. Comment pouvait-il se douter de l'importance biologique de ce phénomène qui tenait lieu de sommeil, des conséquences qu'amènerait un retard dans le changement de peaux? Que pouvait-il savoir de la chimie interne d'un tel être? Il avait vaguement eu l'intention de s'introduire le lendemain dans la chambre de la jeune fille et de lui rendre sa peau. Il avait voulu voir *ce qu'il adviendrait si...* Simple affaire de curiosité.

Fallait-il appeler un docteur?

Celia n'avait pas fait la moindre tentative dans ce sens, et elle était mieux placée que quiconque pour savoir jusqu'à quel point sa situation était dramatique. (Toutefois, si une espèce dépendait de son incognito pour assurer sa survivance, l'individu se trouvait par là même contraint de mourir sans témoins.) Si elle n'appelait pas un docteur, c'est qu'elle avait peut-être des chances de s'en tirer. Les médecins posent volontiers des tas de questions. Elle pourrait peut-être se laisser entraîner à lui parler de sa seconde peau... et si Slim se chargeait d'aller quérir le docteur, il serait peut-être soumis à un interrogatoire des plus gênants.

Slim détestait les complications. Sa seule passion, était de savoir ce qui se tramait autour de lui.

— Je vais voir ce qui se passe, pensa-t-il.

Il reprit son poste d'observation et approcha son œil du trou. Il sut immédiatement que Celia Sarton ne survivrait pas à cette épreuve. Son visage était enflé, les yeux lui sortaient de la tête, et sa langue cramoisie pendait — beaucoup trop — hors de sa bouche. Sous ses yeux, son teint devenait de plus en plus foncé et sa peau prenait l'aspect fripé du papier carbone que l'on a réduit à l'état de bouchon serré, puis défroissé.

L'espace d'une seconde, Slim fut tenté d'arracher de la cachette où il l'avait disposée la peau dont elle avait besoin, et de la lui apporter en toute hâte, mais c'était trop tard, car il vit un filet de fumée s'échapper des narines de la jeune fille et ensuite...

Slim poussa un cri, retira sa tête du trou en la heurtant douloureusement, et se couvrit les yeux de ses mains. Mettez à deux centimètres de votre nez la plus grosse lampe-flash que vous puissiez trouver, faites-la partir et vous obtiendrez un effet compara-

310

ble à celui qu'il avait subi par le petit trou percé dans la feuille d'étain du plafond.

Gémissant de douleur, il assistait, à l'intérieur de ses prunelles, à un véritable feu d'artifice. Enfin ses tourments s'apaisèrent et il entrouvrit prudemment ses paupières. Ses yeux le faisaient toujours souffrir et l'image négative du trou demeurait imprimée sur sa rétine, mais du moins y voyait-il.

Il y eut des bruits de pas dans l'escalier. Slim sentit une odeur de fumée en même temps qu'un relent de substance huileuse carbonisée, qu'il ne put identifier. Quelqu'un cria. Une porte retentit sous un martèlement précipité et insistant. Puis un cri interminable s'éleva dans la nuit.

L'histoire se trouva le lendemain dans les journaux. Mystère, disait l'article. Charles Fort, dans *Lo!* avait relevé bien des cas semblables de gens réduits en cendres par une chaleur intense n'ayant pas endommagé les vêtements ni la literie. Cependant il ne restait rien pour permettre l'autopsie. C'était, lisait-on dans l'article, une source de chaleur d'origine inconnue dont seule l'intensité colossale et la brièveté pouvaient expliquer de tels effets. La victime ne possédait aucun parent connu. La police se trouvait désarmée — pas le moindre indice, pas le moindre suspect.

Slim ne souffla mot de l'affaire à quiconque. Désormais cette énigme ne l'intéressait plus. La nuit même, il reboucha le trou pratiqué dans le placard, et le lendemain, après avoir lu l'article, il se servit du journal pour enlever la peau dans son tiroir à chemises. Elle sentait horriblement mauvais, et même après un délai aussi court, elle était bien trop avancée pour qu'il pût la déplier. Le mercredi, il se rendit chez l'homme de loi et laissa tomber le paquet compromettant dans une poubelle.

L'après-midi, le tribunal trancha le litige auquel avait donné lieu son accident, et il déménagea sans tarder.

The Other Celia.
D'après la traduction de Pierre Billon.

TABLE

IMPRIMÉ EN FRANCE PAR BRODARD ET TAUPIN
58, rue Jean Bleuzen - Vanves.
Usine de La Flèche, le 08-08-1986.
6485-5 - Nº d'Éditeur 1452, 1er trimestre 1980.

PRESSES POCKET - 8, rue Garancière - 75006 Paris
Tél. 46.34.12.80

ALFRED HITCHCOCK

HISTOIRES À DONNER LE FRISSON

Le frisson, c'est ma spécialité. Aussi ai-je réuni ici des histoires propres à le susciter, quel que soit le tempérament du lecteur.

Ce peut être aussi bien le frisson que l'on éprouve en se voyant suivi par des loubards dans une impasse obscure ou, tout au contraire, en se découvrant entièrement à la merci de policiers qui ne veulent pas écouter vos dénégations, voire en devenant gibier pour une chasse insolite, ou encore en apprenant que si l'on n'est pas inculpé de meurtre, on sera assassiné. Bref, en fait de frissons, vous avez ici le choix. Il en est seulement un que je suis incapable de vous procurer : le grand.

ALFRED HITCHCOCK

HISTOIRES TERRIFIANTES

Toutes les histoires que j'ai réunies dans ce recueil, nous dit Alfred Hitchcock, sont associées au sentiment délicieux de la peur. Quelques-unes d'entre elles m'ont littéralement terrifié.
D'autres m'ont profondément troublé et m'ont laissé une impression de malaise intense.
D'autres enfin m'ont secoué de frissons ou m'ont glacé jusqu'à la moelle des os à mesure que j'avançais dans leur lecture.
Quelques-unes ont produit simultanément sur moi tous ces effets.
C'est pourquoi je vous invite à partager avec moi ces émotions d'autant plus exquises qu'on en fait l'expérience chez soi, entre les bras d'un bon fauteuil.

ALFRED HITCHCOCK

HISTOIRES À LIRE AVEC PRÉCAUTION

Oui, témoignez de prudence en vous aventurant dans les histoires de ce recueil et surtout gardez-vous de penser : « Je devine comment ça va finir ».
Ainsi, les histoires de Henry Slesar ou de Donald Olson semblent d'emblée annoncer la couleur... Ne vous y fiez pas ! A propos de couleur, les fidèles lecteurs de ces anthologies se rappellent sans doute une des *Histoires qui font mouche*, intitulée *le Tapis bleu*, et qui était l'œuvre d'un écrivain japonais. Je me demande si le bleu ne serait pas en passe de supplanter le vert aux yeux des superstitieux, car voici maintenant une nuance insolite, le *Bleu camarde* de Jack Sharkey. Bref, j'espère bien cette fois encore vous en faire voir de toutes les couleurs mais prudence, prudence, PRUDENCE !

ALFRED HITCHCOCK

HISTOIRES À CLAQUER DES DENTS

Si vous me voyez vêtu en explorateur sur la
couverture de ce nouveau recueil, ça n'est point
qu'il me soit venu l'envie de traquer le fauve —
encore que vous trouverez justement ici une
panthère noire assez déconcertante — mais parce
que cette tenue m'a paru convenir à qui n'a cessé
d'explorer en tous sens la littérature d'angoisse
et de suspense. Pour vous procurer de nouveaux
frissons, je ne recule devant rien. Aussi n'ai-je pas
hésité cette fois à m'aventurer dans le palais des
spectres, une fusée spatiale, un peloton
d'exécution et même jusqu'en l'an 2020!

ALFRED HITCHCOCK

HISTOIRES QUI FONT MOUCHE

Il y a d'abord l'extraordinaire nouvelle de
George Langelaan où l'auteur fait doublement
mouche, et c'est ce qui m'a fourni le titre de ce
recueil.
Mais ce titre est tout aussi justifié avec l'histoire
de la *Mère à contre cœur*... Mettez-vous un peu à
la place de son mari... Il y a vraiment de quoi
prendre la mouche! Et si vous pensiez qu'il ne
peut y avoir aucun mal à aimer Dickens, vous
vous sentirez terriblement mouché après avoir lu
ce qu'a imaginé le grand Evelyn Waugh.
Je crois avoir fait mouche aussi en sélectionnant
pour vous un auteur japonais, Mitsu Yamamoto
qui avec son *Tapis bleu*, réussit même à se
montrer extrêmement chinois.
Quant à l'héroïne de Ross MacDonald, ce qui
donne du piquant à son visage, ce n'est pas une
mouche assassine, mais une barbe!